Un miracle pour Maddie

BARBARA WALLACE

Un miracle pour Maddie

Traduction française de
GABY GRENAT

Harmony

HARLEQUIN

Titre original :
THEIR CHRISTMAS MIRACLE

HARPERCOLLINS FRANCE
83-85, boulevard Vincent-Auriol, 75646 PARIS CEDEX 13
Service Lectrices — Tél. : 01 45 82 47 47

www.harlequin.fr

ISBN 978-2-2804-4180-3

1

— Bon, allez, dis-le franchement, Linus, tu n'as pas la moindre idée de l'endroit où nous nous trouvons ! s'exclama Thomas Collier.

Il jeta un regard furibond sur son frère cadet qui tapotait l'écran du GPS d'un air concentré depuis presque une demi-heure.

— Tu m'as entraîné en Arctique ou presque, reprit Thomas, extrêmement mécontent de l'aventure. Résultat, nous sommes perdus dans une tempête de neige…

— Écoute, rétorqua Linus, fâché à son tour. Primo, nous sommes dans les Highlands, en Écosse, et pas au pôle Nord. Secundo, nous ne serions pas montés si haut vers le nord si tu étais moins tatillon au sujet de tes sous-traitants. Tertio, je n'y peux rien si le GPS a gelé. Comment veux-tu qu'il puisse m'indiquer si nous sommes sur la bonne route ?

Thomas haussa les épaules. Cette nouvelle n'était pas une surprise. À aucun moment de cette journée glaciale du mois de décembre l'appareil ne leur avait fourni la moindre indication.

— Autrement dit, nous sommes bel et bien perdus…, maugréa-t-il entre ses dents.

Bien sûr, ils auraient dû engager un chauffeur. Au train où ils allaient, ils ne seraient pas rentrés chez eux avant le jour de l'An !

Une pluie glacée tombait sur le pare-brise plus vite que

les essuie-glaces ne pouvaient la chasser. Un brouillard épais, digne du pire hiver londonien, les environnait. Dans ces conditions, comment auraient-ils pu déterminer s'ils allaient dans la bonne direction ?

Thomas se pencha sur le tableau de bord pour augmenter le chauffage. L'humidité le pénétrait jusqu'aux os, au point qu'il se demandait combien de jours seraient nécessaires pour récupérer. Il avait froid, il était de mauvaise humeur, il avait besoin de boire quelque chose de brûlant dans une pièce bien chauffée. Et au lieu de cela, il errait dans le brouillard de la campagne écossaise…

— Je vais être en retard pour raconter l'histoire du soir, grommela-t-il.

— Maddie comprendra, ne t'inquiète pas !

Thomas hocha la tête. Sans doute, mais même dans ce cas, cela ne changeait rien à sa contrariété.

— En cinq mois, je n'ai pas raté ce moment une seule fois !

C'était vrai, même s'il avait dû à plusieurs reprises retourner au travail une fois sa mission accomplie. Pour rien au monde il n'aurait voulu que sa fille pense qu'il faisait passer le travail avant elle. Pareille hypothèse était hors de question. D'autant que c'était là l'un des derniers reproches que la mère de la petite lui avait adressés.

— Maddie doit être sûre qu'elle peut compter sur moi quoi qu'il arrive !

Linus posa la main rassurante sur l'épaule de son frère.

— Elle le sait, Thomas.

— Tu crois ? Elle a à peine cinq ans. Il y a six mois encore, elle était persuadée de pouvoir faire confiance à sa mère…

En silence, Thomas regarda un moment les essuie-glaces peiner à chasser les rafales de pluie sur le pare-brise. Devant eux, la route étroite disparaissait vite dans le noir.

Il hocha tristement la tête.

— Tu te rends compte qu'il lui arrive encore de se réveiller la nuit en réclamant Rosalind ?

Moins souvent qu'au cours des semaines qui avaient suivi l'accident, certes, mais trop souvent encore.

Ces pleurs lui transperçaient le cœur.

— Un enfant ne devrait pas être obligé de grandir sans mère, ajouta-t-il.

Plusieurs fois par jour, Maddie faisait ou disait quelque chose qui le faisait sourire, mais aussitôt, il réalisait qu'il n'avait personne avec qui partager ce bonheur.

— Tu sais que, l'autre jour, elle a voulu que je l'aide à écrire au Père Noël ? Et ce qu'elle demandait comme cadeau, c'est que Rosalind vienne la voir pour Noël.

— Qu'est-ce que tu lui as répondu ?

— Que le Père Noël connaissait déjà son souhait et que Rosalind était avec nous même si nous ne pouvions pas la voir. Bref, j'ai été assez nul…

— Je trouve au contraire que tu t'en es très bien tiré.

— Ça serait encore mieux si je n'avais pas à répondre à ce genre de questions, soupira Thomas.

Si seulement il avait empêché Rosalind de partir vers le nord ce week-end-là. Si seulement il avait été un meilleur mari. Si seulement… Les deux années précédentes auraient pu être remplies de « si seulement » !

Malheur à l'homme qui veut servir deux maîtres.

Voilà ce qu'il aurait dû apprendre de la génération précédente. Dans la famille Collier, on pouvait soit faire prospérer l'entreprise familiale, soit réussir sa vie privée, mais pas les deux à la fois. On pouvait aussi rater les deux, parfois, comme cela avait été le cas pour leur père, Preston.

C'était comme ça depuis deux siècles. Comment leur famille avait-elle réussi à perdurer aussi longtemps ? C'était un pur mystère ! Si Rosalind était encore en vie, elle serait d'accord pour le reconnaître avec lui.

Hélas, elle n'était plus là. Il n'aurait pas l'occasion de lui prouver qu'il avait compris la leçon.

— Attends ! lança tout à coup Linus en scrutant la route avec plus d'attention encore. Il me semble que j'aperçois quelque chose devant nous.

Il pointa l'index vers un panneau et ralentit encore.

« Lochmara, 8 km », réussit à lire Thomas.

— Une ville aussi éloignée de tout a certainement une station d'essence. Nous pourrons demander des renseignements.

— Et moi, je pense que nous n'aurons pas besoin d'aller aussi loin. Regarde !

Ils venaient de négocier un virage serré et un bâtiment se dressait sur leur droite. Devant lui se trouvait un parking éclairé par de puissants projecteurs. En approchant, ils aperçurent un panneau en bois violemment agité par le vent qui indiquait : « McKringle Pub ».

— Seigneur… Qui a eu l'idée d'installer un pub dans un endroit pareil ? interrogea Thomas. Il n'y a pas âme qui vive à des kilomètres à la ronde !

En effet, à part un camion rouge, le parking était vide.

— Peu importe, répondit Linus. L'essentiel, c'est qu'il soit ouvert. Nous pourrons demander notre route et manger quelque chose de chaud. Je meurs de faim.

— Comme d'habitude, n'est-ce pas ?

— C'est la faute de mon frère qui me fait travailler toute la journée sans m'accorder un moment pour souffler !

Thomas soupira. Autant laisser Linus dîner tranquillement. De toute façon, il était trop tard pour l'histoire de Maddie. La petite fille devait déjà être au lit. Si cet établissement était correctement équipé, il l'appellerait pour lui souhaiter une bonne nuit. À condition qu'il y ait un téléphone en état de marche…

Le bâtiment ressemblait à un vieux hangar abandonné. La façade grise était triste et froide. En dehors du parking vivement éclairé par des spots, tout était sombre. Seuls quelques rais de lumière filtraient à travers les volets fermés.

— Voilà qui n'a pas l'air très engageant…, commenta Thomas.

— Arrête de faire le difficile ! C'est un pub, c'est déjà pas mal ! Autrement dit, un endroit où l'on nous servira quelque chose à manger. Au point où j'en suis, je pourrais dévorer un mouton entier.

— J'aimerais bien voir ça !

La porte d'entrée au moins était repeinte de frais, d'un rouge plus vif et plus brillant que celui des volets. On y avait accroché une énorme couronne de houx décorée de petits drapeaux écossais.

— La déco doit dater de la fête de la Saint-André, commenta Linus.

Il devait avoir raison. Étant donné que le saint patron de l'Écosse avait d'abord été pêcheur, tous les petits villages de la côte tenaient à célébrer avec fierté leur héritage.

Thomas poussa la porte et laissa échapper un petit cri de surprise en découvrant une pièce inondée de lumière, incroyablement chaleureuse. Au point qu'il eut l'impression d'arriver chez des amis, ou même chez lui ! Des bougies posées sur les tables basses de la partie bar dispensaient leur lueur dansante et romantique, un décor tout à fait inattendu dans cet environnement hostile et glacial. À gauche de l'entrée, dans ce qui paraissait être la salle à manger, un grand feu crépitait dans la cheminée. Tout cela fit remonter à la mémoire de Thomas le souvenir douloureux de branches de houx disposées sur le manteau d'une autre cheminée, et celui d'une jeune femme brune pelotonnée dans un grand fauteuil bien rembourré.

Décidément, ce décor ressemblait trop à celui qui était le sien. Beaucoup trop. Il lui parut impossible de passer un moment ici sans perdre la tête…

C'est ce qu'il s'apprêtait à dire à Linus lorsqu'un homme fit son apparition derrière le bar et vint à leur rencontre.

— Bienvenue au McKringle ! dit-il avec un fort accent de la région.

C'était un colosse, avec un grand nez et une barbe blanche soigneusement taillée. Il leur donna à chacun une grande accolade, comme s'il accueillait de vieux copains.

— Je m'appelle Christopher McKringle.

— Et nous, Thomas et Linus Collier.

— Collier ? demanda-t-il. Comme le savon ?

— Oui, exactement, répondit Thomas.

C'était la remarque qu'on leur faisait en général dès qu'on entendait leur nom. La marque de savon Collier était très réputée depuis que la reine elle-même l'avait choisie. Contrairement à son habitude, Thomas n'ajouta rien. Il ne fit pas ses remarques coutumières au sujet du soin apporté à la fabrication de leurs produits. Il ne dit pas non plus qu'il avait envie de quitter au plus vite cet endroit qui lui rappelait trop une époque de sa vie où il avait été heureux.

Il amorçait un mouvement de repli lorsqu'il se ravisa. Avec sa chemise de flanelle et son pull de vieux loup de mer, McKringle paraissait être quelqu'un de droit et de chaleureux. Avait-il le cœur à lui faire perdre les seuls clients qu'il aurait probablement au cours de la soirée ?

Leur hôte poursuivait d'ailleurs, toujours avec son accent si caractéristique.

— Jessica, mon épouse, adore votre savon au citron. Elle dit qu'il n'y en a pas de meilleur pour faire disparaître l'odeur du poisson.

D'un geste du menton, il désigna la pièce qui les environnait.

— Comme vous le voyez, nous venons juste d'ouvrir. Installez-vous où vous voulez. Maddie, notre serveuse, va venir prendre votre commande.

— Tu te sens bien ? demanda Linus en aidant Thomas à retirer son manteau. D'habitude, tu es intarissable sur les qualités de notre production !

— Je… Non, non, ça va, ne t'inquiète pas. C'est juste que cet endroit me rappelle… Oh ! peu importe. Allons nous asseoir.

À vrai dire, il se sentait dans un état bizarre. Pourtant, plus il regardait autour de lui, plus il constatait que ce restaurant n'avait rien de commun avec le cottage de Cumbria. Son esprit empreint de nostalgie devait lui jouer des tours…

— Notre hôte a bien dit qu'il s'appelait Christopher McKringle ?

— Oui, confirma Linus en prenant place près de la cheminée dans un grand fauteuil en chêne recouvert d'un coussin moelleux. Dans le fond, tu as peut-être raison, nous sommes bien au pôle Nord et c'est la mère Noël qui est aux fourneaux. Nous allons voir si elle sait faire autre chose que des gâteaux au chocolat !

— Laisse-moi d'abord le temps de m'assurer que Maddie est bien au lit.

Hélas, son téléphone eut tôt fait de lui signaler l'absence de réseau.

— Zut ! Qu'est-ce que c'est que cet endroit d'où l'on ne peut même pas téléphoner !

— Calme-toi ! Maddie est en de bonnes mains avec sa nounou. Elle ne risque rien, tu le sais très bien.

— Je sais, mais puisque j'ai raté le moment de l'histoire du soir, le moins que je puisse faire, c'est lui souhaiter une bonne nuit. Ne va pas en déduire que je suis inquiet !

— Je n'ai rien déduit du tout !

— Tu ne l'as pas dit à haute voix, mais j'ai entendu que tu le pensais, ça revient au même.

Thomas tapota nerveusement l'écran de son téléphone.

— Je voulais aussi vérifier si Mohammed a rendu ses prévisions concernant la production. Si nous voulons utiliser son usine de savon, il nous faut savoir exactement quelle quantité de produits elle peut nous fournir.

C'était là aussi une des causes de l'irritabilité de Thomas. L'avenir de l'entreprise familiale reposait sur cette nouvelle ligne de produits bio. S'ils échouaient, la maison Collier telle que l'Angleterre la connaissait depuis deux siècles cesserait d'exister.

Il continuait à garder les yeux fixés sur son téléphone, comme si la seule force de son regard allait susciter le réseau qui lui permettrait de communiquer avec sa fille. Voyant que rien ne se produisait, il se leva. Peut-être aurait-il plus de chance de capter le réseau depuis un autre endroit de la pièce.

— Je vais me rapprocher de la fenêtre pour voir si ça passe mieux. Si la serveuse arrive, commande-moi un…

— Bonsoir, messieurs. Vous voulez boire quelque chose ?

Thomas s'arrêta de respirer. Cela lui arrivait souvent. Il lui suffisait d'entendre une inflexion de voix, d'apercevoir un port de tête ou une certaine démarche pour que son esprit démarre à bride abattue. Cette fois, c'était l'accent de la serveuse, un accent du Nord, qui avait déclenché le malaise. Il leva les yeux vers la jeune femme, prêt à ce que la réalité le ramène au bon sens, exactement comme tout à l'heure à propos du décor de la pièce. Mais au lieu de cela…

Il laissa tomber son téléphone.

Comment est-ce que… ?

Son regard se dirigea vers Linus qui, bouche entrouverte, yeux écarquillés, dévisageait lui aussi la nouvelle venue. La stupéfaction affichée de son frère reflétait exactement ce que lui-même ressentait. Donc, s'il était devenu fou, son frère l'était devenu aussi. Et c'était certainement ce qui s'était produit, pensa-t-il en regardant à nouveau la serveuse.

Comment expliquer autrement le fait qu'il était en train de contempler le visage de sa défunte épouse ?

2

— Rosie ?

Le prénom sortit de sa bouche en un souffle rauque. Six mois… Cela faisait six mois qu'il priait, cherchait, pleurait…

Non, c'était impossible. Cette personne ne pouvait pas être Rosie !

Mais qui d'autre pouvait avoir ces grands yeux noisette ? Ces pupilles sombres et pailletées d'or, telles des pierres précieuses. Ces lèvres pulpeuses, cette cicatrice sur l'arête du nez ? Celle qu'elle détestait et qu'il adorait parce qu'elle allait si bien avec ses taches de rousseur !

Comment ? Quand ? Un million de questions tourbillonnaient dans sa tête, mais aucune d'entre elles n'avait la moindre importance puisqu'un miracle se tenait debout devant lui.

— Rosie…

Sans réfléchir, il la prit dans ses bras, l'enlaça et enfouit le visage dans son cou. Elle sentait bon le citron et le soleil.

— Oh Rosie, Rosie, Rosie…, murmura-t-il.

Mais alors qu'il s'apprêtait à la serrer encore davantage, elle le repoussa vivement.

Surpris, Thomas leva le visage vers elle. Elle lui jetait un regard affolé, plein de confusion, de rejet et de peur. Tout cela acheva de lui faire perdre pied.

— Je ne pense pas que nous nous connaissions..., déclara-t-elle d'un ton sec en faisant un pas en arrière.

S'agissait-il d'une plaisanterie ? Tout à coup, Thomas se sentit terriblement gêné. Et malheureux. Pourquoi jouait-elle la comédie ?

— Rosie... On nous a dit que tu étais morte. Emportée par la mer.

Il s'avança à nouveau vers elle mais elle recula encore en secouant la tête d'un air peiné, les yeux humides de larmes.

— Je suis désolée, mais je... je...

Elle s'interrompit et posa la main sur sa bouche, puis se retourna vivement et quitta la pièce en courant.

— Rosalind !

Comme Thomas voulait s'élancer derrière elle, son frère le retint par le bras. Il essaya de se dégager, mais Linus le maintenait d'une poigne de fer.

— Laisse-moi tranquille ! C'est Rosalind !

Pour rien au monde, il ne voulait qu'elle disparaisse une seconde fois.

Mais Linus ne céda pas. Au contraire, il resserra si fort sa prise qu'elle lui laisserait certainement un bleu en souvenir sur le bras.

— Calme-toi, Thomas ! Cette jeune femme *ressemble* à Rosalind, c'est tout.

— Non !

Linus se trompait. *C'était* Rosalind. Il connaissait sa femme. Pourquoi avait-elle fui ? Est-ce qu'elle le détestait à ce point ?

— Il faut que je lui parle !

Avant qu'il ait pu se dégager, McKingle revenait dans la pièce.

— Qu'est-ce qui se passe ici ?

Le ton amical avec lequel il les avait accueillis un instant plus tôt avait disparu de sa voix.

— Qu'est-ce qui vous prend, tout à coup ? Je ne sais pas d'où vous venez, mais ici, on ne rudoie pas les serveuses et on ne les fait pas pleurer !

Thomas se retourna vivement, agressif malgré lui.

— Est-ce que c'est la coutume chez vous de garder une femme cachée loin de son mari ? Vous trouvez ça correct ?

Les sourcils broussailleux de McKingle se rapprochèrent en une expression soupçonneuse.

— Qu'est-ce que c'est que cette histoire ?

— Votre serveuse est Rosalind Collier, mon épouse.

Des yeux, il chercha son téléphone et le localisa par terre près de sa chaise. Il le ramassa vivement et se mit à faire défiler sa collection de photos.

— Regardez ! dit-il lorsqu'il eut trouvé la photo qui avait été imprimée sur les affiches destinées à la recherche de Rosalind après son accident.

D'une main tremblante, il tendit le téléphone à McKingle.

— Elle a été portée disparue l'été dernier. Sa voiture était tombée d'un pont près de Fort William.

Sans un mot, McKringle lui prit le téléphone des mains pour mieux observer l'image. Une tension insoutenable s'était emparée de Thomas. Cet homme savait forcément de quoi il venait de parler. En son temps, la disparition de Rosalind Collier avait fait la une de tous les journaux du pays. Malgré leur isolement, il était impossible que les McKringle n'aient pas été au courant de l'événement.

— Elle a eu un accident de voiture ? interrogea McKingle au bout d'un moment.

— Oui. Sa voiture a plongé dans la rivière.

Thomas ne voulait pas perdre de temps en explications. Sa femme se trouvait dans la pièce voisine, il fallait qu'il la voie ! Qu'il comprenne ce qui s'était passé, comment elle avait atterri ici. Et pourquoi elle le traitait comme un étranger, comme quelqu'un qu'elle n'avait jamais vu.

— Je vous en prie..., ajouta-t-il. On nous a dit qu'elle était morte. Il faut que je lui parle ! Nous avons une petite fille de cinq ans qui a besoin d'elle.

Il avait parlé d'une voix désespérée, car il était à deux doigts de perdre son sang-froid. Six mois de chagrin et de deuil remontaient à la surface avec ces mots.

— Commencez par vous asseoir, mon garçon, conseilla calmement McKringle en ramenant Thomas vers la table.

Dans un sursaut de colère, Thomas essaya de lui échapper, mais Chris McKringle avait la poigne solide. Hors de lui, Thomas se mit à crier et à se débattre.

— Pourquoi est-ce que tout le monde se ligue contre moi pour m'empêcher de voir ma femme ? Je veux savoir de quel droit…

Linus lui coupa la parole.

— Thomas, nous ne savons pas s'il s'agit vraiment de Rosalind. Commençons par écouter ce que M. McKringle a à nous dire.

— Je vous promets que ma serveuse ne va pas disparaître, expliqua ce dernier, mais vous devez apprendre un certain nombre de choses sur son compte. Je vous en prie, monsieur Collier, asseyez-vous. Je vais vous chercher un remontant et nous parlerons calmement.

Thomas n'avait aucune envie de prendre un remontant. Il voulait voir Rosalind. Il se laissa pourtant ramener vers sa chaise. Quelque chose dans le regard de son hôte lui disait qu'il fallait obéir.

— Pour commencer, reprit ce dernier, avez-vous jamais entendu parler de ce que l'on appelle une fugue dissociative ?

Elle ne pouvait pas s'arrêter de trembler. Penchée au-dessus du lavabo, cramponnée au rebord, elle sentait ses jambes fléchir sous elle.

Rosie… Il l'avait appelée Rosie !

Elle avait toujours pensé que, lorsqu'elle rencontrerait une personne appartenant à son passé, elle saurait. Un réflexe de survie se déclencherait et ferait fuir ce qui maintenait son esprit dans les ténèbres. Sa mémoire serait libérée et tous les souvenirs lui reviendraient. Pourtant, quand cet homme l'avait appelée Rosie, elle n'avait rien éprouvé. Rien du tout.

Enfin, pas tout à fait. Son cœur avait failli jaillir de sa

poitrine quand il l'avait prise dans ses bras. Mais il aurait tout aussi bien pu l'appeler Jane, Susan ou Philetta, cela n'aurait rien changé à la chose.

Sans doute l'avait-il confondue avec une autre ? Oui, ce devait être la réponse. Car quelle femme aurait pu oublier un homme aussi séduisant ? Comment oublier ces yeux bleu-gris couleur de mer du Nord ? Si elle fermait les paupières, ils lui apparaissaient dans toute leur intensité. Non, si elle les avait vus auparavant, même une seule fois, ils n'auraient jamais pu sortir de sa mémoire.

Elle contemplait dans la glace le visage en forme de cœur qui lui était familier et pourtant étranger. « Fugue dissociative », avait déclaré le médecin qui l'avait soignée à l'hôpital. Un type d'amnésie rare, causée par un traumatisme. Le sujet quitte brusquement son milieu habituel et devient incapable de se souvenir de son passé. Cette affection, lui avait-on expliqué, s'accompagne d'une confusion au niveau de l'identité personnelle. Elle ne savait rien de plus, mais ce tableau cadrait parfaitement avec son état actuel. Son esprit était vide de réminiscences remontant plus loin que les six derniers mois.

Au début, cette vacuité l'avait terrorisée. Puis, peu à peu, elle s'était habituée à ce passé qui n'était qu'un néant. Jusqu'à ce que cet étranger aux yeux gris-bleu fasse irruption dans le pub.

Quelqu'un frappa à la porte des toilettes.

— Biquette ?

La voix attentionnée de Chris poursuivit.

— Biquette, tu vas bien ?

Ce surnom affectueux lui fit chaud au cœur. Chris avait pris l'habitude de l'appeler ainsi parce qu'il trouvait qu'elle ressemblait à un petit chevreau abandonné.

— Ça va. Je suis un peu secouée, mais ça va.

Entendre cette voix amie avait quelque chose de réconfortant. Chris saurait la protéger. C'est ce qu'il ne cessait de faire depuis qu'il l'avait trouvée, titubante dans la lumière de ses phares.

— Tu te sens de nous rejoindre ? Nous voudrions te parler un moment.

Qui désignait ce « nous » ? Elle espérait que Chris entendait par là Jessica et lui-même, pas cet étranger à l'étreinte troublante.

— Oui, j'arrive…

Tout en faisant un effort pour ignorer le tremblement de ses mains, elle rattacha sa queue-de-cheval et s'essuya les yeux. Si jamais elle devait à nouveau affronter ce bouleversant client, elle voulait être à son avantage. Pour une obscure raison, elle estimait important qu'il la voie redevenue maîtresse d'elle-même.

Lorsque enfin elle ouvrit la porte, elle vit Chris appuyé contre le bar.

— Tu te sens mieux, Biquette ? demanda-t-il à voix basse en lui adressant un sourire encourageant.

Inutile de demander qui était le « nous » dont il avait parlé. Chris tendait la main vers les deux clients.

— Voici Thomas Collier et son frère Linus.

— Collier… Comme le savon ?

La question était sortie, automatique. Il y avait en permanence un flacon de savon Collier au citron posé à côté de l'évier dans la cuisine. Jessica ne jurait que par lui et elle-même avait tout de suite été conquise par son efficacité et son parfum.

— Oui, c'est ça, confirma Chris. Ces messieurs viennent de Londres.

Elle considéra les deux hommes assis à une table. Ils paraissaient plus calmes maintenant, même si l'étranger qui l'avait prise dans ses bras était perché sur le bord de sa chaise. Son corps svelte ressemblait à un ressort appliqué à ne pas se détendre.

Chris poursuivit.

— L'épouse de M. Collier a disparu dans un accident de voiture. Il est pratiquement sûr qu'il s'agit de toi.

Il l'avait appelée Rosie…

Si elle le regardait avec suffisamment d'intensité,

peut-être cet effort déclencherait-il une étincelle propice à ranimer les souvenirs. Dans cet espoir, elle considéra plus attentivement cet homme qui prétendait être son mari.

Tout à l'heure, quand elle s'était approchée de leur table, avant que la situation devienne ingérable, elle avait trouvé ces deux hommes tout aussi séduisants l'un que l'autre. Maintenant, elle révisait son opinion. Thomas Collier était encore plus beau que son frère. Si elle était mariée avec lui, comme il avait l'air de le croire, elle avait bon goût ! Il était plus grand, plus svelte que son compagnon. Son visage était harmonieux, et surtout, son extraordinaire regard le rendait inoubliable. Un trouble étrange s'empara d'elle.

Pourtant, cette attirance physique mise à part, elle avait l'impression de contempler un parfait étranger.

— Je l'ai mis au courant de ton état, expliqua Chris.

— Tu crois ce qu'il dit ?

Question idiote, évidemment ! Jamais Chris ne lui aurait demandé de les rejoindre s'il n'estimait pas que l'affirmation de Thomas Collier méritait qu'on lui prête attention.

— Je pense que ça vaut la peine que tu écoutes ce qu'il a à dire. Ensuite, tu décideras toi-même de la suite à donner à tout ça.

Elle se mordit la lèvre, ne sachant que faire. D'un côté, si cet homme disait la vérité, elle aurait enfin les réponses qu'elle cherchait depuis si longtemps. Mais de l'autre, tout ce qui faisait sa vie actuelle serait mis sens dessus dessous. Pour quel bénéfice ? Car, si elle ne savait rien de son passé, son présent lui convenait très bien.

— Je promets de bien me comporter, dit Collier en regardant Chris. Je vous assure que je ne ferai rien qui risque de l'effrayer à nouveau.

Puis il poursuivit en se tournant vers elle et en désignant le siège voisin du sien :

— Je vous en prie.

Au diable ces yeux gris ! Comment leur dire « non » quand ils l'imploraient ainsi ?

Chris se pencha vers elle.

— Ne t'inquiète pas, Biquette, lui murmura-t-il à l'oreille, je reste au bar, au cas où tu aurais besoin de moi.

Puis, d'une voix plus forte, il demanda :

— Messieurs, est-ce que je peux vous proposer quelque chose à manger ?

— Ce ne sera pas la peine de me le demander deux fois ! répondit le plus jeune des deux hommes. Mais pour commencer, je veux bien un double whisky.

Sur ce, il se leva et se dirigea vers le bar, adressant un sourire chaleureux à la jeune femme en passant près d'elle.

— Je n'arrive pas à croire que c'est toi, Rosalind… Thomas a raison, c'est un vrai miracle !

— Approchez, monsieur Collier ! Je vais vous faire goûter notre double malt des Highlands.

Chris attrapa Linus par le coude et le conduisit vers l'extrémité du bar.

Évidemment, son but était de laisser Thomas en tête à tête avec elle.

Avec précaution, elle se glissa sur le siège placé à côté de ce dernier. Elle savait que Jessica trouvait que les tables du pub ne laissaient pas assez de place pour les jambes. Maintenant, elle comprenait pourquoi : ses genoux et ceux de Thomas Collier étaient si proches qu'au moindre mouvement, ils se frôlaient. Déjà, cette simple proximité lui permettait de sentir à travers son jean la chaleur qui émanait de cet homme trop beau. Elle recula sa chaise de quelques centimètres et attendit.

— Je suis désolé pour ce qui s'est passé tout à l'heure, expliqua Thomas. Je n'avais pas du tout l'intention de te faire peur, mais quand je t'ai vue, je n'ai pas pu…

Il s'interrompit un instant.

— Tu comprends… Je pensais que tu étais morte. Noyée dans la rivière où est tombée ta voiture.

La rivière ?

Elle serra les dents. Ce mot fit resurgir en plein jour les cauchemars qui hantaient encore ses nuits. Cette eau noire… Cette impression qu'il n'y avait plus d'air dans ses poumons… Elle dut prendre une profonde inspiration pour revenir à l'instant présent.

Quand elle répondit, sa voix était rauque et comme étranglée d'émotion.

— Chris vous a parlé de mes problèmes de mémoire ?

— Oui. Il m'a dit que tu n'avais aucun souvenir plus lointain que ceux de ces derniers mois.

— Effectivement. Les médecins à l'hôpital pensent que j'ai subi un traumatisme qui a bloqué ma mémoire.

« Traumatisme profond » était le diagnostic auquel ils s'étaient arrêtés après lui avoir fait subir toute une batterie de tests qui n'avaient rien révélé d'autre.

— Vous disiez que votre épouse a été victime d'un accident de voiture ?

— Oui. Le pont sur lequel elle roulait s'est écroulé au cours d'une violente tempête et sa voiture a plongé dans la rivière Lochy.

Un plongeon involontaire dans des eaux glacées pouvait effectivement être qualifié de traumatisant et expliquer ses cauchemars, mais beaucoup de gens font sans doute ce genre de mauvais rêve, sans pour autant les devoir à un accident réel.

— J'ai eu une clavicule cassée.

— C'est surprenant que tu t'en sois tirée à si bon compte, commenta Thomas.

Cet homme qu'elle n'avait jamais vu la tutoyait sans lui demander son avis. Quelle étrange situation !

— Vous paraissez sûr et certain que je suis votre femme.

— Oui. Parce que je la reconnaîtrais n'importe où.

La façon qu'il avait de la regarder, sa voix douce, son expression attentive lui faisaient perdre toute assurance. Alors qu'elle avançait à tâtons dans le noir, il la regardait avec une assurance parfaite, une certitude totale. Comme s'il avait déjà trouvé le trésor alors qu'elle n'avait pas encore déplié la carte. Si seulement elle pouvait partager ce qu'il voyait et qui lui échappait !

— Monsieur Collier, vous me dites que vous êtes sûr

de ce que vous avancez, mais je n'ai aucune raison de vous croire. Ce serait une folie de ma part.

Et une folie bien pire encore de me laisser dériver à cause de ces yeux gris…

— Tu peux me faire confiance, Rosie. Tu n'es pas en train de commettre de folie. D'ailleurs, j'ai des photos.

Il sortit son téléphone et lui en montra une.

D'elle.

Ou, si ce n'était pas elle, c'était sa parfaite jumelle.

— J'en ai plein d'autres, ajouta-t-il en faisant apparaître une nouvelle image.

Cette fois, c'était une version d'elle plus sophistiquée, ses cheveux noirs joliment relevés en chignon et vêtue d'une très élégante robe de soirée vert sombre.

— Cette photo a été prise à l'occasion de la fête organisée pour lever des fonds à destination du musée, expliqua-t-il. Tu étais absolument superbe ce soir-là.

Pourtant, ce qu'elle voyait, c'était que ce visage ne reflétait pas le bonheur. Le sourire affiché n'arrivait pas jusqu'au regard. Il avait tout d'un masque arboré pour la circonstance.

La photo suivante avait dû être prise au cours de la même soirée, mais cette fois, elle était accompagnée d'une femme aux cheveux d'un roux flamboyant et d'un homme blond qui portait des lunettes.

— Ce sont tes collègues de l'université, Eve Cunningham et le professeur Richard Sinclair.

Le professeur la tenait par la taille d'une manière très assurée et naturelle.

— Vous ne figurez pas sur ces photos, vous…

Elle se frotta les tempes. Une pulsation douloureuse commençait à se faire sentir derrière ses yeux.

— Bien sûr, puisque c'est moi qui les prenais !

— Est-ce qu'il y en a une sur laquelle nous serions ensemble ?

Après tout, n'importe qui pouvait copier des photos !

Par contre, il était pratiquement impossible de truquer une photo sur laquelle ils apparaîtraient tous les deux.

— Oui. Plusieurs, même.

Un instant plus tard, il lui montrait un selfie, horrible à vrai dire. Leurs visages étaient déformés et le haut de leur tête coupé, mais elle ne pouvait nier que c'était bien elle qu'elle apercevait, jusques et y compris la cicatrice détestée, sur l'arête de son nez.

Contrairement aux autres photographies, elle avait l'air réellement heureuse sur celle-ci.

— Cette photo a été prise il y a deux ans quand nous visitions Lake District.

— Il y a deux ans ? Vous n'avez rien de plus récent ?

— Je ne suis pas tellement partisan des selfies…

Elle examina la photo avec davantage d'attention.

— Nous avons l'air heureux sur celle-ci.

Nous ?

Elle fronça les sourcils. Commençait-elle à le croire ? Rosalind Collier… Ce nom lui paraissait étrange, mais, en même temps, apaisant. Un peu comme cela arrive avec un vêtement neuf dans lequel on se sent tout de suite à l'aise.

Thomas tourna le téléphone vers lui pour considérer la photo à son tour.

— Oui, nous étions heureux. Tu adorais notre maison à Cumbria, loin de la ville.

Tout à coup, sa voix était devenue triste.

— Nous aurions dû nous retrouver à Cumbria quand tu as eu ton accident.

Ah, voilà l'explication. Un nuage flotta un instant dans son esprit, juste hors de sa portée. Quelque chose avec de la glace, des rochers… Mais tout cela disparut dans l'obscurité avant d'avoir pris forme.

Elle était sûre pourtant de quelque chose d'autre.

— Si nous étions censés nous retrouver là-bas, comment se fait-il que je me sois réveillée ici, à des kilomètres de la région des lacs ? Fort William est aussi très éloigné de

Cumbria. Qu'est-ce que je serais venue faire là ? Ça ne tient pas debout !

— Personne n'en sait rien.

Il reposa le téléphone sur la table.

— Ce que je peux imaginer de plus plausible, c'est que tu étais en route pour le Loch Morar. Tu avais effectué des recherches de terrain dans cette région. Au fait, tu es géologue, ajouta-t-il en voyant qu'elle fronçait les sourcils.

— Caractéristiques géomorphologiques…

Les mots étaient sortis tout seuls de sa bouche. Elle n'avait pas eu besoin de les penser.

Thomas lui sourit.

— C'est bien ça. Tu avais écrit un article sur les traces laissées par les glaciers sur les roches.

Elle avança encore d'un pas vers l'acceptation de ce que lui disait ce Thomas Collier. À vrai dire, le nom de Rosalind avait déjà pris possession de son esprit.

— Ce que nous ne comprenons pas, c'est comment tu es arrivée ici. Nous t'avons recherchée pendant des semaines. Tout le monde était persuadé que le courant de la rivière t'avait entraînée vers l'Atlantique et que, pour cette raison, ton corps n'avait pu être retrouvé. Comment as-tu pu atterrir ici, dans ce coin perdu du Nord ?

Elle laissa échapper un profond soupir. Comme elle aurait aimé pouvoir fournir une réponse à cette question ! Et se l'expliquer à elle-même par la même occasion.

— Je n'en ai pas la moindre idée. Tout ce dont je me souviens, c'est que j'ai marché le long d'une route alors que j'étais très fatiguée. Complètement à bout de forces. Je ne savais ni qui j'étais ni où j'allais. Et encore moins d'où je venais.

— Tu ne te souviens pas par où tu étais passée ?

Pas du tout. Elle se rappelait seulement sa terreur de marcher au bord d'une route. Et le froid : elle grelottait.

— Non. Tout à coup, un camion a klaxonné très fort et je suis revenue à moi. Je regardais sans comprendre les arbres qui m'environnaient. J'étais sale. Dégoûtante, même, couverte de boue.

Plus tard, on lui avait raconté qu'elle avait probablement été roulée sur les rochers par le courant de la rivière, ce qui expliquait que ses vêtements soient en si mauvais état.

— Mes vêtements étaient déchirés, de véritables guenilles. Et je n'avais aucun papier d'identité sur moi.

— Seigneur, c'est affreux ! souffla Thomas en rapprochant sa chaise.

Elle sentait le regard gris peser sur elle. Visiblement, il était impatient de découvrir ce qu'elle allait ajouter.

— J'étais complètement perdue, reprit-elle. Je n'avais pas la moindre idée de ce que j'allais faire. Heureusement, Chris est passé par là. Il s'est rendu compte que j'avais besoin d'aide et m'a amenée à l'hôpital de Lochmara. De là, j'ai été envoyée à Wick, dans un hôpital plus important, pour que je puisse y subir des tests. Ils ont conclu que je souffrais d'amnésie traumatique.

Ironiquement, ces souvenirs-là étaient parfaitement clairs dans son esprit. Depuis le moment où elle s'était retrouvée sur la route jusqu'à maintenant, tout ce qui lui était arrivé demeurait imprimé dans sa mémoire.

— Je ne comprends pas..., déclara Thomas, plus perplexe que jamais. Puisque tu étais à l'hôpital, pourquoi...

— Pourquoi personne n'a cherché dans les registres des personnes disparues ? compléta Maddie-Rosalind.

— Il était clair que des gens devaient te rechercher. Chris, ton ami, a bien dû y penser aussi ?

— Oui, en effet.

— Alors ?

Elle marqua une pause. La réponse qu'elle s'apprêtait à faire ne plairait pas à Thomas.

— C'est moi qui ai demandé qu'on ne fasse pas de recherches.

La stupéfaction s'afficha sur les traits de son interlocuteur.

— Mais... Pourquoi ? articula-t-il.

— Je n'avais pas envie qu'on me retrouve. En tout cas, pas tout de suite.

— C'est incroyable !

Thomas tapa du poing sur la table, si fort que le coup retentit jusqu'à l'autre bout de la pièce.

Chris réagit aussitôt.

— Tout va bien ?

— Oui, pas de problème ! assura la jeune femme.

La réaction de Collier aurait pu être bien pire !

Il s'était adossé au fond de son siège et se passait les mains sur le visage. Lorsqu'il arrêta son geste et releva la tête, une colère sourde assombrissait son regard.

— Il va falloir que tu m'expliques pour quelle raison tu voulais rester cachée !

Il avait parlé à travers ses dents serrées, luttant visiblement pour conserver son calme.

— J'avais besoin de temps pour comprendre ce qui m'arrivait. J'espérais que ma mémoire revienne d'elle-même.

— Je vois… Et il ne t'est jamais venu à l'esprit que ta disparition devait affecter la vie de certaines personnes ? Qu'il y avait peut-être des gens qui pleuraient ta mort ?

— Si, bien sûr…

Mais peut-être pas tant que ça, pensa-t-elle, assaillie malgré tout par la culpabilité.

Elle affronta néanmoins le regard de Thomas.

— Mettez-vous à ma place. Je ne me souvenais de rien. Ni de mon nom, ni de la façon dont j'avais été blessée. Les médecins me disaient que j'avais dû subir un grave traumatisme et que là résidait la cause de mon amnésie. J'ai pensé naturellement que les gens que j'avais laissés derrière moi en étaient la cause.

À ces mots, Thomas faillit s'étrangler de colère.

— Mais enfin, jamais je…

— Bien sûr, mais je n'avais aucun souvenir de toi.

Le tutoiement venait de lui échapper. Entrait-elle dans le rôle que cet homme voulait lui attribuer ?

— Tu aurais pu quand même chercher à te renseigner !

La nouvelle de ta disparition était partout dans les journaux, sur Internet…

Elle haussa les épaules.

— Tu as vu où nous nous trouvons ? Au milieu de nulle part. Nous n'avons presque pas de contact avec le reste du pays. J'ai cherché la liste des personnes disparues en Écosse et je n'ai rien trouvé. Ça n'a fait que me conforter dans l'idée que je m'étais enfuie. Cela correspondait d'ailleurs parfaitement au tableau clinique que les médecins m'avaient fait de ma maladie. Je te répète qu'elle se caractérise, selon eux, par « un départ soudain et inattendu du milieu de vie habituel ». Je me disais donc que j'avais eu des raisons de partir. D'où mon manque de précipitation pour renouer avec un milieu que j'avais manifestement décidé de quitter.

Thomas la considérait toujours de son regard incrédule.

— Alors en fin de compte, j'ai demandé à Chris et Jessica si je pouvais rester chez eux quelque temps pour me reposer et retrouver mes esprits tranquillement. Ils ont été assez compatissants pour accepter. Ce qui fait que, depuis quatre mois, depuis ma sortie des hôpitaux, je vis ici, à l'étage au-dessus.

— Quatre mois ? Seigneur…

Avec un soupir contrarié, Thomas passa les doigts dans ses cheveux sombres, ce qui eut pour effet, non pas de les lisser mais au contraire de faire surgir quelques épis indisciplinés jusque-là soigneusement maîtrisés.

La culpabilité nouait toujours le ventre de la jeune femme. Sans doute aurait-elle dû chercher malgré tout, mais la vérité était toute simple : elle était terrifiée à l'idée de ce qu'elle risquait de découvrir sur son passé et sur elle-même. Quand Chris l'avait trouvée, à côté de la peur qui la tétanisait, une seule phrase tournait en boucle dans son esprit : « Je regrette, je suis vraiment désolée… » Avec ces mots planait l'ombre d'une faute d'autant plus menaçante qu'elle était dans l'incapacité de lui donner un contenu. Quelle action abominable avait-elle bien pu commettre pour éprouver une telle angoisse ?

Bizarrement, il lui semblait que, si elle pouvait caresser les cheveux de cet homme qu'elle connaissait à peine et dont elle n'avait aucun souvenir, sa peine s'en trouverait allégée.

— Quand je pense que nous aurions pu te ramener à la maison depuis des semaines ! Maddie aurait pu…

— Maddie ?

En entendant ce prénom, le cœur de la jeune femme fit un bond dans sa poitrine. Maddie était le prénom qu'elle s'était choisi lorsque Chris lui avait demandé comment il devait l'appeler. Il lui était venu à l'esprit spontanément, sans qu'elle ait eu besoin d'y réfléchir. Ce n'était certainement pas une simple coïncidence si Thomas Collier le mentionnait à présent.

— Qui est Maddie ? demanda-t-elle.

Thomas tourna vers elle un visage livide. Sa pâleur avait quelque chose de terrifiant.

— Maddie, reprit-il d'une voix morne, est notre petite fille. Tu ne t'en souviens pas ?

Un cri de surprise douloureuse s'échappa de la gorge de Rosalind. Elle avait un enfant ? Une petite fille ? Comment avait-elle pu l'oublier ? Elle était une mère indigne !

Abasourdie, les larmes aux yeux, elle se leva et gagna la fenêtre au fond de la pièce, à côté du trophée de cerf que Chris avait accroché au mur. Les clients adoraient quand il leur racontait qu'il s'agissait d'une ramure de renne, bien que ce ne soit pas vrai. Il n'y a pas de rennes en Écosse, à part dans la région des Cairngorms. D'ailleurs, comment savait-elle cela ? Elle n'en avait aucune idée. Elle le savait, c'est tout.

Comme c'était étrange de penser qu'elle savait tout sur les cerfs et les rennes, et rien sur sa propre fille ! C'était comme si on lui piétinait le cœur… Jamais il ne lui était venu à l'esprit qu'elle pouvait avoir un enfant.

Certes, chaque fois qu'il en venait un au restaurant,

elle allait vers lui, mais elle pensait que n'importe quelle femme en âge d'en avoir elle-même réagissait de cette façon. Jamais, au grand jamais, elle n'avait imaginé qu'elle était mère.

— Est-ce que tu veux voir sa photographie ? demanda Thomas.

— Oui, s'il vous plaît…

Ne sachant plus si elle devait le traiter comme un étranger ou comme le père de son enfant, elle se tourna vers lui et attendit qu'il la rejoigne à la fenêtre. Elle ne voulait pas paraître trop impatiente, mais le ton de sa voix trahissait sans doute sa nervosité.

Ses mains tremblaient lorsque Collier lui tendit son téléphone. Bouleversée, elle contempla une ravissante petite fille aux joues rebondies comme celles d'un ange, aux cheveux châtain coupés court et aux extraordinaires yeux gris-bleu de son papa. Elle était assise dans un jardin fleuri, fleur parmi les fleurs puisqu'elle portait une robe imprimée de violettes.

— Maddie…, murmura-t-elle en caressant l'écran du bout des doigts.

— J'ai pris cette photo en août dernier, le jour de son anniversaire.

Rosalind tressaillit. Elle avait manqué l'anniversaire de sa fille…

— Quel âge a-t-elle ?

— Maddie a cinq ans.

— Et je ne le savais pas…, murmura-t-elle.

Si seulement les mots pouvaient effacer la culpabilité qu'elle ressentait ! Quel genre de mère oublie son propre enfant ? Elle fit défiler sur l'écran toute une série de photos de la fillette : en train de rire, posant avec son chien en peluche, jetant des miettes de pain aux pigeons dans un jardin public…

Et tout à coup, elle tomba sur une photo d'elle-même avec la fillette.

Ni l'une ni l'autre ne faisaient attention à l'appareil.

Toutes les deux étaient agenouillées devant un sapin de Noël. La petite Maddie tenait sur ses genoux un paquet enveloppé de papier brillant, tandis qu'elle-même, Rosalind, se penchait sur elle pour rattacher le ruban de ses cheveux. Une tristesse profonde étreignit la jeune femme.

— J'ai fait tout mon possible, entendit-elle Thomas Collier expliquer, mais sa mère lui manque énormément. Je n'ai aucun mal à imaginer la fête qu'elle te fera demain matin en te retrouvant.

— Pardon ?

Rosalind laissa retomber le bras qui tenait le téléphone et fixa cet homme, dont tout portait à croire qu'il avait été, et était sans doute encore, son mari.

— Est-ce que tu es en train de dire que je vais rentrer à Londres avec toi ce soir ?

Thomas la dévisagea d'un air surpris.

— Tu ne veux pas ?

— Mais… nous venons juste de nous rencontrer !

Certes, tout ce que lui disait Thomas Collier était parfaitement convaincant mais, pour l'instant, ce n'était encore qu'une histoire qu'elle découvrait, et avec peine. Ce n'était pas facile de se relier à un passé dont on n'avait aucun souvenir et dont rien ne prouvait encore qu'il était vraiment le sien.

— Tu t'attends à ce que je croie tout ce que tu viens de me dire, seulement parce que tu as un téléphone plein de photographies ?

Toutes ces photos qu'elle venait de découvrir, et surtout les photos d'elle-même, la terrifiaient parce qu'elles lui révélaient une vie dont elle ne savait rien. Un trou noir. Voilà ce qu'était encore son passé malgré tout ce qu'elle venait d'entendre et de voir.

Elle secoua la tête.

— Non, désolée. Je ne suis pas prête.

Cette fois, ce fut carrément l'horreur qui se dessina sur le visage de son interlocuteur. Pourtant, comment pouvait-il imaginer qu'elle allait partir avec lui sans autre preuve que quelques photos, qui pouvaient très bien être le résultat d'habiles manipulations ?

Cette objection faillit faire sortir Thomas de ses gonds.

— Franchement, tu crois que j'aurais pris la peine de trafiquer des photos et de venir me perdre jusqu'ici pour le simple plaisir de te jouer un tour ?

Il était visiblement bouleversé qu'elle ait pu imaginer une chose pareille.

— Rosalind, j'étais persuadé que tu étais morte !

C'était ce qu'il lui avait déjà dit. Si l'on ajoutait foi à ses réactions, il n'y avait pas moyen de soutenir le contraire de ce qu'il affirmait.

Pourtant, elle persista.

— Regarde un peu les choses de mon point de vue. Pour moi, tu es un étranger.

En voyant le visage de Thomas se crisper, elle s'accusa d'être sans cœur. Mais pour elle, aussi beau soit cet homme, aussi crédible que soit l'histoire qu'il lui racontait, elle devait rester prudente.

— Tu comprends, tu débarques ici, tu me sautes au cou, tu me montres des photos, et tu t'attends à ce que je te croie sur parole alors que je suis incapable de me rappeler la date de mon propre anniversaire !

— Le 24 février.

— Merci ! Mais apparemment, tu ne comprends pas ce que je veux te dire. Est-ce que tu abandonnerais au pied levé un lieu où tu te sens en sécurité à cause de quelques photographies, et sur la base de ce que te raconte une personne que tu viens juste de rencontrer ?

Elle croisa les bras, s'appuya au rebord de la fenêtre et attendit que ses mots fassent leur chemin dans l'esprit de Thomas Collier. En le voyant reculer d'un pas, elle comprit que sa plaidoirie avait atteint son but.

— Que faut-il de plus pour te convaincre ? demanda-t-il.

Excellente question ! Pour commencer, des réponses sur ce qui lui était arrivé.

— Du temps, répondit-elle. Tu vas trop vite. Tu m'assures

que j'ai disparu depuis plusieurs mois. C'est sans doute la vérité, mais j'ai besoin de temps pour assimiler tout ce que tu viens de m'apprendre.

Elle passa la main sur son front en un geste las.

— Et il me faut des preuves. Je veux dire, d'autres preuves que des photos sur ton téléphone.

— Je comprends. Dès demain, je t'enverrai un colis. Est-ce que tu as une adresse mail ici ?

— Moi non, mais le restaurant oui.

— Parfait. Tu veux des preuves ? Je t'en donnerai ! Toutes les preuves que tu voudras pour que tu acceptes de rentrer à la maison.

Elle s'attendait à ce que la conversation s'arrête là. Toutefois, au lieu de s'éloigner, Thomas se rapprocha d'elle, à tel point qu'elle put respirer son léger parfum de musc.

— Je n'arrive toujours pas à croire que c'est toi…, murmura-t-il. Tu m'as tellement manqué, Rosie !

Elle se raidit en pensant qu'il allait à nouveau la serrer dans ses bras. Étrangement, cette idée ne lui était pas aussi désagréable qu'elle aurait dû l'être. Bien sûr, c'était à cause de ses yeux. Dans la pénombre du restaurant, ils étaient maintenant d'un bleu profond comme la nuit. Ce devait être facile pour une femme de s'y perdre, tout au moins pour une femme qui ne se tenait pas sur ses gardes.

— J'ai besoin d'un peu d'espace…, réussit-elle à souffler juste au moment où les doigts de Thomas allaient écarter une mèche de cheveux de sa tempe. Il me faut de l'espace pour pouvoir réfléchir.

La déception brilla dans le regard de Thomas. Mais, en parfait gentleman, il obéit et fit un pas en arrière.

— Je comprends. Tu auras tout le temps et tout l'espace que tu voudras.

— Merci. J'apprécie ta patience. Et maintenant, si tu n'y vois pas d'inconvénient, j'aimerais monter me reposer dans ma chambre. J'ai mal à la tête.

Cette fois encore, Thomas dut refréner son envie de lui emboîter le pas. Il devait faire preuve de patience comme elle le lui avait demandé et lui accorder l'espace dont elle avait besoin. Évidemment, tout ce qu'il venait de lui dire l'avait bouleversée. Lui-même n'était-il pas profondément troublé par ce qui leur arrivait ?

Du coin de l'œil, il vit Linus qui s'avançait vers lui, un verre rempli d'un liquide ambré à la main.

— Tiens, dit-il en le lui tendant, je pense qu'un petit remontant te fera du bien !

Thomas avala une gorgée du délicieux whisky et savoura longuement la sensation brûlante du liquide qui coulait dans sa gorge.

— McKringle est monté voir comment va Rosalind. Je lui ai dit que je m'occuperais de toi. Votre conversation s'est bien passée ?

— Elle veut davantage de preuves avant de croire à ce que je lui dis.

— Voilà qui paraît sage de sa part.

Thomas hocha la tête. En effet, c'est probablement ce qu'il aurait lui-même demandé s'il s'était trouvé à la place de Rosalind. Une fois qu'elle aurait lu ce qu'il allait lui envoyer, elle comprendrait que tout ce qu'il lui avait dit était la stricte vérité.

Il but une nouvelle gorgée et regarda son frère sans dissimuler son effarement.

— Linus, je n'arrive pas à croire ce qui m'arrive ! J'ai l'impression que je suis plongé dans un rêve. Dire que je ne voulais pas m'arrêter pour dîner… Si tu n'avais pas insisté, jamais je n'aurais appris que Rosie était toujours vivante. Quand je pense que j'aurais pu passer si près d'elle sans m'en douter, j'en suis malade !

— Est-ce qu'elle t'a dit comment elle était arrivée ici ? McKringle a refusé de répondre à mes questions.

— Elle n'en a pas la moindre idée. Elle ne se rappelle rien de ce qui s'est passé avant sa rencontre avec lui sur l'autoroute.

Elle ne se souvenait même pas de lui, Thomas, son mari depuis plusieurs années. Dans le fond, il se demandait si c'était un malheur ou une bénédiction. Un peu des deux, sans doute…

Souvent il s'était réveillé la nuit en se reprochant l'accident. *Jamais elle ne serait partie à notre maison de campagne si je n'avais pas été aussi obstiné.* Voilà la phrase qui hantait ses insomnies.

— En tout cas, elle sera à la maison pour Noël. Maddie va être folle de joie !

Il avait prononcé cette phrase comme pour se rassurer lui-même.

— Et toi ? s'enquit Linus.

Quelle question idiote !

— Bien sûr que je serai heureux moi aussi, qu'est-ce que tu as ?

Il avala la dernière gorgée de son whisky. McKringle n'avait pas exagéré en affirmant qu'il était excellent. Et la boisson lui avait quelque peu remonté le moral, ce qui n'était pas rien.

— Évidemment, Thommy-boy.

Thomas fit la grimace. Il détestait ce surnom qu'on lui donnait quand il était enfant.

— Quiconque t'aurait vu au moment où tu as aperçu Rosalind pourrait deviner que tu seras fou de joie toi aussi.

Thomas s'assit, épuisé tout à coup. Une heure plus tôt, il était veuf et, en un clin d'œil, il ne l'était plus. C'était un rêve devenu réalité.

Ce qui rendait la question de Linus encore plus étrange.

— Si tu ne faisais pas allusion à mon bonheur de retrouver ma femme vivante, de quoi voulais-tu parler ?

Linus se pencha par-dessus la table pour se rapprocher. Il était rarement sérieux, aussi son expression concentrée fit battre le pouls de Thomas.

— Est-ce que tu as l'intention de lui raconter toutes les circonstances qui ont précédé son accident ?

— Je ne sais pas. À ton avis, qu'est-ce que je dois lui

dire ? Que j'étais un mauvais mari et que c'est pour ça qu'elle est partie vers le nord ?

— Tu n'étais pas un mauvais mari !

Thomas leva une main pour faire taire son frère. Il savait très bien ce qu'il avait à se reprocher.

— Nous venons juste de la retrouver, Linus. Je n'ai pas envie de la perdre à nouveau.

Il jeta un coup d'œil sur son verre, où demeurait un fond de son scotch. Le brun peut avoir tellement de teintes différentes, pensa-t-il. Couleur ambre, comme ce scotch. Ou bien tirer sur le gris. Ou bien comme les yeux de Rosalind, couleur chocolat avec des reflets dorés. Une obscurité trouée de lumière.

Ces yeux-là lui avaient tellement manqué !

— Noël sera bientôt là. Je pense que ce serait une bonne idée de laisser Rosalind vivre cette période calmement.

— Autrement dit, tu veux te taire pour ne pas troubler Maddie, c'est ça ?

— Pour elle et pour moi, avoua-t-il. Tu crois que c'est malhonnête ?

— Non. Pas du tout.

Un jour ou l'autre, Rosalind finirait par tout se rappeler, c'était certain. McKringle avait dit que cela pouvait prendre plusieurs mois, mais que les médecins se montraient optimistes à ce sujet.

Quand ce moment arriverait, Thomas serait là pour l'aider à remplir les blancs, et même le moment le moins glorieux, celui où elle était partie afin de réfléchir à l'avenir de leur couple.

Dans l'intervalle, ils auraient eu quelques semaines pour se fabriquer de nouveaux souvenirs. Peut-être même aurait-il la chance de prouver à Rosalind qu'il avait changé. Qu'il était prêt à faire tout son possible pour les rendre heureuses, elle et Maddie.

Si cette période se déroulait comme il le souhaitait, lorsque Rosalind se rappellerait le passé, les problèmes qu'ils avaient eus autrefois n'auraient plus aucune importance, car ils ne seraient plus d'actualité.

Après tout, comme le prouvait ce qui venait de lui arriver, les miracles les plus incroyables pouvaient se produire.

Quand Thomas avait promis à Rosalind de lui envoyer des preuves, il n'avait pas plaisanté. Au cours des jours qui suivirent, quantité de documents arrivèrent par Internet. Il y avait des articles de journaux. Des photographies. Une copie de leur acte de mariage et de son extrait de naissance. En fait, elle reçut tant d'informations en si peu de temps qu'elle en vint à se demander si Thomas n'avait pas engagé toute une équipe pour l'aider à les rassembler.

Bien sûr, de son côté aussi elle avait commencé à faire des recherches, maintenant qu'elle avait des noms pour lui donner des pistes. Elle avait ainsi appris que Thomas Collier appartenait bien à la Collier's Soap Company. Il en était devenu président à la mort de son père, Preston. Preston avait été un homme d'affaires très occupé. Il s'était marié trois fois et avait eu trois enfants, Thomas et son frère Linus, puis leur demi-sœur, Susan.

Lorsqu'elle découvrit tout cela, Rosalind ne fut qu'à moitié surprise d'apprendre que Thomas était un homme d'affaires couronné de succès. Elle s'était doutée dès son arrivée au pub qu'il n'était pas le premier venu, et pas seulement parce qu'il portait un costume bien coupé et des boutons de manchette en onyx.

Même vêtu d'un simple jean et d'un T-shirt, il aurait conservé la prestance qui l'avait impressionnée quand elle l'avait vu traverser le restaurant. Avec sa haute taille et son port de tête, il se déplaçait comme un homme sûr de lui et de son autorité naturelle.

Quelles circonstances avaient bien pu l'amener à épouser cet homme ? Pour autant qu'elle le sache désormais, elle était la fille de deux géologues mondialement réputés, autrement dit, elle venait d'un univers on peut plus éloigné du monde des affaires. Lorsqu'elle avait posé la question à Thomas, il lui avait répondu qu'ils s'étaient connus à l'université. Elle avait du mal à croire qu'un homme tel que lui ait pu la remarquer, mais c'était bien ce qui s'était passé. Les photos de leur mariage, qu'il lui avait envoyées aussi, le prouvaient incontestablement.

À la fin de la semaine, bien que n'ayant retrouvé aucun souvenir dans sa mémoire, elle en savait assez sur sa vie pour pouvoir croire ce que Thomas lui avait affirmé. Le problème, c'était qu'elle se trouvait à présent dans une zone intermédiaire où elle savait sans savoir, ce qui lui paraissait pire que de ne rien savoir du tout. Tous ces documents répondaient à ses questions mais, quand elle les consultait, aucun tressaillement intime ne venait lui assurer que c'était bien de son histoire qu'il s'agissait.

Il y avait une exception cependant : Maddie. Chaque fois qu'elle regardait une photo de la petite fille, son cœur se gonflait du désir de la voir. Peut-être tout simplement parce qu'elle ne supportait pas l'idée de savoir que cette adorable fillette était privée de mère ? Vrai ou faux, cela n'avait pas d'importance. Si elle rentrait à Londres avec Thomas, ce serait pour rendre sa mère à cette enfant.

— Je ne sais pas trop que faire, confia-t-elle un soir à Chris et Jessica, après la fin du service. Comment pourrai-je retourner vivre auprès d'un homme dont je n'ai pas le moindre souvenir ?

Depuis leur rencontre, Thomas et elle-même ne s'étaient pas revus et ne s'étaient pas davantage parlé au téléphone. Fidèle à sa promesse, Thomas lui laissait du temps et de l'espace. Il limitait les contacts à des courriels et à l'envoi de documents, qu'il accompagnait néanmoins de commentaires amicaux et décontractés, qui permettaient à Rosalind d'imaginer l'impatience qu'il avait de la voir de retour chez lui. Davantage encore lorsqu'il concluait ses missives par un : « Tu nous manques ! »

— Pourquoi est-ce que tu le ferais ? lui demanda Jessica. Ce n'est pas parce que tu sais maintenant qui tu es que tu dois pour autant te dépêcher de reprendre ta vie d'avant. Tu aurais l'idée de forcer un bébé à marcher avant qu'il soit capable de le faire, toi ?

— Non, bien sûr.

Avec un profond soupir, elle se prit la tête dans les mains.

— Si seulement je pouvais me souvenir de lui ! Quand je lis tout ce qu'il m'envoie, j'ai l'impression de lire le récit de la vie de quelqu'un d'autre. Rien de tout cela ne me parle. Rien ne me paraît réel.

Elle releva son visage :

— Cela doit vous paraître absurde, non ?

— Pas du tout, ma chérie, répondit Jessica en lui prenant la main. Tu as besoin de temps, voilà tout.

Pour une femme qui travaillait à longueur de journée à la cuisine, sa peau était étonnamment douce et soyeuse. C'est le miracle de la crème Collier à la lavande…, pensa Rosalind, assez dépitée de rencontrer Thomas partout.

— Tu verras, reprit Jessica, ton cœur finira par se souvenir.

— Et si cela ne se produit jamais ?

Que se passerait-il si Thomas Collier demeurait à tout jamais pour elle cet inconnu séduisant au magnétique regard bleu-gris ?

— Personne ne t'oblige à retourner vivre avec lui, reprit Jessica. Par contre, tu dois penser à ce que ton retour apportera à ta petite fille. Je suis sûre que tu n'as aucun souci à te faire en ce qui concerne les sentiments que tu éprouveras pour elle.

Rosalind se sentit rougir. Les photos avaient suffi pour qu'elle se mette à adorer Maddie ! Finalement, c'était là une raison suffisante pour qu'elle se rende à Londres.

— C'est vrai qu'elle mérite de retrouver sa mère…, murmura-t-elle en songeant que Jessica avait parfaitement raison. Puisqu'elle ne se souvenait pas de Thomas, elle n'avait pas à vivre avec lui.

D'ailleurs, voilà qui lui donnait une idée…

— Qu'est-ce que tu entends par « séjour à l'essai » ? lui demanda Thomas quelques jours plus tard, alors qu'ils se promenaient dans le centre du village de Lorchmara.

Il avait annoncé qu'il viendrait lui rendre visite. Comme il y avait peu de monde au restaurant, Chris avait donné sa soirée à Rosalind afin qu'ils puissent se parler tranquillement, tous les deux. Rosalind avait estimé que le moment était venu de lui faire part de son projet.

Hélas, Thomas ne paraissait guère enthousiaste.

— Exactement ce que les mots signifient, répondit-elle. Je vais venir à Londres.

— Tu veux rentrer à la maison ?

— Non. J'ai bien dit à Londres. Pour moi, ma maison, c'est ce village. Je ne me rappelle rien d'autre. Tu ne peux pas t'attendre à ce que je reprenne mon ancienne vie comme si rien ne s'était passé, sous prétexte que tu m'as envoyé des dates et des photos !

La façon que Thomas eut de se détourner prouva qu'en fait, c'était précisément cela qu'il espérait. Ce qui, bien sûr, les entraîna vers d'autres questions relatives à ses attentes.

Tout autour d'eux, comme chaque année à l'approche de Noël, les arbres avaient été décorés de guirlandes lumineuses, ce qui leur donnait l'impression d'évoluer dans une forêt enchantée, au milieu des branches qui étincelaient et se balançaient au gré du vent. C'était tout à fait romantique, un peu magique, et cela incitait à la rêverie, tant et si bien que Rosalind devenait de plus en plus consciente de la proximité de Thomas. Leurs épaules se touchaient presque et cela seul suffisait à faire s'accélérer les battements de son cœur.

Elle lui jeta un regard à la dérobée. Comme la fois précédente, il portait des vêtements de qualité et rayonnait de la même prestance. Elle-même, au contraire, était vêtue d'un manteau ordinaire et de bottes en caoutchouc bas de gamme. Autrement dit, le couple qu'ils formaient en ce moment paraissait totalement désassorti. C'était le jour et la nuit ! Impossible d'imaginer qu'ils aient pu en former un vrai un jour. Et pourtant, c'est bien ce qui s'était passé, puisque leur certificat de mariage le prouvait.

— Qu'est-ce que tu comptes faire en ce qui concerne Maddie ? demanda Thomas.

— C'est pour elle que je reviens. Elle a besoin de sa mère.

Même si elle avait nourri une foule de doutes, elle ne pouvait supporter l'idée de laisser cette petite fille croire plus longtemps que sa mère était morte.

Thomas s'arrêta de marcher pour pivoter sur lui-même et la regarder.

— Et moi ? Tu ne crois pas que j'ai besoin de toi, moi ?

— Tu n'es pas une petite fille ! répliqua Rosalind du tac au tac. Rien ne garantit que toi et moi allons être capables de reconstruire une relation. Je n'aime pas faire des promesses si je ne suis pas sûre de pouvoir les tenir. Je me sentirai beaucoup mieux si je sais que j'ai la possibilité de…

— … De repartir ?

— Oui. Ou plutôt, non. Je n'aurai pas le courage d'abandonner Maddie.

— Par contre, pas de problème ni de cas de conscience en ce qui me concerne, c'est ça ?

Pourquoi fallait-il qu'il dise les choses de cette façon ? Un nœud de culpabilité se forma dans le ventre de Rosalind.

— Ce plan me paraissait tout à fait acceptable quand je l'ai imaginé…

Et certainement pas aussi dénué de sensibilité qu'il avait l'air de l'estimer. C'est vrai que, pour lui, elle était la femme de sa vie, celle qu'il aimait et qu'il avait pleurée pendant des mois.

— Cela ne signifie pas que je ne ferai pas mon possible pour que ça marche ! C'est juste que j'ai un peu…

— Peur ? C'est ça ? Tu as peur ?

Il avait parlé d'une voix si douce que ce mot lui parut être une caresse.

Elle leva vers lui son regard.

— Oui. En fait, je suis terrifiée. Je quitte un territoire

connu pour aller vers l'inconnu. Qui n'aurait pas peur, à ma place ? Je n'ai pas la moindre idée de ce qui m'attend.

— Autrement dit, tu souhaites que nous fixions une date butoir, au cas où l'expérience ne marcherait pas ?

— Non, pas vraiment. Plutôt une proposition de date où toi et moi, nous pourrons évaluer la situation. Reconnais que ce n'est pas toi qui te jettes tête la première dans l'inconnu.

— C'est vrai…

Rosalind poussa un soupir de soulagement. Thomas la comprenait. Il lui accordait cette possibilité de conserver un certain contrôle dans leur tentative.

— Quelle durée envisages-tu pour cette visite d'essai ?

— Au moins toute la période de Noël et du nouvel an. Je ne veux rien modifier avant le début de l'année prochaine. Offrir à Maddie un Noël joyeux et paisible est vraiment mon premier souci.

— C'est le mien aussi.

— Alors nous sommes d'accord au moins sur ce point. Nous passerons les prochaines semaines en pensant à notre fille et aux fêtes de fin d'année. Ensuite, au mois de janvier, nous verrons où nous en sommes.

— Cela nous laisse donc trois semaines.

Le ton sur lequel Thomas avait parlé laissait clairement comprendre qu'il n'appréciait guère cette procédure, mais il eut le bon goût et la délicatesse de ne pas argumenter. Le Noël de leur fille était leur priorité commune, c'était l'essentiel.

— C'est-à-dire vingt et un jours…, reprit Rosalind. Qui sait ? J'aurai peut-être la surprise de me souvenir de tout dès que j'aurai franchi le seuil de notre appartement et toute cette conversation nous paraîtra alors inutile. Il est arrivé des choses encore plus extravagantes, n'est-ce pas ?

— Est-ce que tu as retrouvé certains souvenirs ?

Rosalind secoua la tête.

— Non. Pas vraiment. Quelques photos ne m'ont pas paru complètement étrangères, mais c'est sans doute à cause du désir que j'avais de les reconnaître. Je suis désolée de devoir t'avouer cela.

— Inutile de t'excuser, Rosalind.

Pourtant, elle avait le sentiment que c'était nécessaire. Elle se sentait terriblement coupable de n'avoir aucun souvenir de sa famille, et encore plus de ne pas sauter de joie à l'idée de rentrer bientôt chez elle.

— Ne crois pas que je ne souhaite pas me souvenir, ajouta-t-elle, confuse. Bien au contraire !

En effet, depuis qu'elle l'avait aperçu dans le restaurant, elle n'avait cessé de prier pour que s'ouvrent les écluses qui retenaient sa mémoire captive. Que disparaisse ce vide angoissant… Hélas, tout ce qu'elle obtenait en réponse, c'était une anxiété encore plus grande.

— J'en suis persuadé. Je te promets de ne pas chercher à te brusquer.

— Merci infiniment

La tension qui nouait ses épaules se desserra un peu.

— Mais…, reprit Thomas.

Aussitôt, la tension réapparut et Rosalind s'arrêta de marcher. Elle se tourna vers Thomas et le regarda droit dans les yeux.

— Mais quoi ?

— Je te promets de ne pas brusquer ta mémoire, mais cela ne signifie pas que je renonce à refaire ta conquête. Je te préviens qu'à partir de maintenant, je suis bien décidé à faire que tu me trouves irrésistible. À tel point que, mémoire retrouvée ou pas, tu seras tellement amoureuse de moi que tu n'envisageras même pas de partir !

— Vraiment ?

Amusée, elle croisa les bras et s'efforça de paraître aussi peu impressionnée que possible par cette vantardise. Évidemment, c'était très compliqué, car Thomas était le charme incarné.

— Oui, vraiment, madame Collier.

Son air taquin le rendait encore plus séduisant et le regard bleu-gris qu'il dardait sur elle pénétrait jusqu'au cœur de Rosalind. Du coin de l'œil, elle vit qu'il levait la main comme s'il avait l'intention de venir la poser sur son visage. Elle retint son souffle.

Mais, si son regard ne dévia pas, Thomas demeura à distance d'elle.

— À vrai dire, déclara-t-il, j'ai même l'intention de commencer dès ce soir.

Joignant le geste à la parole, il la prit par le bras, et ils rebroussèrent chemin en direction du pub, qui se trouvait aux limites de la ville.

3

Rosalind eut beau insister pour aider à assurer le service du soir, Chris ne voulut rien entendre. Il était vrai que, malheureusement pour elle, à part deux jeunes gens à la voix flûtée qui prenaient une bière au bar, la salle était vide. Après lui avoir assuré qu'il allait très bien se débrouiller sans elle, Chris prépara un petit panier, qu'il leur remit en les poussant dehors.

Thomas remarqua que Rosalind était pâle et visiblement angoissée.

— Détends-toi, Rosalind… Je te promets de ne pas t'emmener au fond d'un bois pour te découper en petits morceaux !

— Je l'espère bien, répondit-elle avec un petit rire nerveux.

Néanmoins, elle ne parut pas pour autant réussir à se décontracter. Elle avait l'expression d'une victime qu'on mène au sacrifice. Cette résistance muette qu'elle lui opposait blessait profondément Thomas. Comment accepter que sa femme ait ainsi peur de lui ?

Elle a oublié qu'elle est ma femme…

Voilà ce qu'il devait garder en tête, mais c'était difficile à admettre. Pour elle, il n'était qu'un étranger. Pire, un étranger qui mourait d'envie de se jeter à son cou, comme elle devait en avoir l'intuition.

— Est-ce que tu te sentiras mieux si je te promets de

ne pas te prendre dans mes bras ? demanda-t-il en dépit de l'envie qui l'en taraudait.

En voyant Rosalind grimacer un petit sourire, il se dit que c'était mieux que rien ! Le moment était venu de se satisfaire de ce qu'elle pouvait lui accorder, sans chercher à la brusquer.

— Tu sais, la soirée sera beaucoup plus agréable pour nous deux si tu acceptes de me faire confiance, ajouta-t-il un peu plus tard, lorsqu'ils eurent rejoint la grand route.

Comme la voiture de location était équipée de tout le confort souhaitable, il poussa le chauffage, dans l'espoir qu'un peu de chaleur supplémentaire aiderait à détendre l'atmosphère.

Rosalind tourna la tête vers lui.

— En fait, je me sentirais mieux si je savais où nous allons, finit-elle par avouer.

Ah… il avait oublié ! Rosalind n'aimait pas les surprises. Sur ce point, au moins, elle n'avait pas changé. Elle préférait savoir ce qui l'attendait, même lorsqu'il s'agissait de quelque chose d'agréable. Il allait donc la mettre tout de suite au courant de son projet.

— Tu as déjà vu des aurores boréales ?

En dépit de la pénombre qui régnait dans le véhicule, il s'aperçut que Rosalind paraissait surprise de cette question. Pourtant, à cette période de l'année, on pouvait facilement les apercevoir lorsque la nuit était claire. Certainement, tous les gens de la région en avaient déjà vu.

— Non, jamais.

— Parfait ! Moi non plus. Nous allons donc découvrir ensemble ce phénomène, qui fait partie des curiosités locales.

Alors qu'il ne s'y attendait pas du tout, elle éclata de rire.

— Enfin, Thomas, je vis ici depuis plusieurs mois, tu n'as pas deviné que je te faisais une blague ?

— Non, absolument pas, reconnut Thomas.

Le réchauffement de l'habitacle était sans doute en train de produire l'effet escompté…

— J'en profite pour te rappeler que la famille Collier est

réputée pour son humour assez décoiffant par moments. Tu me parais tout à fait au diapason.

— Tant mieux…

— En général, nous nous contentons d'en faire preuve entre nous, mais en comptant les cousins, les frères et sœurs, les demi-frères et les demi-sœurs, ça fait tout de même pas mal de monde.

— Je vais tâcher de m'en souvenir, répondit Rosalind.

Elle prit appui contre la portière en faisant face à Thomas.

— Ta famille paraît très intéressante…

— Notre famille, corrigea-t-il.

Elle ne releva pas cette rectification. Ou ne la remarqua pas, il n'aurait su dire.

— J'ai trouvé de nombreuses informations sur Internet. Encore plus que ce que m'ont apporté les documents que tu m'as envoyés.

— Tu as bien fait de commencer des recherches de ton côté.

— J'ai éprouvé le besoin de nourrir un peu les repères que tu me donnais. Dis-moi, est-ce vrai que ton père et ton grand-père ont été mariés trois fois ?

— Oui, hélas. Personne ne peut leur reprocher de ne pas être portés sur le mariage ! Les problèmes survenaient une fois le mariage conclu. Ils se sont tout de même arrangés pour unir plusieurs familles et, de ce point de vue, c'est une réussite.

— C'est ce qui explique le grand nombre de cousins, demi-frères, etc.

— En effet.

— Est-ce que tout ce monde travaille dans l'entreprise familiale ?

Thomas laissa échapper un soupir. Il aurait bien aimé ! Au cours des derniers mois, il aurait eu grand besoin d'aide.

— Non. Ce privilège a été réservé aux héritiers directs de mon grand-père. C'est-à-dire à mon père, à Linus et à moi. Le reste de la famille a été dispersé au gré des différents divorces.

D'un geste de la main, il esquissa un geste qui voulait évoquer un vaste courant d'air.

— Et ta mère ? Elle n'est mentionnée nulle part dans les documents que tu m'as adressés.

— Il s'agit d'une erreur d'écritures. Ma mère est décédée quand Linus et moi étions encore très jeunes.

— Ah… Je suis désolée.

— C'était il y a bien longtemps !

Il ne pouvait s'empêcher de penser que si sa mère avait vécu plus longtemps, elle serait probablement partie, comme toutes les femmes mariées à des Collier. Au moins, grâce à ce décès prématuré, il pouvait s'enorgueillir d'avoir eu une famille intacte.

Rosalind réfléchit un moment avant de reprendre la parole.

— D'après les informations que tu m'as données et qui m'ont été confirmées par mes recherches, mes parents sont décédés eux aussi.

D'un coup d'œil jeté sur le côté, Thomas s'aperçut qu'elle avait les yeux baissés sur sa veste et qu'elle jouait nerveusement avec les fils qui s'échappaient d'une couture.

— D'une certaine manière, j'en suis heureuse.

— C'est vrai ?

Pareille affirmation parut très surprenante à Thomas, car il se rappelait combien Rosalind aimait ses parents.

— Je ne me réjouis pas de leur mort, bien sûr, mais je suis contente qu'ils n'aient pas passé les six derniers mois à me croire morte. C'est bien assez que toi et notre fille ayez eu à vivre ce cauchemar.

— Ce cauchemar est maintenant terminé ! lui rappela Thomas. Si je comprends bien, tu as aussi fait des recherches au sujet de ta propre famille ?

— Oui, un peu.

— Un peu seulement ?

Un silence succéda à cette question. Grâce à un nouveau coup d'œil dans sa direction, Thomas constata que c'était avec la fermeture Éclair de sa veste que Rosalind jouait à présent.

— Le problème, expliqua-t-elle, c'est que, si on trouve beaucoup de renseignements sur Internet, aucun ne permet de s'imaginer ce qu'était la personne en réalité. Finalement, c'est très décevant.

— Tu y as au moins trouvé un cadre auquel ta mémoire peut se raccrocher, non ?

— Oui.

Ce « oui » ne paraissait guère enthousiaste.

— Tu ne crois pas que ta mémoire va revenir ?

— Qui sait ? Ce qui m'inquiète surtout, c'est…

Elle secoua la tête.

— Peu importe de toute façon !

— Si quelque chose te tracasse, il vaudrait mieux que tu m'en parles. Je pourrais peut-être t'aider. Tu te rappelles que je t'ai demandé de me faire confiance ?

L'habitacle bien chauffé de la voiture avait sans doute joué son rôle de cocon protecteur, car Rosalind paraissait plus détendue maintenant. Elle gratifia Thomas d'un petit sourire. Petit, mais réel. Le genre de sourire qui manifestait davantage le réconfort que le bonheur lui-même.

— Oui, je veux bien, mais… que se passera-t-il si ce que je découvre ne me plaît pas ?

Le cœur de Thomas se serra.

— Tu redoutes des informations concernant ta famille ?

— Non. Plutôt des choses me concernant moi-même.

Soulagé, Thomas balaya son inquiétude d'un revers de main.

— Alors franchement, tu n'as rien à craindre de ce côté-là. Je te promets que tu aimeras tout ce que tu apprendras sur ton compte.

— Tu crois ?

— Oui, j'en suis même sûr. Je suis ton mari, et même si cela ne signifie encore rien pour toi, je te promets que j'ai eu très bon goût quand j'ai choisi mon épouse.

— Très bon goût ?

Elle se mit à rire.

Et ce rire léger et agréable emplit le cœur de Thomas

d'une chaleur délicieuse. Il s'accorda un instant pour savourer cette sensation inattendue.

— Bon, cela dit, reprit-il, ne t'attends pas à davantage de compliments de ma part !

— Voilà qui me suffit amplement pour aujourd'hui. Merci beaucoup.

— Tu comprends bien que je n'aurais pas épousé n'importe qui !

Le moment parfait lui paraissait être arrivé pour tendre la main vers Rosalind et la poser sur son bras. Il lâcha la manette du changement de vitesse, mais se rappela juste à temps la promesse qu'il lui avait faite de ne pas chercher à la toucher.

Il se contenta donc de lui adresser un sourire.

En voyant qu'elle lui souriait en retour, il se dit que cela valait bien une caresse. Autrefois, rendre Rosalind heureuse avait été sa priorité absolue. Découvrir qu'après tous ces mois de séparation et d'angoisse il était encore capable de lui faire plaisir lui fut un véritable cadeau.

Une fois qu'ils furent arrivés à la destination qu'il avait choisie, il découvrit avec joie que très peu de voitures se trouvaient garées sur le parking. Il adressa au ciel un remerciement silencieux. Il avait redouté que la présence de nombreux touristes ne gâche ce moment d'intimité avec Rosalind, qu'il souhaitait tout à fait spécial. Habituellement, la lueur n'apparaissait qu'après 22 heures, ce qui servait parfaitement le plan qui était le sien.

— Attends-moi un instant dans la voiture, lui demanda-t-il, je reviens tout de suite.

Rosalind le regarda s'éloigner en pensant qu'il allait essayer de trouver un bon point de vue depuis la plage.

À moins qu'il ne soit parti repérer dans les falaises un endroit d'où il pourrait la précipiter dans le vide ?

Cette idée la fit sourire. Évidemment, ce n'était pas ce qu'il avait en tête. Il avait beau penser qu'elle ne lui faisait pas confiance, le problème n'était pas là du tout. En tout cas, pas entièrement. Elle était bien certaine de ne pas avoir affaire à une personne dérangée qui voulait lui faire du mal. Pourtant, chaque fois qu'elle se trouvait en sa présence, ses nerfs se mettaient à réagir d'une façon bizarre. Elle se sentait tendue, hyper sensible et, en même temps, plutôt heureuse d'être près de lui. Depuis qu'il lui avait avoué qu'il avait l'intention de la séduire pour lui ôter l'envie de le quitter, elle avait les nerfs à fleur de peau. Il se comportait avec elle comme si elle était une personne très spéciale et cette attitude lui faisait perdre le peu de confiance qu'elle avait en elle.

Pourquoi ne pas lui dire qu'elle renonçait à Londres ? Rien ne les obligeait à vivre dans la même maison à cause de leur fille. Pourquoi n'amènerait-il pas Maddie en Écosse ?

La portière que Thomas venait de lui ouvrir la tira de ces élucubrations hasardeuses.

— Tu es prête ? demanda-t-il, le regard plus bleu que jamais, en lui tendant la main pour l'aider à sortir de la voiture.

Il tenait dans ses bras une couverture en laine qu'il lui enroula autour des épaules.

— Tiens, dit-il, le vent est froid du côté de la baie.

— J'en ai pris l'habitude, je le supporte facilement.

— Tant mieux, et en plus, nous avons une bouteille de chardonnay pour nous réchauffer !

Utilisant son téléphone comme une torche, il la conduisit vers un coin, à l'écart des quelques personnes déjà installées. Rosalind eut à nouveau envie de sourire en constatant que c'était tout près des falaises. Là, sur un petit morceau de terrain encore couvert d'herbe, elle aperçut une autre couverture étalée sur le sol, et sur laquelle se trouvait le panier d'osier préparé par Chris. En s'approchant, elle y découvrit une bouteille et deux verres.

— Il m'a semblé que l'aurore boréale serait plus brillante si nous nous écartions de la lumière du phare, expliqua Thomas.

Il s'assit sur la couverture et tapota la place à côté de lui.

— C'est McKringle qui a choisi le vin, alors je ne peux pas te dire s'il est bon ou pas. Je crois qu'il s'y connaît mieux en whisky qu'en vin.

— Détrompe-toi ! Chris a des connaissances dans beaucoup de domaines. Du moins, c'est ce que j'ai découvert depuis que je vis chez eux.

En face d'eux, de l'autre côté de la baie, ils apercevaient les Orkney Islands, noires et montagneuses. À part la traînée blanche qui provenait de la lune, l'eau était sombre elle aussi.

— Toute cette noirceur…, murmura Rosalind. C'est impressionnant, tu ne trouves pas ?

— Oui, c'est vrai, répondit Thomas en lui tendant un verre. Nous nous trouvons ici dans la partie la plus au nord du Royaume-Uni. Quand je suis venu ici avec Linus, la semaine dernière, nous étions si dépaysés que nous avions presque envie de chercher les lutins qui se cachent dans les bois.

Rosalind se mit à rire.

— Vraiment ? Tu crois que le Père Noël et ses aides viennent par ici de temps en temps pour boire un petit coup de bon whisky ?

— Pourquoi pas ? À sa place, c'est bien ce que je ferais !

Cette idée le fit sourire et l'éclat de ses dents brilla dans la nuit.

— Mais surtout, ne répète pas ça à Maddie ! reprit-il. Pour elle, le Père Noël ne perd pas son temps à ça. Il est bien trop occupé à réaliser les vœux des enfants sages.

— Elle y croit vraiment ?

— Oui. Elle est persuadée qu'il est capable de tous les miracles, y compris celui de lui ramener sa mère pour la fête de Noël.

Rosalind hocha la tête.

— Alors je garderai pour moi mes horribles pensées.

Thomas tendit son verre et ils trinquèrent.

— C'est parfait comme ça !

Rosalind croisa la couverture plus étroitement sur ses épaules.

— Tu es sûr que tu n'as pas froid ? interrogea-t-elle. Si tu veux, nous pouvons très bien partager la couverture…

— Non, je te remercie, ce n'est pas la peine.

Ouf ! C'est la réponse qu'elle espérait. Et malgré tout, elle se demandait ce qu'elle ressentirait s'il l'entourait de ses bras et la serrait contre elle.

— Si le Père Noël existait vraiment, qu'est-ce que tu lui demanderais comme cadeau, toi ? demanda-t-elle à Thomas.

— Rien.

— Rien ?

Voilà une chose qu'elle trouvait surprenante et difficile à croire. Il désirait forcément quelque chose.

— Impossible ! Chacun a quelque chose d'écrit sur sa liste, même s'il est riche comme Crésus.

— Moi, j'ai déjà reçu mon cadeau de Noël. Il est là, juste à côté de moi sur cette plage.

À nouveau, voilà que Thomas la traitait comme si elle était un cadeau ! Elle se sentit devenir cramoisie. Du coup, elle pencha la tête sur son verre, comme si celui-ci présentait soudain un intérêt passionnant. De tout son cœur, elle aurait aimé pouvoir offrir à son compagnon le sentiment qu'il attendait d'elle, mais hélas, sa mémoire demeurait aussi sombre et insondable que l'eau qui s'étendait devant eux.

— Et toi, Rosalind ? Qu'est-ce que tu demanderais ? À part ce qui est évident, bien sûr.

— Retrouver la mémoire est déjà un vœu tellement énorme que je suis incapable d'en formuler un autre. Mais si tu insistes, il me semble que mon souhait le plus cher serait d'avoir un petit cottage à moi. La pièce que j'occupe au-dessus du restaurant me plaît beaucoup, mais je préférerais avoir un endroit qui soit vraiment à moi.

— Ah bon ? Enfin…

En sentant Thomas se raidir à côté d'elle, Rosalind réalisa

qu'en formulant ce souhait-là, elle lui avait fait comprendre qu'elle souhaitait une vie à elle, indépendante de lui.

— Excuse-moi, je ne voulais pas te blesser... J'ai encore du mal à accepter mon identité.

— Tu ne m'as pas blessé, Rosie. Notre situation est tellement bizarre que nous aurons tous les deux besoin de pas mal de temps pour nous y habituer.

Il étira ses jambes et s'allongea sur la couverture. Maintenant qu'il n'était plus près d'elle pour la réchauffer, Rosalind se mit à frissonner.

— Écoute, déclara Thomas en se redressant sur un coude, je te propose que ce soir, nous ne nous préoccupions pas de nos vies passées. Contentons-nous d'être Thomas et Rosalind, deux personnes qui profitent des merveilles de la nature en buvant un verre de chardonnay.

— Voilà qui me convient très bien ! approuva Rosalind.

À partir de ce moment-là, il lui sembla qu'un poids avait été ôté de ses épaules. Ils se mirent à parler de choses et d'autres, exactement comme ils l'auraient fait si leur rendez-vous avait été une classique rencontre entre deux personnes qui ne se connaissaient pas encore. Lorsqu'elle regarda sa montre et découvrit qu'une heure et demie s'était presque écoulée pendant qu'ils parlaient dans le froid, Rosalind eut du mal à le croire.

— Je n'ai pas vu le temps passer ! s'exclama-t-elle.

Jamais, depuis son arrivée à Lochmara, elle n'avait parlé aussi aisément avec qui que ce soit.

— Et pourtant, nous avons à peine touché à la bouteille ! renchérit Thomas.

C'était vrai. Le verre qu'elle avait posé tout à l'heure sur une pierre plate à côté d'elle était encore plein aux trois quarts. Thomas avait à peine touché au sien lui aussi.

— Ce qui ne nous a pas empêchés d'avoir une conversation très intéressante, conclut Rosalind. Tu crois qu'à partir de notre expérience, on peut dégager une formule selon laquelle l'intérêt d'une conversation est inversement proportionnel à la quantité de vin ingéré ?

— Ou directement proportionnel au plaisir apporté par la compagnie en laquelle on se trouve !

Il avait parlé d'une voix si douce que Rosalind en eut la chair de poule. Oui, Thomas Collier était réellement séduisant, il était impossible de le nier.

— Oh ! regarde !

Un tourbillon de lumière blanche commençait à se dérouler à l'horizon. Très vite, ce panache impalpable fut rejoint par un vert, puis un rose, et le trio se mit à exécuter une danse réglée par le rythme des explosions causées par l'air chargé d'électricité.

Rosalind avait déjà observé ce phénomène à plusieurs reprises, mais ce soir, les couleurs lui paraissaient particulièrement brillantes et vives. Thomas s'était à nouveau rapproché d'elle, ce qui ajoutait un élément supplémentaire à la tension qu'elle éprouvait.

— C'est magnifique, tu ne trouves pas ? souffla-t-il tout près de son cou. Et ce n'est que le commencement !

Le lendemain matin, Rosalind fit ses adieux à Chris et Jessica avant de traverser le tarmac pour rejoindre le jet privé de l'entreprise Collier, devant lequel l'attendait Thomas.

— Bienvenue à bord ! lança-t-il pour l'accueillir.

Pour leur retour à Londres, son « mari », puisque c'est ainsi qu'elle devait commencer à le considérer, arborait une tenue décontractée. Il avait remplacé son costume sombre par un pantalon de velours noir et un pull-over gris qui mettaient en valeur sa minceur athlétique. Rosalind lui trouva des allures de félin, à la fois svelte et puissant. Une chaleur étrange tourbillonna dans son estomac.

— Je ne m'attendais pas à voyager dans un avion privé…

— L'entreprise Collier a une envergure internationale désormais. Ce jet nous permet de gagner beaucoup de temps dans les aéroports.

Comme il faisait un pas de côté pour la laisser passer,

sa main frôla le dos de Rosalind. Ce fut rapide, un très léger contact, mais c'était la première fois qu'il la touchait depuis la maladroite étreinte du premier jour. Troublée, elle se redressa et se hâta de monter à bord. Là, en découvrant les confortables fauteuils en cuir crème sous la lumière tamisée, elle sentit son pouls s'accélérer encore davantage.

Rêveuse, elle passa la main sur un repose-tête.

— J'imagine que j'avais l'habitude de voyager de cette façon ?

— Non, pas vraiment, répondit Thomas. Tu préférais conduire. Tout au moins jusqu'à…

Il s'arrêta brusquement, laissant la phrase en suspens, avant de reprendre sur un autre sujet.

— Un vol de deux heures est nettement préférable à une journée entière passée dans une voiture. Et, de cette façon, nous arriverons à temps pour dîner avec Maddie.

En entendant le nom de la petite fille, Rosalind sentit l'inquiétude la gagner.

— Où est-elle en ce moment ? demanda-t-elle. Qui s'occupe d'elle ?

— Elle a passé la journée avec Linus et ma sœur Susan.

Il l'invita à prendre place.

— Est-ce que je peux aller te chercher quelque chose à boire ? Un verre d'eau ? Un thé ?

Pourquoi pas quelque chose de fortifiant, plutôt ? se demanda Rosalind. Mais mieux valait se montrer raisonnable.

— Non, je te remercie, j'ai pris un bon petit déjeuner. Je n'ai pas envie de faire trop d'allées et venues aux toilettes. Oh… Pardon, ajouta-t-elle en rougissant.

— Pardon de quoi ?

— Je ne sais pas. De faire une allusion aussi terre à terre, alors que je voyage dans un jet luxueux ! Il me semble que je devrais me montrer plus détachée des vulgarités de ce bas monde.

Thomas éclata de rire. Un rire profond qui la bouleversa.

— Crois-moi, tu n'utilisais pas toujours un langage châtié. Je me rappelle le jour où nous nous trouvions en forêt et où tu as fait tomber un échantillon de roche sur ton pied. Tu as égrené un chapelet de gros mots dont j'ignorais que tu les avais à disposition !

— Je suis sûre que tu exagères…

En même temps qu'elle protestait, il lui semblait qu'une image vague se formait dans son esprit, mais ce n'était sans doute que la conséquence de la description que venait de lui faire Thomas.

— J'exagère un tout petit peu, c'est vrai, admit-il. Mais je t'en prie, Rosie, laisse-toi aller ! Permets-toi d'être toi-même.

— C'est bien cela qui me pose problème… puisque je ne sais pas qui je suis !

Thomas ne releva pas et s'installa de l'autre côté de l'allée centrale. Ainsi ils ne risqueraient pas de se toucher accidentellement. En le regardant étirer ses longues jambes, Rosalind lui trouva à nouveau une allure féline et elle envia la maîtrise qu'il avait de lui-même, alors qu'elle n'était qu'une pelote de nerfs.

— Je ne sais pas qui est ce « moi-même », reprit-elle. Rosalind Collier m'est aussi étrangère que toi.

Comme il hochait la tête, elle en conclut qu'il la comprenait. Elle ne se trompait pas, puisqu'il ajouta aussitôt :

— Je n'ai aucune attente particulière vis-à-vis de toi, Rosalind. Je te le promets.

Restait à espérer qu'il se souviendrait de toutes les promesses qu'il faisait ! Cela commençait à faire beaucoup, mais cette dernière était la plus importante aux yeux de Rosalind.

Elle se détendait de mieux en mieux maintenant, se laissait aller dans le confort moelleux de son siège dont les coussins étaient faits avec le cuir le plus doux qu'elle ait jamais touché. Tout au moins au cours de sa nouvelle vie…

Pendant un moment, elle s'appliqua à suivre de l'index la couture qui bordait la ceinture de sécurité. Puis, elle releva le visage.

— Est-ce que Maddie est au courant ? Je veux dire, au courant de mon retour ?

Thomas secoua la tête.

— Non. Je préfère attendre que tu sois à Londres pour lui faire la surprise.

— D'accord…, répondit-elle, déçue.

Il n'était pas difficile de comprendre ce que cachait la réponse de Thomas. Avait-elle toujours eu autant de facilité à deviner ses pensées ? Évidemment, elle n'en avait aucun souvenir, mais dans le cas présent, ce qu'il avait en tête était clair comme de l'eau de roche.

— Est-ce là une façon de me dire que tu ne voulais pas lui donner de faux espoirs au cas où, finalement, j'aurais refusé de t'accompagner ?

— Oui.

Eh bien, voilà qui était franc ! Elle s'enfonça davantage dans son siège en se demandant si elle allait protester de sa bonne foi, puis décida que cela n'en valait pas la peine. D'ailleurs, en voyant que sa franchise assez brusque avait choqué Rosalind, Thomas fit lui-même le commentaire justifiant son franc-parler :

— Tu comprends, quand il est question de ma fille, je veille à ne pas…

— Quand il est question de *notre* fille…, corrigea Rosalind.

— Oui, de notre fille. Je ne tiens pas à prendre le risque de lui causer de déception. Elle a déjà assez souffert. Tant que demeurait la possibilité que tu changes d'avis, j'ai préféré ne rien dire.

— Jamais je ne serais revenue sur ma promesse ! Je sais très bien que cela aurait été pour elle une désillusion terrible.

Thomas ne la regardait pas. Il jouait avec son téléphone, qu'il tournait et retournait dans sa main.

— Ce sont des paroles généreuses, mais les gens disent tant de choses sur lesquelles ils reviennent ensuite…

Voulait-il la prévenir que ce serait le cas avec nombre

des promesses qu'il lui avait faites lui-même ? Ou faisait-il allusion à un manquement dont elle se serait rendue coupable autrefois ?

L'avion s'apprêtait à décoller. Rosalind regarda par le hublot qui se trouvait à côté d'elle. Là-bas, dans le petit terminal, Chris et Jessica lui adressaient de grands signes d'au revoir. Elle sentit sa gorge se serrer. Pour le meilleur ou pour le pire, elle savait que sa vie auprès des McKringle était terminée et que sa nouvelle existence, ou plus exactement, sa nouvelle ancienne existence, avait commencé.

Comme elle sentait les larmes lui monter aux yeux, elle se détourna du hublot pour faire face à Thomas.

— S'il te plaît, raconte-moi un peu comment est Maddie !

Entendre parler de leur fille était le meilleur moyen de garder l'esprit occupé avec des attentes agréables.

— Il y a quelque chose que tu souhaites savoir en particulier ?

— Non. Tout ce qui la concerne m'intéresse. Absolument tout. J'ai vu une montagne de photos, mais c'est impossible de connaître quelqu'un simplement à partir de photos. D'après certaines de ses expressions, il me semble toutefois qu'elle a une forte personnalité.

— En effet, c'est le moins qu'on puisse dire. Quand elle a décidé quelque chose, il est très difficile de l'en dissuader. Pour te donner un exemple, il n'y a pas très longtemps, elle a passé un quart d'heure à m'expliquer pourquoi il fallait absolument qu'elle mange une autre part de gâteau avant d'aller au lit !

— Elle sait plaider sa cause ! C'est plutôt un signe de précocité, à mon avis.

— Oui, c'est une enfant très éveillée. Parfois un peu trop ! Ce n'est pas pour autant qu'elle sait lire couramment, mais elle est capable de comprendre des idées compliquées qui demandent pas mal de maturité.

Le ton de Thomas était empreint de fierté. Au fur et à mesure qu'il parlait, Rosalind voyait son expression s'adoucir peu à peu. Les petites rides du contour de ses yeux se plissaient agréablement quand il souriait, et ce sourire tout simplement bouleversant donnait l'impression que son visage était illuminé de l'intérieur.

— Et en ce moment, Maddie se passionne pour les chiens. Les gros, les petits, les poilus, les rasés, les hauts sur pattes, les courts sur pattes, elle les aime tous ! C'est sa dernière folie. Les chiens, et la couleur violette.

Les yeux clos et les sourcils froncés, Rosalind s'efforçait de faire coïncider la fillette des photographies avec les histoires que Thomas lui racontait, en espérant que cela éveillerait des souvenirs en elle. Une image très vague se forma dans son esprit embrumé : elle se voyait en train de courir dans un pré, mais encore une fois, elle fut incapable de discerner s'il s'agissait d'un souvenir ou d'une production de son imagination.

— Hé ! souffla Thomas devant son air contrarié. Il me semble que nous avions décidé de nous détendre…

Il posa sa main sur celle de Rosalind.

— Oui, je sais, mais je ne peux pas m'empêcher de chercher…

La chaleur de la main de Thomas se diffusait dans son bras, allégeant un peu sa frustration. Les yeux toujours clos, elle s'abandonna contre le repose-tête.

— J'aimerais tellement me rappeler quelque chose ! N'importe quoi, mais quelque chose. Comment est-il possible qu'une femme oublie son mari et son enfant ? Et ses parents ? Je ne me souviens pas davantage d'eux.

— Ce n'est peut-être pas plus mal…

Rosalind ouvrit brusquement les yeux.

— Pardon ?

— Non, non, rien…

À ce moment-là, les roues de l'avion quittèrent le sol et un fort cahot ébranla l'appareil. Thomas retira sa main. Aussitôt, la tension revint chez Rosalind.

— C'était idiot de ma part de le formuler de cette façon, reprit Thomas.

— Comment peux-tu imaginer que ne pas me souvenir

de mes parents puisse être quelque chose de positif ? insista Rosalind.

— Ce n'est pas ce que je voulais dire. Il me semblait simplement que ne pas te rappeler que tu avais perdu tes parents, ou avoir oublié les mauvais souvenirs de ton passé, ce n'était pas si mauvais. Mais c'était idiot.

— En effet, c'est idiot. Un peu comme lorsqu'on dit « Au moins, il ne s'est pas vu vieillir » quand quelqu'un meurt jeune. Évidemment, mais la personne aurait certainement préféré vieillir en compagnie de ceux qu'elle aimait. Tu n'es pas d'accord ?

Thomas lui adressa un regard étrange.

— Quand tes parents sont morts, tu m'as dit que toutes les platitudes prononcées lors des funérailles avaient failli te rendre folle. Tu te retrouvais orpheline à dix-huit ans. Bien sûr, tout le monde essayait de te consoler, mais tu trouvais que les gens auraient mieux fait de se taire.

— Voilà qui me paraît tout à fait sensé ! répliqua-t-elle vivement.

Il s'agissait là d'un simple élan émotif, mais il la fit vibrer intérieurement. Si elle réagissait aujourd'hui avec autant d'exaspération qu'autrefois, cela signifiait que quelque chose de très profond en elle n'avait pas été effacé en même temps que ses souvenirs.

Pour la première fois depuis que son amnésie avait été diagnostiquée, une lueur d'espoir s'alluma en elle et irradia tout son corps. Elle sentit un vrai sourire naître sur ses lèvres.

Son regard rencontra alors celui de Thomas. Encore une fois, la couleur de ses yeux avait changé. Ils n'étaient plus ni bleu sombre ni gris, mais de la couleur du ciel lorsqu'une tempête se prépare et qu'il se charge de gros nuages obscurs, lourds de promesses menaçantes.

Plus de promesses que Rosalind ne pouvait en affronter en ce moment.

— Finalement, je crois que j'accepterais volontiers le thé que tu me proposais tout à l'heure, souffla-t-elle.

Thomas mourait d'envie de prendre la main de Rosalind. Diable, sa femme était assise tout près de lui, elle le regardait de ses grands yeux sombres d'une manière qui le troublait au plus haut point, et il ne pouvait pas la toucher ! Alors qu'il rêvait de prendre son petit visage inquiet entre ses mains et de l'embrasser à en perdre la tête… Hélas, aussi fort que soit ce désir, il n'était encore pour elle qu'un étranger amical. Un homme qui la désirait comme un fou, alors qu'elle estimait ne pas faire partie de sa vie.

Il se leva et partit au fond de l'avion préparer le thé. Où donc étaient rangées les tasses ? Il se mit à leur recherche avec fébrilité. En temps normal, il y avait un steward à bord, mais ce jour-là, il lui avait semblé que Rosalind préférerait se trouver seule avec lui. Prévoyant que son retour chez eux allait la déstabiliser, il s'était ingénié à minimiser les occasions de contrariété. Moins elle serait troublée, mieux ce serait pour elle, comme pour Maddie. Le résultat de ces précautions, à l'instant présent, était qu'il se retrouvait à ouvrir les différents placards au petit bonheur, à la recherche du nécessaire pour lui offrir le thé annoncé. Enfin, il réussit à mettre la main sur la provision de darjeeling et fit chauffer la bouilloire. C'était un genre d'exercice auquel il n'était guère habitué, mais il s'en sortit honorablement. D'autant plus qu'il trouva aussi un paquet de petites madeleines à l'orange que Rosalind adorait. Autrefois… Qu'en serait-il aujourd'hui ? Il les avait sans doute stockées là en espérant qu'un jour elle l'accompagnerait dans l'un de ses voyages d'affaires.

Elle ne l'avait jamais fait.

Étrange, comme la distance s'insinue dans un couple de manière insidieuse, pensait-il en disposant les biscuits sur une petite assiette. Elle se creuse insensiblement, les fissures s'élargissent sans bruit jusqu'à ce que, tout à coup, un abîme apparaisse là où il n'y en avait jamais eu… Voilà comment il avait perdu Rosalind. Peut-être auraient-ils réussi à combler le fossé si elle n'avait pas disparu ? Peut-être pas. À cause de l'accident, ils ne le sauraient jamais.

Au moins, maintenant, une seconde chance lui était offerte.

Un moment plus tard, il regagnait la cabine, un plateau à la main.

— J'ai dévalisé le garde-manger ! annonça-t-il en lui tendant le résultat de ses recherches.

Rosalind leva vers lui un regard reconnaissant qui lui noua l'estomac. Il serra très fort les poignées du plateau pour lui cacher son émotion.

— J'ai pensé que des petits gâteaux nous feraient du bien à tous les deux.

Rosalind jeta un regard sur l'assiette qu'il avait posée sur sa tablette.

— Oh ! Des madeleines à l'orange ? J'adore ça !

— Je sais...

Il avait certainement l'air un peu trop content de lui, mais tant pis !

— Je ne les ai pas achetées exprès pour aujourd'hui. Elles étaient en réserve pour toi dans le jet.

— Ah... Quoi qu'il en soit, elles vont satisfaire ma gourmandise.

Elle se servit, puis, fronçant les sourcils, leva un visage contrarié vers Thomas, qui s'inquiéta aussitôt.

— Quelque chose ne va pas ?

— Eh bien... Disons que je suis un peu agacée...

— Pour quelle raison ?

— Ça me contrarie de voir que quelqu'un me connaît mieux que moi-même.

— Je ne voulais pas te contrarier, répondit Thomas.

Il posa le plateau sur une tablette, ajouta une goutte de lait dans chacune des deux tasses et lui en tendit une.

— Encore une fois, c'est parfait, approuva Rosalind.

— Oh ! désolé...

Elle baissa les yeux sur sa tasse.

— Inutile de t'excuser. La situation doit être difficile

à vivre pour toi aussi. Peut-être encore plus difficile que pour moi, puisque tu as porté mon deuil !

— Écoute, beaucoup d'eau est passée sous les ponts depuis.

Elle sursauta.

— Tu as parlé d'eau qui passe sous les ponts ? C'est une plaisanterie pour m'aider à sortir de mon amnésie ?

Sa voix avait une intention gaie tout à fait inattendue.

Leurs regards se rencontrèrent et, avant d'avoir eu le temps de compter jusqu'à trois, ils éclatèrent de rire tous les deux. Un court moment, ce fut comme si l'accident ne s'était jamais produit. Ils étaient seulement un jeune couple qui s'amusait d'une plaisanterie compréhensible par eux seuls.

Thomas réalisa alors à quel point le rire de Rosalind lui avait manqué. Et il se souvint aussi qu'il aimait beaucoup la faire rire.

Hélas, cet instant privilégié fut interrompu par la sonnerie du téléphone. Thomas laissa échapper un juron. L'avantage des jets privés est que les passagers ne sont pas soumis aux mêmes règles de communication que les avions de ligne, ils peuvent ainsi rester en contact permanent avec leur bureau et leur personnel. Pour Thomas, en ce moment, ce n'était pas forcément agréable.

Il choisit de le laisser sonner.

— Tu ne penses pas que tu devrais répondre ? s'inquiéta Rosalind.

— L'un des avantages d'être P-DG, c'est qu'on peut se permettre d'être indisponible de temps à autre.

— Tu n'as pas peur que ce soit important ?

Thomas haussa les épaules.

Si, ce coup de fil était forcément important puisque, en partant, il avait donné la consigne qu'on ne le joigne qu'en cas de crise. Même si, à chaque sonnerie, son pouls s'accélérait, il avait à cœur de prouver à Rosalind que ses priorités avaient changé.

Le visage de la jeune femme refléta tout à coup une inquiétude réelle.

— Et si c'était au sujet de Maddie ?

Diable… il n'avait pas pensé à cela.

Avec un regard d'excuse, il attrapa son téléphone.

— Oui, je vous écoute.

C'était Nilay Malik, la responsable de la distribution internationale à Collier's Soap. Heureusement, elle savait aller droit au but sans perdre de temps en salutations et en formules inutiles.

— M. Ming menace de se retirer de l'accord verbal que nous avons passé avec lui.

Ja Na Ming était le propriétaire de la plus importante chaîne de spas haut de gamme du Pacifique et, de ce fait, la cheville ouvrière du succès des nouveaux produits de bain de Collier's Soap.

— Je ne sais pas pour quelle raison il s'est mis dans la tête que nous allions utiliser sa participation pour élever le niveau des spas européens, poursuivit Nilay. En conséquence, il exige un rabais plus important que celui qui lui a déjà été consenti.

— Un rabais plus important ? Encore un peu et nous lui fournirons nos savonnettes gratuitement ! s'exclama Thomas en faisant un effort pour éviter de jurer de nouveau.

Ming ne pouvait pas choisir pire moment pour le solliciter.

— Bon, reprit-il après avoir réfléchi quelques secondes. Voici ce que nous allons faire.

Pressé de mettre fin aussi vite que possible à cet entretien professionnel, il se hâta de donner ses instructions à Nilay. Leur but était de lui permettre de modifier certaines des offres faites précédemment dans l'espoir que cela satisferait Ming sans nuire à la marge de bénéfice qu'il escomptait.

— Je suis impressionnée ! déclara Rosalind lorsqu'il eut raccroché. Ça t'arrive souvent d'être sollicité comme ça à l'improviste et d'avoir à réagir aussi rapidement ?

— Plus que je le souhaiterais, mais moins qu'autrefois.

Il observa Rosalind pour voir si ce commentaire éveillait

quelque souvenir en elle. Apparemment, ce ne fut pas le cas, car l'expression de son visage ne changea pas et elle continua à boire son thé sans se sentir concernée.

— Je n'aurais jamais imaginé que vendre du savon relevait de la haute finance..., commenta-t-elle au bout d'un moment. Mais à vrai dire, en voyant ce jet, j'aurais dû comprendre que ton affaire n'était pas simplement un petit business familial bien tranquille.

— En effet. Pour le meilleur et pour le pire, ajouta Thomas, le regard fixé sur sa tasse de thé.

Et pourtant, dans son cœur, Collier était et resterait toujours une affaire de famille.

— Au fait, reprit Rosalind, tu ne m'as encore jamais dit ce que tu étais venu faire dans le Nord.

— Linus voulait visiter une savonnerie dont il avait entendu parler.

— Tu veux sans doute parler de celle qui se trouve à Caithness, près de la rivière ?

— Oui, en effet.

— Qu'est-ce qui fait que Linus s'intéresse à elle ?

— Nous sommes à la recherche d'une entreprise qui fabrique un type bien particulier de savon, afin de lui sous-traiter un nouveau produit.

Il s'interrompit.

— Mais c'est une longue histoire. Je ne pense pas que tu aies envie d'en connaître tous les détails.

— Pourquoi pas ?

— Parce que...

Thomas s'arrêta là. Il avait cessé de parler de son travail à Rosalind depuis très longtemps, car tout ce qui touchait à l'entreprise Collier finissait toujours par une conversation éprouvante pour lui. Rosalind ne lui répondait que par monosyllabes, visiblement à contrecœur, car elle considérait Collier's Soap comme une rivale. Une rivale dangereuse qui avait de plus en plus d'emprise sur son mari.

— Parce que... ? répéta-t-elle.

Le visage penché vers lui, ses longs cheveux noirs libres

sur les épaules, elle attendait la suite. Aujourd'hui, au lieu de les attacher comme la dernière fois, elle les avait laissés flotter autour de son visage, exactement comme il aimait. Certaines mèches un peu plus claires, presque dorées, donnaient à sa chevelure une couleur qui n'appartenait qu'à elle et que Thomas adorait.

— Thomas ? insista-t-elle comme il ne répondait pas.

— Excuse-moi, j'étais dans la lune.

Avec un sourire d'excuse, il but une gorgée de thé.

— Nous avons prévu de lancer une nouvelle ligne de produits de luxe au printemps prochain. Une ligne bio haut de gamme.

— Je pensais que vous aviez déjà investi ce créneau.

— En partie, oui, mais celle-ci sera tout à fait particulière. Bio à cent pour cent, cent pour cent protectrice de l'environnement et fabriquée à partir des meilleurs composants. Elle ne sera pas mise en vente libre, mais seulement disponible dans les spas haut de gamme et chez quelques autres distributeurs triés sur le volet. C'est notre entrée sur le marché de luxe des produits pour le bain et les soins du corps.

— Le fait que vous soyez déjà fournisseurs de la reine ne suffit pas à vous faire reconnaître comme appartenant à ce secteur ?

— Sans vouloir offenser notre Majesté, nous visons une clientèle moins âgée qu'elle. Nous souhaitons toucher les jeunes de la haute société, ceux qui ont beaucoup d'argent à dépenser.

— La génération Y ?

Thomas se mit à rire.

— Entre autres.

Ce qu'il ne mentionna pas, c'est que ce projet était pratiquement leur dernière chance d'arrêter le déclin de l'entreprise Collier. Cette dégradation de leur empire avait commencé quelques années plus tôt, du temps où son père le dirigeait encore. Aveuglément optimiste, ce dernier avait refusé avec obstination de reconnaître cette tendance qui, malheureusement, se poursuivait. Si l'entreprise ne trouvait pas un moyen de se réinventer pour séduire la nouvelle génération, elle disparaîtrait purement et simplement du marché.

Rosalind paraissait réellement intéressée.

— Tu penses que c'est possible ?

— Apparemment, oui. Linus y croit très fort, en tout cas, mais il évalue la situation avec son point de vue de chimiste. Il nous faut voir de plus près si notre capacité de production est capable de suivre.

Il s'interrompit sur ces mots et secoua la tête.

— Comme c'est étrange que nous parlions de ça…

Rosalind parut surprise.

— Étrange ? Pourquoi ? D'accord, notre relation actuelle n'est pas tout à fait normale, mais j'imagine que nous avons souvent eu l'occasion d'avoir ce genre de conversation.

— En fait, quand nous nous sommes installés à Londres, nous parlions souvent de l'entreprise. Mais au cours de l'année dernière, tu t'es de plus en plus investie dans ta propre carrière et tu t'y es beaucoup moins intéressée.

Entre autres choses…

Comme chaque fois qu'il pensait à ces « autres choses », il ressentit une pointe de jalousie, mais il réussit à la chasser, en même temps que sa culpabilité. Quelle que soit la tournure qu'avait prise leur mariage, il en était responsable. Il était prêt à endosser aussi bien les reproches que la mission de redresser la situation.

Restait à espérer que cela serait possible avant que les autres centres d'intérêt découverts autrefois par Rosalind viennent à resurgir.

4

Rosalind leva les yeux sur l'imposant bâtiment devant lequel ils venaient de s'arrêter. Thomas lui avait dit que leur appartement occupait les deux derniers étages. Désormais, elle allait donc vivre dans un hôtel particulier. Évidemment, elle n'aurait pas dû être surprise dans la mesure où elle était arrivée à Londres en jet privé. Question de standing…

— Ta famille a préféré vivre au cœur de Londres plutôt que dans un manoir au fond d'un grand parc ?

Thomas hocha la tête, l'air désolé.

— Ma famille possédait une propriété dans le Bedfordshire, mais quand mon grand-père a divorcé pour la seconde fois, il a estimé que l'entretien du domaine lui revenait trop cher. Évidemment, il devait déjà payer une très coquette pension alimentaire à chacune de ses deux ex-épouses…

C'était sans doute cela, l'idée que la famille Collier se faisait de son déclin…, pensa Rosalind.

Le chauffeur fit pénétrer la voiture dans le garage sous-terrain, d'où ils prirent l'ascenseur pour monter au cinquième étage.

— Nous avons à notre disposition le cinquième et le sixième étage. Plus la terrasse. Heureusement, nous bénéficions d'une entrée privée, mais j'ai tout de même alerté le service de sécurité, au cas où.

— Au cas où ? Qu'est-ce que tu veux dire ?

— Au cas où la presse aurait eu vent de ton retour. Ta disparition avait fait la une des journaux. Quand la nouvelle de ton retour se répandra, je ne serais pas surpris que des paparazzis essaient de prendre quelques photos.

Rosalind eut l'impression que son estomac dégringolait dans ses talons alors que l'ascenseur continuait à s'élever.

— Je n'avais pas pensé à cela.

À vrai dire, elle n'avait jamais imaginé qu'elle était susceptible d'intéresser qui que ce soit. Comme elle était naïve ! Une femme que l'on croyait morte depuis plusieurs mois revient chez elle pour Noël ? Un vrai miracle ! À n'en pas douter, pareille histoire ferait les gros titres des journaux, quel que soit son nom de famille.

— Ne t'inquiète pas, reprit Thomas, comme s'il avait lu dans ses pensées. Je ferai tout mon possible pour préserver notre vie privée.

— Je t'en suis reconnaissante.

Elle lui jeta un regard de biais. Il se tenait bien droit, la bandoulière du sac qui contenait les vêtements qu'elle avait apportés jetée sur son épaule. Tout à coup, il lui paraissait très lointain alors qu'il n'était qu'à deux pas. L'inquiétude s'empara d'elle. Qu'allait-elle trouver là-haut ? Tout lui serait nouveau, inconnu, alors qu'elle avait vécu là plusieurs années. Comment ne pas être affolée par ce paradoxe ? Elle aurait aimé se rassurer en se lovant dans les bras de Thomas. L'impression apaisante que lui avait procurée le contact de sa main dans l'avion était encore bien présente à sa mémoire. Si elle s'accordait l'audace de frôler « accidentellement » la main de Thomas, comprendrait-il l'allusion ? Allait-elle avoir cette hardiesse ?

Elle n'eut pas le temps de prendre une décision, car les portes de l'ascenseur glissèrent sans bruit, laissant apparaître une porte laquée noire, décorée d'une énorme couronne de houx rouge et vert.

— Bienvenue chez nous ! annonça Thomas.

Il ouvrit, puis s'effaça pour la laisser passer.

Brusquement, la panique s'empara de Rosalind. Pendant

un court moment de folie, elle envisagea de courir se réfugier dans l'ascenseur et de disparaître dans la rue, au milieu de la foule. Elle regarda Thomas. Apparemment, il était aussi indécis qu'elle-même. Aussi nerveux. Découvrir qu'elle n'était pas la seule à appréhender ce moment lui rendit un peu de son courage.

Elle prit une profonde inspiration et, bravement, franchit le seuil de sa nouvelle demeure.

Souvent, quand elle vivait chez les McKringle, elle avait essayé d'imaginer le passé qu'elle avait perdu. Chaque fois, elle se voyait dans un petit cottage chaleureux posé sur un jardin grand comme un timbre-poste. Jamais, au grand jamais, elle n'avait envisagé un immense hall carrelé de marbre noir et blanc, éclairé par un énorme lustre en cristal. Tant de magnificence la mit mal à l'aise, un peu comme si elle avait endossé la mauvaise peau.

Ce décor théâtral ne lui convenait pas du tout.

— Tu es sûr que nous sommes au bon endroit ? demanda-t-elle en s'accrochant au bras de Thomas sans y prendre garde.

Elle regretta sa question quand elle le vit sourire. Thomas paraissait amusé, mais pas seulement. Une expression bizarre avait traversé son visage. Elle l'avait sans doute blessé.

— Cet appartement n'est pas vraiment le nôtre. Il appartient à l'entreprise Collier. Nous nous y sommes installés temporairement quand j'en ai pris la présidence. Il était déjà meublé.

Voilà qui expliquait pourquoi elle ne se sentait pas chez elle. Tout simplement parce que ce n'était pas « chez elle ». Cette révélation l'aida à se sentir un peu mieux.

— J'ai cru un instant avoir changé de personnalité en perdant la mémoire, avoua-t-elle.

— Sur ce point, je peux te rassurer tout de suite ! commenta Thomas. Tu avais fait la même réflexion quand nous nous sommes installés ici.

— Ouf ! Ce qui prouve au moins que je suis cohérente avec moi-même.

Quant à savoir si sa réaction avait blessé Thomas, c'était bien possible. Elle n'avait pas su la cacher. Était-ce donc si pénible pour elle de devoir vivre dans le luxe ?

Elle revint sur les quelques mots qui l'avaient frappée.

— Si j'ai bien compris, nous nous étions installés ici de façon temporaire ? Pourtant, d'après toi encore, nous sommes ici depuis deux ans.

— Nos plans ont été un peu bousculés…

Rosalind se passa la main sur le front.

Bien sûr. À cause de l'accident… S'ils avaient décidé de déménager, Thomas avait renoncé à ce projet pour le bien-être de Maddie, afin de lui épargner un changement de décor qui n'aurait pu qu'ajouter à la perturbation causée par la disparition de sa mère.

Elle emboîta le pas à Thomas et ils pénétrèrent dans un grand living-room à l'extrémité duquel s'élevait un escalier en spirale. Au centre de la pièce, une paire de canapés gris pâle se faisaient face devant une cheminée en briques blanches. Entre eux se trouvait une table basse décorée d'un grand vase garni d'une composition faite de houx et de branches de pin.

Adossé au vase, un petit chien en peluche marron penchait la tête sur le côté, comme pour se faire plaindre d'avoir été abandonné.

— Maddie est ici ? demanda Rosalind en promenant son regard sur la pièce. Elle est à l'étage, peut-être ?

Thomas s'approcha en souriant.

— Non, elle est sortie avec Linus et Susan, qui vont la ramener d'un instant à l'autre. J'ai préféré te laisser d'abord découvrir la maison, pour t'épargner trop d'émotions à la fois. Il m'a semblé aussi que la présence de Susan serait précieuse au moment où j'annoncerais la bonne nouvelle à Maddie. Susan est psychologue et ses conseils m'ont souvent été précieux.

— Très bien, très bien…

Il avait pensé à tout ! Y compris à la cellule de soutien

psychologique… Voilà qui partait d'un bon sentiment, mais Rosalind en fut néanmoins agacée.

Elle s'avança vers la table et prit la peluche dans ses mains.

— Je te présente Bigsby, annonça Thomas. Je suis surpris qu'ils l'aient laissé ici. Normalement, Maddie ne s'en sépare jamais. Ni le jour ni la nuit.

Voilà qui expliquait que le pauvre toutou ait la tête toute démantibulée. Le rembourrage de son cou avait été complètement écrasé par les petites mains qui n'avaient cessé de l'agripper pendant des mois.

Rosalind adressa un regard de reconnaissance à la peluche. Pendant tout le temps de sa disparition, elle avait dû être le doudou refuge de Maddie. Rosalind imagina la petite fille en train de s'endormir cramponnée à son ami. C'est lui qui s'était chargé de la rassurer, puisque sa mère n'était pas là pour le faire.

Cette vision la bouleversa.

— Et si jamais Maddie me déteste ?

Thomas sursauta.

— Te détester ? Impossible ! Elle va être folle de joie en découvrant que tu es de retour.

C'est ce qu'il avait toujours dit. Tout le monde pensait que la petite fille serait heureuse de retrouver sa mère. Mais…

— Mais comment va-t-elle réagir quand elle comprendra que je ne me souviens pas d'elle ?

En même temps, Rosalind s'inquiétait de sa propre réaction. C'est une chose de ressentir une attirance pour quelqu'un sur une photographie, une autre bien différente de rencontrer la personne elle-même.

— En plus, reprit-elle, les enfants ont une intuition très fine qui leur permet de déceler quand on leur ment. Que se passera-t-il si je… Si…

— Tu veux dire si tu la vois comme une étrangère, de la même manière que ce qui se passe avec moi ? Pas de problème, coupa Thomas. Ce n'est pas ta faute. C'est la réalité, elle l'acceptera.

Il passa près d'elle pour s'approcher de la cheminée, lui tournant le dos un moment. Rosalind se demanda s'il ne cherchait pas ainsi à lui cacher l'expression de son visage. Il devait souffrir lui aussi. Il avait beau faire des efforts, elle devinait aisément sa déception. Ce serait bien pire pour Maddie qui n'était qu'une petite fille de 5 ans, alors qu'il était un adulte capable de comprendre la situation.

Elle se rapprocha de Thomas et se posta tout près de son épaule.

— Je ne voudrais pas lui causer encore plus de peine que je lui en ai déjà fait, murmura-t-elle.

— Si je pensais que cela risquait d'arriver, je t'assure que je ne te laisserais pas l'approcher.

C'est alors que Rosalind remarqua les photos posées sur le manteau de la cheminée. Suivant son regard, Thomas en attrapa une et la lui tendit. Elle représentait Rosalind avec Maddie toute petite. Toutes les deux étaient assises sur une chaise capitonnée, occupées à regarder un livre sur la couverture duquel figurait un lapin.

— Tu me traiteras peut-être de fou, mais au plus profond de moi, j'ai la certitude que le lien qui existait entre vous deux ne peut pas avoir été effacé comme n'importe quel autre souvenir.

— Pourquoi ? Je t'ai bien oublié, toi !

Aussitôt, elle regretta cette réplique. Pour Thomas, c'était sans doute comme si elle avait versé du sel sur une blessure.

— Moi, c'est différent, répondit-il, sans manifester qu'il avait été atteint.

— Pourquoi ? Tu es mon mari. Notre lien devait bien être fort, lui aussi ?

Thomas n'était pas le genre d'homme qu'il était facile d'oublier. Depuis le jour où elle l'avait croisé, son regard gris-bleu n'avait cessé de la hanter.

— Il l'était, mais tu ne m'as pas porté dans ton ventre pendant neuf mois.

Il reprit le cadre et le reposa sur la cheminée.

— Je comprends que tu t'inquiètes, mais je ne vais pas vous laisser face à face de but en blanc. J'ai prévu de parler avec Maddie avant qu'elle te rencontre. La thérapeute que je suis allé consulter m'a donné des conseils sur la manière d'aborder la situation avec elle. Je suis persuadé qu'elle va comprendre.

Rosalind sentit ses épaules libérées d'un poids pesant.

— C'est une bonne idée. Je te remercie d'avoir effectué cette démarche.

— Quant à jouer la comédie des sentiments, n'y pense même pas ! Notre fille est tellement mignonne que tu vas l'adorer dès que tu l'auras vue. Je te le garantis !

— Encore une promesse ! Tu sais que tu prends un gros risque ?

— En ce qui concerne Maddie, je ne cours pas l'ombre d'un risque. Elle est adorable, un point c'est tout. Exactement comme…

— Bigsby ? suggéra Rosalind.

— Oui, exactement comme Bigsby.

Un sourire apparut sur le visage de Thomas comme il se tournait vers le toutou chéri de Maddie.

— Oh ! reprit-il, avant que j'oublie, je voulais te donner ceci dans l'avion.

Il sortit un petit objet de sa poche.

— Tu l'avais laissée dans notre cottage.

C'était une alliance.

À plusieurs reprises, Rosalind s'était demandé pourquoi elle n'en portait pas, puis elle avait fini par penser qu'elle l'avait perdue dans l'accident.

— Je l'avais enlevée ?

Voilà qui paraissait étrange.

— Tu n'aimes pas porter de bijoux quand tu fais des recherches sur le terrain, expliqua Thomas. Je l'ai trouvée sur le bureau quand nous avons rassemblé tes affaires.

Il tendit la main vers elle.

— Tu me permets ?

C'était le contact qu'elle espérait, mais il ne venait pas

au bon moment. Le geste de passer cet anneau à son doigt avait quelque chose de trop intime. Cela ressemblait à un engagement qu'elle n'était pas encore prête à assumer.

Elle s'écarta de Thomas.

— Je peux la mettre toute seule !

Elle lui prit l'alliance dans les mains et la passa à son annulaire. C'était une alliance en diamants qui étincelait à son doigt, mais qui lui causait, en même temps, un certain sentiment d'inconfort.

— Merci d'en avoir pris soin.

— C'est bien normal.

À nouveau, Thomas s'était détourné, de sorte qu'elle ne put voir son visage. En fait, cet évitement lui était aussi une sorte de soulagement. Tant de fois déjà, elle s'était comportée de manière décevante pour lui ! Il faisait tout son possible pour renforcer leur relation et, chaque fois, elle lui coupait l'herbe sous le pied. Si seulement elle pouvait se rappeler quelque chose, n'importe quoi, mais qui lui permette d'amoindrir sa déception…

— Où est-elle ? Où est-elle ?

La petite voix aiguë parvenait aux oreilles de Rosalind à travers les portes fermées. Thomas parlait avec Maddie depuis une bonne vingtaine de minutes.

Tout en tournant et retournant son alliance, Rosalind faisait les cent pas sur le tapis oriental. D'un moment à l'autre maintenant, les portes allaient s'ouvrir et elle découvrirait sa fille.

Mon Dieu, permettez-moi de ne pas commettre d'impair ! Je vous en prie du fond du cœur…

— Mommy !

Les battants de la porte s'écartèrent sous la poussée d'une force de la nature haute comme trois pommes.

— Mommy, tu es revenue !

Ce fut tout juste si Rosalind eut le temps de se préparer à accueillir la petite fille qui se jetait dans ses bras.

— Tu es revenue, tu es revenue ! criait-elle.

Ses petits bras enlaçaient Rosalind.

— Tu m'as tellement manqué, Mommy ! murmurait la petite voix dans son cou.

Rosalind crut que son cœur allait exploser sous l'avalanche de sentiments à la fois familiers et inconnus qui emplissaient son cœur.

— Toi aussi, tu m'as manqué, mon cœur…

Sa voix se brisa en prononçant ces mots.

Agenouillée de manière à se trouver à hauteur de son regard, elle passa les doigts dans les cheveux châtains de Maddie. Les photos ne lui avaient pas rendu justice. Quels yeux magnifiques ! Quelles joues rondes et roses !

Thomas avait mille fois raison. Maddie était un amour de petite fille.

— Tu m'as manqué, répéta-t-elle d'une voix plus assurée. Je suis triste d'avoir été absente aussi longtemps.

— Daddy m'a expliqué que tu t'es cogné la tête et qu'après tu t'es perdue.

L'explication était simplifiée, mais juste. Rosalind en eut les larmes aux yeux.

— Oui, c'est à peu près ça.

— Je lui ai dit aussi que tu étais rentrée dès que cela avait été possible pour toi, intervint la voix de Thomas.

Rosalind jeta un coup d'œil par-dessus l'épaule de Maddie. Il les regardait d'un air attendri qui lui fit battre le cœur.

— Merci, Thomas.

Entre-temps, Maddie n'avait pas desserré son étreinte. Les bras autour du cou de sa mère, elle avait posé le menton sur son épaule.

— Daddy et moi, on croyait que tu étais au ciel avec les anges, mais j'ai écrit au Père Noël pour lui demander de te laisser venir pour Noël.

À chacun des mots de la fillette, son petit menton pointu s'enfonçait un peu dans l'épaule de Rosalind. Peu importait, même si c'était un peu douloureux, elle savourait pleinement ce geste de tendresse.

— C'est vrai ? Tu as fait ça ?

Maddie se recula un peu sans lâcher pour autant le cou de Rosalind, qu'elle regarda dans les yeux.

— Oui. Parce que je sais qu'il est très ami avec le bon Dieu.

Elle paraissait si sérieuse, ses yeux bleu-gris étaient si semblables à ceux de son père que Rosalind eut envie de la serrer encore plus fort contre elle. Était-ce possible d'avoir ainsi le coup de foudre au premier regard ? Ou bien Thomas avait-il raison quand il disait que certains sentiments sont plus forts que la mémoire elle-même ?

Rosalind écarta toutes ces questions pour revenir au moment présent.

— Mais puisque je suis arrivée en avance, il va falloir que tu écrives de nouveau pour demander un cadeau différent !

— Non, c'est impossible, répondit Maddie, le visage empreint d'une étonnante gravité, en s'écartant un peu. On n'a droit qu'à un vœu. Mon copain Jaime Kensington a demandé un poney, une voiture de course et une maison de poupées, mais c'est impossible que ça marche.

— Dans ton cas pourtant, intervint Thomas, je pense que le Père Noël t'autorisera à formuler un second vœu. Tu as été une très gentille petite fille.

Malgré ce compliment, Maddie fit une moue, et Rosalind crut qu'elle allait se mettre à pleurer.

— Mommy, tu ne vas pas te perdre de nouveau ? Est-ce que tu dois repartir après Noël ? J'ai oublié de demander au Père Noël de te laisser plus longtemps avec nous.

Avec un pincement au cœur, Rosalind pensa à l'accord qu'elle avait passé avec Thomas.

— Je promets de ne plus te laisser. Tu sauras toujours où je me trouve. Promis, juré !

Étant donné les circonstances, elle ne pouvait pas s'engager de manière plus précise, mais elle fut surprise de voir avec quelle facilité les mots lui étaient venus.

— Super ! s'écria Maddie en serrant Rosalind avec la

poigne d'un ours de belle taille. Alors vraiment, ce n'est pas la peine que le Père Noël m'apporte un autre cadeau. À part peut-être des cookies au chocolat, s'il en a envie. Et un copain pour Bigsby…

— Je peux me joindre à vous ?

Linus venait d'apparaître dans l'entrebâillement de la porte. Près de lui se tenait une jeune femme plus petite, dotée d'une masse de cheveux roux. Il s'agissait sûrement de leur sœur Susan.

— Pardon de vous interrompre, déclara-t-elle en s'avançant dans la pièce, mais nous n'avons pas l'intention de rester longtemps. Je voulais seulement te souhaiter un bon retour, Rosalind. J'ai encore du mal à croire que tu sois de retour parmi nous.

Alors que l'accueil de Linus avait été très chaleureux, celui de Susan s'avérait beaucoup moins enthousiaste. Elle embrassa rapidement Rosalind sur la joue, avant d'ajouter :

— Tu nous as causé beaucoup de souci ces six derniers mois, tu sais. Quand la police a retrouvé ta voiture vide, Thomas et Maddie étaient anéantis.

Rosalind encaissa le choc.

— Je suis vraiment désolée de leur avoir causé tant d'angoisse…

— Bien sûr. En tout cas, tu es de retour, saine et sauve, et c'est ça qui compte. J'espère que c'est pour de bon.

Ces derniers mots avaient été prononcés avec un sourire, mais quelque chose dans l'intonation de la voix fit frémir Rosalind. Serait-elle au courant de la période d'essai dont elle était convenue avec Thomas ? Que sous-entendait Susan avec cette phrase ?

— Bon, intervint Linus en attrapant sa sœur par le bras, laissons-les tranquilles maintenant ! Je t'invite à prendre le thé avec moi.

Sur ce, il ébouriffa affectueusement les cheveux de Maddie.

— Allez, ma chérie jolie, profite bien de ta maman ! Et toi, Thomas, remets ton téléphone en marche. Ça fait une heure que je reçois du bureau des coups de téléphone complètement paniqués.

Thomas soupira.

— Que se passe-t-il ?

— Disons simplement que c'est le service juridique qui essaie de te contacter. Je m'en tiendrai à cela.

Tout en parlant, il continuait à entraîner Susan vers la porte.

— À bientôt, Rosalind ! Nous sommes très heureux que tu sois rentrée.

Rosalind les regarda partir, puis elle se tourna vers Thomas.

— Qu'a voulu dire Linus en parlant du service juridique ?

— Rien de bien agréable. Ce n'est jamais bon signe quand les avocats se mettent de la partie.

Il la prit par le coude et l'aida à se relever sans pour autant que Maddie se décide à lâcher sa mère. Il les attira toutes les deux vers le canapé.

Rosalind fronça les sourcils.

— Oui, je comprends. En général, cela signifie que les choses sont compliquées.

Une fois assise, Maddie toujours lovée contre elle, elle poursuivit :

— Dis-moi, Thomas, est-ce qu'il y avait des problèmes, entre ta sœur et moi ?

— Qu'est-ce que tu veux dire ?

— Je ne sais pas, il me semble qu'elle m'a parlé sur un drôle de ton. On aurait dit qu'elle était en colère contre moi.

— Oh ! C'est du Susan tout craché ! Elle n'est jamais très à l'aise dans les scènes où circule beaucoup d'émotion.

Il tapota le nez de Maddie.

— Alors, mon petit cœur, tu es contente que le Père Noël ait exaucé ton vœu et t'ait ramené ta maman pour Noël ?

— Oh oui ! s'écria la petite. Et maintenant, il faut nous occuper de l'arbre de Noël ! J'ai envie de le décorer et de mettre des bougies sur les fenêtres.

— Rien ne presse, ma chérie. Ta maman vient juste

de rentrer, attendons un peu avant de nous lancer dans ces préparatifs. Nous avons encore beaucoup de temps devant nous.

Bref, constata Rosalind, Thomas avait habilement détourné la conversation. Elle décida de s'en souvenir et de revenir sur le sujet une autre fois. Pour l'instant, elle préférait s'intéresser à Maddie qui, en dépit du conseil de Thomas, continuait à insister pour décorer l'arbre, tout en voulant préparer des cookies.

Thomas s'efforça de calmer cet enthousiasme débordant.

— Ma chérie, tu vois bien que nous n'avons pas d'arbre ! Il faudrait commencer par nous en procurer un avant de le décorer, tu ne crois pas ?

— On peut aller en acheter un tout de suite, répliqua Maddie. Nous sommes passés devant le marchand avec oncle Linus quand il m'a emmenée voir Gingerbread City. Tu m'as dit que cette année, c'est moi qui aurais le droit de placer l'ange au sommet. Et puis aussi, j'aimerais qu'on achète des flocons pour faire la neige…

Pareille vitalité et tant d'exubérance de la part de la petite fille donnaient le tournis à Rosalind, et ce n'était que le début ! Elle commençait à comprendre ce que Thomas avait voulu dire en la prévenant que Maddie avait de la suite dans les idées.

— Thomas, que penses-tu de cette proposition ?

Elle avait besoin de son aide pour calmer un peu Maddie. Malheureusement, il était occupé à lire un message sur son téléphone et il ne l'entendit pas.

— Thomas ?

— Désolé, répondit-il en levant le visage. L'avocat vient de m'envoyer un texto.

Évidemment…

Rosalind pinça les lèvres. Cette réflexion d'une ironie amère avait surgi dans sa tête, comme mue par un ressort. D'où lui venait-elle ? Et pourquoi la plongeait-elle dans le trouble ?

— Écoute, Maddie, proposa Thomas, qu'est-ce que tu

dirais si je commandais tout de suite un arbre qui nous sera livré demain ? Comme ça, nous pourrons le décorer tous les trois dans la soirée. Et en attendant, Mommy aura un peu de temps pour se mettre au courant de ce qui s'est passé chez nous pendant son absence.

Apparemment, cette proposition convenait à Maddie. Elle hocha la tête, se leva et prit sa mère par la main.

— Si tu as oublié où se trouve ta chambre, je vais te guider, ne t'inquiète pas…

— Je préférerais que tu me montres la tienne, répondit Rosalind. Daddy m'a dit qu'elle avait été repeinte dans une couleur très originale.

— Elle est violette ! J'adore cette couleur. C'est Daddy et oncle Linus qui l'ont peinte. Je voulais des rideaux violets aussi, mais Daddy les a fait coudre par une dame qui a choisi un tissu avec des fleurs orange.

Infatigable, la fillette continua à bavarder et à raconter que Linus avait eu de la peinture violette dans les cheveux.

— Ah bon ? Alors il n'est peut-être pas très habile en matière de bricolage…, commenta Rosalind.

Elle se tourna à nouveau vers Thomas, attendant une réponse, mais cette fois encore, il était absorbé par son téléphone, sur lequel il commençait un nouvel appel.

Sans qu'elle l'ait prévu, un profond soupir lui monta aux lèvres.

Thomas leva son visage, l'air sincèrement désolé.

— Je te promets que je n'en ai que pour une seconde !

Évidemment…

À nouveau, ce mot lui vint à l'esprit sans qu'elle l'ait décidé. Elle en conclut que ce n'était pas la première fois qu'il venait lui gâcher un moment de bonheur.

— Mommy, ne sois pas triste ! commanda Maddie.

Rosalind secoua cette pensée et sourit à la fillette.

— Pourquoi serais-je triste ? Je suis de retour à la maison avec ma petite fille chérie !

— À cause du travail de Daddy. Il ne travaille pas autant qu'avant, tu sais.

— C'est vrai ?

— Oui. Avant, il travaillait tout le temps, et puis tu t'es perdue et depuis, il travaille beaucoup moins.

Elle tira sur le bras de Rosalind.

— Allez, Mommy, viens ! Je t'emmène voir ma chambre.

Rosalind suivit de bon gré, mais, tout en montant l'escalier, alors que Maddie continuait à bavarder comme une pie, elle ne put s'empêcher d'éprouver au creux de l'estomac un malaise de plus en plus insistant. D'abord, pourquoi avait-elle eu ces réactions agacées ? Pourquoi la froideur de Susan ? À cela s'ajoutait l'énigme de son alliance. De plus en plus, elle avait le sentiment qu'une pièce manquait au puzzle de son histoire. Une pièce que Thomas détenait, mais ne lui livrait pas.

Il était près de minuit lorsque Thomas rentra à l'appartement. Les réunions dans le style de celle à laquelle il venait d'assister étaient épuisantes, surtout quand, comme ce soir, il aurait mille fois préféré rester à la maison avec Rosalind et Maddie. Malheureusement, c'était sur ses épaules que reposait l'avenir de la savonnerie Collier. C'était l'héritage que lui avaient légué son père et son grand-père. Ce serait celui de sa fille. Pour rien au monde il ne voulait être celui qui mènerait l'entreprise familiale à la ruine. Si seulement il réussissait à lancer la ligne de produits bio ! Pour la première fois, il s'était occupé d'un projet du début à la fin. Il en avait assumé l'entière responsabilité, depuis le concept jusqu'au produit fini. Il fallait maintenant réussir à le lancer, car l'avenir de la maison reposait sur son succès.

Rosalind ne l'avait jamais compris.

Il chassa aussitôt cette pensée. Non, c'était lui qui avait causé les problèmes, pas Rosalind. Cette fois, tout serait différent. Il allait le lui prouver.

Pourtant, il devait réussir à mettre son produit sur le

marché dans les meilleures conditions et cela lui demandait du temps.

La maison baignait dans l'obscurité. Sans bruit, il monta l'escalier, passa comme chaque soir dans la chambre de Maddie. Avec joie, il découvrit qu'elle dormait profondément, parfaitement détendue, de ce sommeil insouciant des enfants heureux, qu'elle n'avait pas connu depuis de longs mois. Il ramassa Bigsby qui était tombé du lit et le cala contre l'oreiller. Ensuite, il embrassa Maddie, lui souhaita à voix basse une bonne nuit et referma la porte en sortant. Comme d'habitude, il se dirigea vers sa chambre, mais au moment de poser la main sur la poignée de la porte, il se souvint tout à coup que c'était là que Rosalind dormait. Par respect pour elle, et à cause de l'état dans lequel elle se trouvait, il s'était replié dans la chambre d'amis. Pour combien de temps ? Il n'en avait pas la moindre idée.

Il retint un grognement de contrariété. Et lui ? Est-ce qu'il comptait pour rien ? Son corps tremblait de désir devant cette porte close. Pendant six longs mois, à côté de lui, il n'y avait eu que du vide dans le grand lit. Il avait tellement hâte de sentir la tiédeur de Rosalind contre lui !

Encore un peu de patience était nécessaire. Jamais il n'avait désiré cadeau de Noël avec tant d'ardeur, mais il ne la brusquerait pas. Ses mots n'étaient pas des paroles en l'air. En même temps, il ferait son possible pour la convaincre de rester après les vacances.

Alors, il descendit retrouver la chambre impersonnelle qui l'attendait.

Au début, quand il entendit le bruit, il pensa que Maddie faisait à nouveau l'un de ses cauchemars. En titubant, il se hâta d'enfiler son pyjama, gravit l'escalier quatre à quatre et se retrouva devant la chambre de la fillette. C'est alors qu'il comprit que le bruit provenait de la chambre principale. C'était Rosalind qui se plaignait dans son sommeil. À travers le battant, il l'entendait gémir.

Sans réfléchir davantage, il ouvrit la porte et découvrit Rosalind en train de lutter à grands coups de pied avec les couvertures. Elle était emmêlée entre les draps, comme cela arrivait à Maddie quand elle faisait ses mauvais rêves. Il s'assit au bord du lit et écarta doucement les cheveux qui voilaient le visage de Rosalind.

— Chut ! souffla-t-il d'une voix aussi douce que possible. Tout va bien.

De sa main libre, il dégagea les couvertures des bras et des jambes de Rosalind, qui continuait à se débattre. Enfin débarrassée de ce qui la gênait, la jeune femme se trouva libre de ses mouvements et, d'un grand geste du bras, elle frappa Thomas sur un côté de la tête.

Aïe !

Il lui attrapa le poignet pour l'empêcher de recommencer, puis lui passa une main sous la tête.

— Réveille-toi, Rosie. Tu fais un cauchemar !

Tout en parlant, il la redressa et l'aida à s'asseoir. Enfin, la tête posée contre son épaule, elle s'apaisa un peu. Elle était bout de souffle et elle haletait. Alors il lui posa une main dans le dos, qu'il tapota doucement jusqu'à ce que sa respiration ait retrouvé son rythme normal.

Elle passa soudain un bras autour du cou de Thomas et s'agrippa à son épaule.

— Tout va bien, répéta-t-il. Tu es en sécurité.

— Je… je…

Rosalind releva la tête. Thomas sentait sur sa bouche le souffle qui s'échappait des lèvres entrouvertes.

Il regretta d'avoir parlé, car en entendant sa voix, la jeune femme s'écarta brusquement de lui et recula jusqu'à ce qu'elle se retrouve arrêtée par la tête du lit.

Il s'efforça de maîtriser le choc que la panique de Rosalind lui avait causé.

— Tu criais. J'étais en bas, mais je t'ai entendue.

— Je… J'étais…

L'entrebâillement de la porte laissait suffisamment passer la lumière du couloir pour qu'il se rende compte que Rosalind gardait le regard fixé sur son torse. Lui, de son côté, s'efforçait de ne pas faire attention à ses longues jambes nues si proches de lui.

— Je me trouvais sous l'eau, expliqua-t-elle, et je ne pouvais plus respirer. Je voulais sortir la tête, mais je n'y arrivais pas. J'avais beau me débattre, je ne pouvais pas me libérer. J'étais coincée, sans doute par ma ceinture de sécurité.

Un frisson parcourut Thomas.

— Tu rêvais de ton accident ?

— Je ne sais pas. Sûrement. J'étais certaine que j'allais mourir. Et puis… j'ai entendu ta voix et…

De la main, elle écarta les cheveux qui lui retombaient sur le visage.

— Tu peux me donner un verre d'eau, s'il te plaît ?

— Bien sûr.

Il partit aussitôt dans la salle de bains. Quand il revint, il la trouva assise dans le lit, calée contre son oreiller, les couvertures remontées sur la poitrine.

— Je criais tellement que tu m'as entendue, malgré la porte fermée ?

Il lui tendit le verre.

— Oui. D'abord, j'ai cru que c'était Maddie.

— Maddie fait des cauchemars, elle aussi ?

— De temps en temps. Maintenant que tu es revenue, je suis sûr qu'elle en fera beaucoup moins.

— C'est à cause de moi qu'elle avait ces cauchemars…

Il y avait tant de culpabilité dans la voix de Rosalind que Thomas en eut mal au cœur.

— Tu lui manquais, c'est normal, mais ce n'est pas ta faute. Tu n'as pas fait exprès d'avoir un accident, ni d'errer en Écosse après avoir perdu la mémoire !

— J'espère… J'espère que je ne l'ai pas fait exprès, sinon le problème est encore plus sérieux…

— C'est vrai.

Il lui retira le verre des mains et le posa sur la table de chevet. Dans la pénombre, Rosalind était très pâle. Elle tremblait encore. Comme elle était vulnérable ! Sans réfléchir, il s'assit à nouveau sur le lit et lui caressa la joue.

— Tu te sens mieux ?

Comme elle hochait la tête, il se détendit un peu lui aussi.

— Bon, alors il ne me reste plus qu'à te border.

Il attendit qu'elle s'allonge dans le lit, puis il s'appliqua à bien rabattre les couvertures sur le côté avant de les coincer sous le matelas. Exactement comme il le faisait chaque soir pour Maddie.

Pourtant, en ce moment précis, ce n'était pas à Maddie qu'il pensait. Il regardait le T-shirt en coton que portait Rosalind et pensait à ses longues jambes entrevues tout à l'heure.

Je n'ai jamais aimé la lingerie fantaisie…

— À quoi ça sert puisqu'on dort ?

Thomas baissa la tête. Il n'avait pas réalisé qu'il avait parlé à voix haute.

— C'est ce que tu disais toujours, expliqua Rosalind.

Entre eux, l'atmosphère était devenue lourde de sensualité contenue. Ils demeurèrent silencieux un moment. Thomas voulait s'en aller mais, au lieu de se lever et de partir, maintenant qu'il l'avait bordée, il restait assis tout près d'elle. Aussi près que s'il allait l'embrasser.

— Merci pour le verre d'eau. Et merci d'être venu à mon secours.

— Pas de problème. Je suis prêt à recommencer !

Il était profondément désolé. De toute évidence, son accueil n'avait pas été assez rassurant pour empêcher Rosalind de faire un cauchemar au cours de la première nuit qu'elle passait chez eux.

Elle eut un soupir contrarié.

— Je t'ai dérangé alors que tu dois être fatigué… Au fait, quelle heure est-il ?

— Un peu plus de 2 heures, mais ne t'inquiète pas. Je suis habitué à dormir peu.

— Tu travailles vraiment beaucoup, alors !

Comme elle prononçait ces mots, Thomas sentit monter

une tension qui n'était pas là la minute précédente. Sans doute sa conscience faisait-elle encore des siennes pour lui rappeler sa culpabilité ?

— Désormais, cela ne m'arrive qu'en cas d'urgence.

Malheureusement, les jours à venir s'annonçaient pleins d'urgences…

— Je regrette d'avoir gâché ton retour à la maison.

— Mais non, ce n'est pas grave.

— Si. Tu mérites que je te traite avec beaucoup d'égards. En plus, je t'avais promis que je me montrerais si séduisant et complaisant que tu oublierais ton idée de séjour à l'essai.

— Tu me parles d'oublier ? répliqua-t-elle avec un petit rire triste.

— Excuse-moi ! Disons plutôt « que tu écarterais ton idée », corrigea-t-il en souriant.

Écarter, rejeter, abandonner, chasser, exclure… il avait tant de mots à sa disposition ! Pourquoi avoir choisi le seul qu'il fallait éviter ?

— Je te promets qu'à partir de demain je ferai tout pour me rattraper. Cette fois, ce sera une offensive de charme de haut niveau.

— Waouh… Voilà qui ressemble davantage à une bataille à livrer qu'à une fête de bienvenue !

— C'est toi qui as commencé à me provoquer sur ce terrain à Lochmara ! Je n'ai pas l'habitude de me défiler quand on me propose un défi. Tu vas voir, tu seras incapable de me résister !

Cela dit, il pencha la tête vers Rosalind, pas trop près, mais suffisamment tout de même pour sentir son souffle haletant. Il y avait si longtemps que cela ne lui était pas arrivé. Dieu sait combien cela lui avait manqué.

Si elle n'avait pas été aussi vulnérable en ce moment et s'il n'avait pas été un parfait gentleman…

Frustré mais souriant, il se releva.

— Je vais te laisser dormir maintenant.

Il s'autorisa tout de même à lui caresser la joue du bout des doigts avant de se diriger vers la porte.

— Thomas ? S'il te plaît…

Elle l'avait appelé alors qu'il avait à peine fait deux pas.

— Oui. Tu as besoin de quelque chose ?

— Euh… Non. Excuse-moi.

— Allons, Rosie, dis-moi simplement ce dont tu as envie.

Les yeux fixés sur le lit, les doigts jouant nerveusement avec le bord de la couverture, elle souffla :

— Je… Je me demandais si tu accepterais de rester assis près de moi encore un peu. Juste pour me permettre de me rendormir.

Rester assis…

Les mots utilisés ne permettaient pas d'interprétation hasardeuse, d'autant moins que, de l'index, elle lui indiquait le fauteuil près de l'armoire. Tant pis ! Il n'allait tout de même pas refuser cette occasion de passer un peu plus de temps près d'elle. Il rapprocha le fauteuil du côté du lit qui était le sien autrefois et s'y installa en posant un pied sur le matelas.

— Tu fais souvent des cauchemars depuis ton accident ?

— J'en ai fait beaucoup tout au début, et pendant que j'étais à l'hôpital. Mais celui-ci est le premier que je fais depuis longtemps. C'est aussi la première fois que je rêve avec autant de détails. Autrefois, c'était de mauvais rêves, très angoissants, mais dont le contenu demeurait flou et très vague.

— À mon avis, c'est bon signe. Tes souvenirs commencent peut-être à resurgir.

— Ou bien j'ai regardé trop de photos de mon accident…

Thomas fronça les sourcils.

— Non, tu sais très bien que ce n'est pas cela qui cause cette précision nouvelle dans ton rêve.

Thomas avait une interprétation plus réaliste : Rosalind craignait de se montrer trop optimiste et, de peur d'être déçue par la suite, elle refusait l'explication qu'il lui proposait.

— Je m'y croyais vraiment, reprit-elle, le regard dans le vide. Je sentais l'eau se refermer au-dessus de moi et le volant…

Thomas entendit le bruissement des draps au moment où, à nouveau, elle se remit à donner des coups de pied. Aussitôt, il posa la main sur son genou pour la calmer.

— Tu trembles !

— C'est que… Ce rêve était vraiment très réaliste.

Cette fois, il n'était plus question de rester loin d'elle. Thomas se pencha au-dessus du lit et l'attira contre lui avant qu'elle ait pu protester. Le fait qu'elle le laisse faire sans regimber en disait long sur l'angoisse qu'elle éprouvait et sur son besoin de réconfort.

— Tu as de la chance, car il n'y a pas d'eau à des kilomètres à la ronde. Sauf, bien sûr, si tu comptes la fontaine du parc voisin. Mais même en cas de débordement, je ne pense pas que l'eau montera jusqu'au sixième étage. Tu vois, tu peux dormir sur tes deux oreilles.

Sans discuter, elle le laissa l'attirer contre lui et ferma les yeux lorsqu'il lui prit le visage pour le poser contre son épaule. Thomas demeura calme et immobile, mais ce contact tant désiré avait envoyé un courant de plaisir dans tout son corps. Non pas du plaisir sexuel, non : c'était le plaisir de découvrir qu'elle lui faisait confiance. Que se passerait-il le lendemain ? Peut-être retrouveraient-ils cette gêne qui caractérisait leur relation, mais, pour l'instant, ce malaise était battu en brèche. Même si c'était de façon éphémère, c'était déjà beaucoup.

— Tu imagines un peu la scène ? poursuivit-il en pensant à cette inondation imaginaire causée par la fontaine. Il y aurait des bateaux dans la rue St. James !

Tout en parlant, il lui caressait les cheveux. Lentement, méthodiquement, dans l'espoir d'apaiser les tremblements qui l'agitaient encore. Peu à peu, Rosalind se détendit et son souffle se fit plus profond et plus lent.

— Dis-moi quelque chose…, murmura-t-elle contre la poitrine nue de Thomas. Parle-moi de nous !

— Qu'est-ce que tu veux savoir ? Tu veux que je te raconte la première fois que nous sommes allés faire une excursion en montagne tous les deux ?

— Oui, pourquoi pas ?

— C'était peu de temps après notre rencontre. Nous avions décidé d'escalader le Cat Bells. Moi qui suis un pur produit de la ville, je n'avais aucune expérience de la montagne, mais évidemment, je ne voulais pas que tu le saches. Aussi, deux ou trois jours avant notre week-end, je suis allé m'acheter la panoplie du parfait petit montagnard, grosse chemise et pantalon en velours. Ensuite, j'ai fait rouler ma voiture une paire de fois par-dessus de manière à lui donner un air déjà usagé.

— Quelle idée bizarre !

— Je crois que les quelques bières que j'avais bues juste avant avec dcs copains étaient pour quelque chose dans cette idée saugrenue. Bref, le jour de la sortie, je me suis présenté avec mon équipement tout neuf, mais sérieusement abîmé, histoire de t'impressionner.

Il s'interrompit. Le souffle de Rosalind était posé et régulier. À son tour, il ferma les yeux pour mieux se concentrer sur le bruit que faisait son cœur contre la joue de Rosalind.

— Évidemment, je suis rentré de cette balade avec les pieds couverts d'ampoules et d'écorchures, mais je n'en ai pas soufflé mot.

Nouveau silence. La poitrine de Rosalind se soulevait doucement. Ses cheveux sentaient la pomme verte. Thomas était heureux.

— Oui, reprit-il, je n'ai rien dit parce que tu t'amusais comme une folle. Tu souriais et j'aurais fait n'importe quoi pour gagner ce sourire.

Il déposa un long baiser sur le sommet de la tête de Rosalind.

— Et je suis bien décidé à le mériter à nouveau, ce sourire qui m'enchante !

5

Rosalind s'éveilla dans un lit vide et en éprouva une vive déception. Cette réaction ne fut pas sans la surprendre, car elle n'avait pas souhaité, et encore moins demandé à Thomas de rester passer la nuit avec elle.

Mais elle ne lui avait pas demandé non plus de la garder dans ses bras jusqu'à ce qu'elle s'endorme… Pourtant, il l'avait fait. Et Dieu sait si elle avait aimé ça !

À moins qu'elle ait seulement apprécié le réconfort d'avoir une épaule, n'importe laquelle, sur laquelle se reposer ? Le cauchemar de la nuit précédente continuait à la hanter. L'eau lui arrivait à la taille, une blessure immobilisait son épaule, le bruit de vitre brisée parvenait à ses oreilles au moment où elle heurtait quelque chose de dur. Le pare-brise, bien sûr.

L'évocation de ce cauchemar déclencha une douleur lancinante derrière son œil droit. Peut-être était-ce, plus qu'un mauvais rêve, un souvenir véritable ?

Prenant sa tête entre ses mains, elle ferma les yeux pour se concentrer sur des pensées plus agréables. Comme le souvenir des doigts de Thomas en train de lui caresser les cheveux. Grâce à ce geste doux et répétitif mille fois recommencé, elle s'était sentie réellement en sécurité pour la première fois depuis de longs mois. Cette pensée la terrifia. Comment avait-elle pu se sentir ainsi tranquille et en sûreté alors qu'elle n'avait aucun souvenir de l'homme qui le lui prodiguait ?

Autre chose encore la tourmentait, c'était cet inexplicable malaise qui s'emparait d'elle chaque fois qu'il était question du travail de Thomas. Elle avait beau se dire que sa contrariété à le voir si préoccupé par ses affaires alors qu'elle venait juste de revenir était tout à fait compréhensible, elle avait l'intuition que la frustration qu'elle éprouvait était bien plus profonde et amère que le justifiait la situation. Pour quelle raison en était-il ainsi ?

Elle se redressa. Ce n'était pas en traînant au lit qu'elle trouverait des réponses à ses questions. Voyons, où était le sac qui contenait ses affaires ? Des yeux, elle fit le tour de la pièce et le repéra, posé à côté de l'armoire, ouvert et vide. Ce qui signifiait que quelqu'un s'était occupé de ranger ses vêtements.

Donc, elle était officiellement installée.

Elle s'accorda quelques minutes pour bien se pénétrer de cette idée.

En matière de vêtements, elle n'avait pas apporté grand-chose. Deux ou trois pull-overs et une paire de jeans que Chris lui avait procurés, plus quelques T-shirts qu'elle avait achetés avec son salaire. Tout cela était maintenant suspendu sur des cintres dans l'armoire en compagnie d'autres vêtements. *Mes autres vêtements*, corrigea-t-elle. Elle les caressa du bout des doigts. Comme tout le reste dans la maison, ils lui paraissaient à la fois familiers et nouveaux. Un pull-over rouge vif attira son regard. Il était long et léger, fait d'une laine moelleuse et aérienne. Une intuition lui disait que le porter lui donnerait l'impression d'être tenue dans des bras aimants.

Et elle avait grand besoin de bras aimants en ce moment ! Elle le décrocha donc du cintre pour le pur plaisir de le tenir entre ses mains et d'approcher sa joue de la matière duveteuse. Comme elle faisait ce geste, une image passa brusquement devant ses yeux.

Un arbre. Des lumières blanches scintillant sur la neige. Un bras vêtu d'un pull vert sombre venait l'enlacer.

— Tu as toujours envie de me tenir dans tes bras alors que je suis aussi grosse qu'une baleine ?

— Oui. Toujours.

Le souffle tiède de Thomas dans son cou, parce qu'il venait d'enfouir le visage dans son col et déposait des milliers de baisers sur sa peau.

— Toujours ! répéta-t-il.

Rosalind poussa un soupir désolé.

Le cintre lui échappa des mains et atterrit sur le carrelage avec un bruit sec. Les images disparurent. Elle se retrouva toute seule dans sa chambre, un pull-over roulé en boule à ses pieds.

Et un curieux picotement dans le cou.

Il n'y avait pas de doute, il s'agissait bien là d'un souvenir. Aussitôt, elle se hâta de s'habiller pour aller retrouver Thomas et lui demander qu'il lui précise le contexte du moment qui venait de se réveiller dans sa mémoire.

Elle le rencontra alors qu'il montait l'escalier en spirale. À vrai dire, ils se heurtèrent. Elle atterrit tête la première contre sa poitrine et s'agrippa à ses épaules pour conserver son équilibre, tandis qu'il lui enlaçait la taille. Le parfum de musc et de forêt qui émanait de sa chemise lui monta à la tête, l'amenant à troquer le souvenir de ce matin contre un de la nuit précédente. Quand il la tenait contre sa peau nue jusqu'à ce que le cauchemar disparaisse. Elle avait trouvé ce parfum tellement grisant qu'elle aurait aimé pouvoir s'y fondre.

— Attention, Rosie ! s'exclama Thomas. Tu ferais bien de tenir la rampe quand tu descends à cette vitesse ! Tout va bien ?

Il la serra plus fort.

— J'espère que tu n'as pas fait un nouveau cauchemar ?

Profondément troublée, Rosalind se força à revenir au moment présent. Par chance, Thomas mettrait sur le compte de sa précipitation le rouge qu'elle avait senti lui monter aux joues.

— Non, pas du tout ! Au contraire, j'ai dormi comme un bébé.

C'était bien sûr grâce à son intervention, mais elle se garda de le mentionner. Elle n'avait pas encore eu le temps d'évaluer à quel point elle s'était sentie en sécurité dans ses bras ni, surtout, ce que cette réponse signifierait pour elle.

— Voilà une bonne nouvelle ! répondit Thomas. Tu t'es levée tôt. Maddie ne se réveillera pas avant une bonne heure.

— En fait…

Elle le regarda dans les yeux et, pour la énième fois, elle fut frappée de découvrir à quel point leur nuance changeait en fonction des circonstances. En ce moment, ils étaient couleur gris-bleu très clair.

— En fait, c'est toi que je cherchais.

— Vraiment ? Tu as besoin de quelque chose ?

— Oui. Je… je…

Le regard de Thomas, fixé sur sa bouche, la faisait bégayer d'émotion. Elle constata alors qu'il la tenait toujours enlacée. Tout en retirant une main de l'épaule de Thomas, elle lui indiqua le salon, au rez-de-chaussée.

— Tu crois qu'on peut descendre parler un moment au salon ?

— Bien sûr !

Lui aussi avait les pommettes un peu trop rouges… Il la relâcha et fit un pas en arrière. Rosalind s'agrippa à la rampe. Elle n'avait pas prévu que ce contact fortuit lui ferait tourner la tête à ce point.

— Il y a du café tout chaud à la cuisine. Si je nous en servais une tasse à tous les deux avant de te rejoindre sur le canapé ?

— Ce serait formidable, répondit-elle en s'efforçant de rassembler ses esprits.

— Tu prends toujours un peu de lait avec mais pas

de sucre ? demanda-t-il au moment où elle descendait la dernière marche.

— Tu veux dire que tu as oublié ?

— Non, bien sûr, mais il m'a semblé plus correct de te le redemander.

Une fois de plus, Thomas veillait à ne pas la brusquer. Comme la veille, au moment du thé et des petits gâteaux. Pour elle, c'était assez agaçant. Elle avait du mal à admettre que tout le monde en savait plus sur elle et ses goûts qu'elle-même. Mais la délicatesse de Thomas lui fit néanmoins chaud au cœur.

Elle eut envie de plaisanter.

— Combien tu paries que je devine ce que tu prends, toi ?

Il arrivait, une tasse en porcelaine blanche à bord doré dans chaque main. Il s'arrêta devant la table basse sur laquelle il les déposa.

— Pourquoi pas ? Allez, je t'écoute !

Elle le regarda de la tête aux pieds. Il avait à nouveau endossé son costume d'homme d'affaires, mais n'avait pas encore enfilé la veste. Sa chemise blanche impeccable et parfaitement coupée mettait en valeur son torse élancé. En guise de boutons de manchette, il portait des petits cercles en onyx. Élégance et discrétion. Avec sa cravate rayée, il était parfait. Prêt à séduire. Prêt à commander.

— Allons, je parie que tu le prends noir avec un seul sucre.

Les yeux de Thomas s'élargirent de surprise.

— Tu as deviné ou tu te souviens ?

— J'ai eu de la chance…, déclara simplement Rosalind.

Et pourtant, cette réplique avait surgi dans sa tête comme une évidence, sans qu'elle ait eu à réfléchir. Peut-être y avait-il dans cette réponse plus que de la chance, comme elle le prétendait ?

Elle but une gorgée de café et s'accorda en silence le temps nécessaire pour que la caféine achève de la réveiller. La maison était tranquille. C'était le moment de faire provision de calme.

— Oui, je voulais te…

— J'ai un cadeau pour toi !

Ils avaient parlé tous les deux en même temps.

— Commence ! proposa-t-elle. Les cadeaux doivent passer avant la conversation.

— Tu parles comme une petite fille ! Maddie aurait dit exactement la même chose.

Thomas plongea la main dans sa poche, d'où il tira un téléphone.

— J'ai eu la chance de pouvoir conserver ton ancien numéro. Ma secrétaire a pu retrouver un maximum de tes contacts. Il en manque certainement plusieurs, mais au moins, tu as le numéro d'Ève, qui travaille avec toi à l'université. Et celui de Sinclair également.

Ces noms étaient ceux des personnes présentes sur la photo que Thomas lui avait montrée le soir où il l'avait retrouvée. Mais en mentionnant le nom du collègue masculin, Thomas avait fait un effort pour parler normalement. Rosalind eut l'intuition que Thomas n'appréciait guère ce Sinclair.

— J'essaie également de faire refaire ton permis de conduire, poursuivit-il.

Rosalind tournait et retournait le téléphone entre ses doigts. Que se passerait-il si elle appelait l'un de ses contacts maintenant ? Que lui diraient-ils ? Est-ce qu'ils penseraient qu'il s'agissait d'une farce ?

Elle regarda Thomas.

— Est-ce que certaines personnes savent que je suis de retour ?

La question méritait d'être posée puisque la veille, Thomas lui avait assuré qu'il veillerait à préserver leur intimité.

— Non, pas encore.

Il reposa sa tasse sur la table en un geste lent que Rosalind interpréta comme une tactique pour se donner le temps de réfléchir.

— Je pensais demander à notre avocat d'annoncer la nouvelle aujourd'hui. Si tu es d'accord, bien entendu.

Un jour ou l'autre, il faudrait bien que les gens sachent. Pourtant, malgré son envie de tout simplement reprendre sa vie passée, trop de temps s'était écoulé pour que ce soit possible facilement.

— Est-ce qu'il faudra que je rencontre la presse ?

— Tu n'es absolument pas obligée de faire ce dont tu n'as pas envie. Il y aura sans doute quelques reporters qui essayeront de voler des photos, mais nous ferons notre possible pour les éloigner. Heureusement, bien que notre nom soit très connu, nous sommes loin d'être aussi intéressants que la famille royale. Personne ne nous reconnaît dans la rue !

— Est-ce là ta façon de me dire que personne ne va me dévisager comme une bête curieuse quand je mettrai le nez dehors ?

— Exactement. Tu peux sortir de l'appartement ce matin même, personne ne saura qui tu es. Sauf, bien sûr, si tu mets une étiquette autour de ton cou !

— Ouf ! soupira Rosalind. Merci pour cet anonymat. J'en ai vraiment besoin.

— Il y a en effet des moments où c'est très confortable d'être inconnu.

Il lui prit la main avant de continuer.

— C'est toi qui as le contrôle de la situation. Tu peux aller vite, tu peux aller lentement. Tu peux revenir à la vie sociale quand tu le décideras. Si tu veux rester dans l'appartement jusqu'à Noël, je n'y vois pas d'inconvénient. Encore une fois, c'est toi qui commandes.

Une fois de plus, la gentillesse de Thomas fit du bien à Rosalind, même si le fait d'avoir la balle dans son camp n'était pas très confortable.

— Je pourrais difficilement passer le mois entier loin du monde. Tôt ou tard, il faudra bien que je sorte !

Cette réflexion l'amena à se souvenir d'une question qu'elle voulait poser à Thomas.

— Tu as mentionné l'université à plusieurs reprises. Est-ce que c'est là que je travaille ?

En effet, depuis ce matin, elle se disait que retourner sur son lieu de travail serait sans doute une bonne manière de reprendre contact avec le monde, et une occasion de s'intéresser à autre chose qu'à sa propre situation.

— Oui. Enfin… C'est là que tu travaillais autrefois.

Thomas lâcha la main de Rosalind qui le regardait d'un air interrogatif.

— Le financement accordé à la recherche dans laquelle tu étais lancée a été supprimé, poursuivit-il. Ce qui fait que tu t'es retrouvée au chômage.

— Ah bon…

Voilà une idée qui ne plaisait pas du tout à Rosalind.

— Je suis désolé d'avoir dû t'annoncer cette mauvaise nouvelle.

— Pourquoi donc ? Tu n'y es pour rien.

Rosalind pensa aussitôt que, si Thomas avait éprouvé le besoin de s'excuser, c'est sans doute parce qu'elle n'avait pas su lui cacher sa profonde déception. Elle n'avait pas prévu d'être aussi affectée par une nouvelle de ce genre.

— Bon, autrement dit, je ne fais plus de recherche. Est-ce que je travaille ailleurs ?

Thomas secoua la tête.

— Quand tu as perdu ton financement, tu as été très démoralisée. Tu voulais travailler, mais tu avais du mal à trouver un nouveau projet qui t'intéresse vraiment. En attendant, tu restais à la maison pour t'occuper de Maddie.

— J'imagine que cela lui convenait très bien ?

— Tu penses ! Elle était folle de joie de t'avoir toute à elle.

Bizarrement, Rosalind avait l'intuition que la réponse de Thomas n'était pas complète. Elle but un peu de café et attendit pour voir s'il allait profiter de ce temps mort pour continuer cette conversation.

Au contraire, il changea de sujet.

— À ton tour de parler, maintenant ! Pourquoi est-ce que tu me cherchais de si bon matin ?

Thomas l'ayant entraînée sur une autre piste de son passé, Rosalind avait complètement oublié ce qui avait causé sa hâte à venir le retrouver.

— Eh bien… il m'est arrivé quelque chose de très étrange dans ma chambre.

— Tu peux m'expliquer ? Tout à l'heure, tu m'as dit que tout allait bien.

Il se rapprocha d'elle, si près que leurs genoux se touchèrent presque.

— C'est vrai. Sauf que, pendant que je m'habillais, il m'a semblé qu'un souvenir revenait à ma mémoire.

— C'est vrai ? Quel genre de souvenir ?

— Je ne sais pas exactement. Il a surgi tout à coup, comme un éclair.

Nous étions amoureux…

Elle lui raconta les lumières étincelantes et l'arbre décoré de manière très rustique.

— C'était essentiellement des pompons en laine et des animaux en feutrine. Et j'étais enceinte.

Elle garda pour elle la façon que Thomas avait eue de nicher la bouche dans son cou et ses promesses d'amour éternel.

Il commença à sourire, puis une ombre passa sur son visage.

— C'était à Cumbria, dans notre cottage. Là où nous vivions avant que mon père tombe malade.

— Là où je voulais me rendre en juin dernier ? Tu m'avais montré une photo prise là-bas pendant que nous étions en vacances.

Était-ce parce qu'ils avaient parlé la veille de décorer l'arbre de Noël ? Ajouté à cette photo, cela avait-il suscité en elle des souvenirs ?

Sur le selfie, leurs visages remplissaient pratiquement tout le cadre. De ce fait, on voyait très peu de détails du décor qui les environnaient. Si jamais la scène qui lui était apparue tout à l'heure devant l'armoire de la chambre était un produit de son imagination, cette dernière était particulièrement vive.

— Nous paraissions très heureux, ajouta-t-elle.

— C'était le cas. Tu adorais Cumbria.

Nous y retournerons, je te le promets.

Les mots de Thomas résonnaient dans sa tête, mais pas à ses oreilles. Ce n'était pas maintenant, devant la table où ils se tenaient tous les deux, qu'il venait de les prononcer.

Elle le regarda. Il tournait et retournait sa tasse entre ses mains.

— Et alors ? demanda-t-elle. Que s'est-il passé ?

— Qu'est-ce que tu veux dire ?

— Hier, tu m'as expliqué que nous nous étions installés ici temporairement. Nous avions donc prévu de retourner à Cumbria, n'est-ce pas ?

— Bravo ! Je vois que ta mémoire progresse à grands pas.

Il souriait, mais ne paraissait pas heureux. Ses yeux ne brillaient pas autant qu'un instant plus tôt. Un peu comme si le fait d'avoir mentionné Cumbria avait terni son enthousiasme.

— En effet, reprit-il. Notre projet était d'y retourner dès que mon père irait mieux.

— Mais ton père n'a jamais recouvré la santé.

— Non.

Ainsi donc, leur retour à Cumbria avait été retardé à cause de la mort du père de Thomas. Et peut-être aussi à cause d'elle ?

— Pardonne-moi. Je ne voulais pas revenir sur un souvenir douloureux pour toi.

— Ne t'inquiète pas. Ce qui est important, c'est que tu commences à te souvenir de beaucoup de choses. C'est magnifique et nous allons fêter ça !

Cette fois, son sourire était vraiment radieux.

— Dis plutôt que tu vas mettre à profit cette occasion pour déployer ton offensive de charme…

Le sourire de Thomas s'effaça.

— Qu'est-ce qu'il y a ? Qu'est-ce qui t'arrive ? s'étonna Rosalind.

En fait, elle avait deviné la réponse. Il lui suffisait de regarder avec quelle attention obsessionnelle Thomas considérait le fond de sa tasse.

— J'avais oublié… J'ai rendez-vous avec les avocats ce matin pour terminer ce que nous avons commencé hier soir.

Évidemment…

— Je ne pensais pas que tu te lèverais aussi tôt. J'avais prévu d'aller au bureau et d'en revenir avant que tu aies seulement la possibilité de remarquer que j'étais sorti.

Rosalind hocha la tête.

— Je comprends.

Elle était déçue. Très déçue. Mais ce qui la contrariait le plus était la violence de cette déception. Pourquoi ressentait-elle autant d'amertume et de colère ? Auraient-ils déjà eu ce genre de conversation autrefois ?

— Je te promets, déclara Thomas en lui prenant la main, je te promets de plier cette affaire aussi vite que possible. Ensuite, ce sera « offensive charme » tous azimuts. Tu as ma parole !

Ces paroles apaisantes ne suffirent pas à chasser la déception de Rosalind. Pourtant, il était normal que le monde de Thomas ne s'arrête pas de tourner pour la seule raison qu'elle était revenue.

— D'accord, mais tu auras intérêt à déployer beaucoup, beaucoup de charme !

— Tu es encore ici ? Tu ne serais pas mieux chez toi, avec ta femme et ta fille ?

Thomas n'était pas d'humeur à apprécier la jovialité de son frère.

— Celui qui a inventé les avocats devrait être pendu, noyé et écartelé !

— Ah, elle est bien bonne ! répliqua Linus en riant.

— Tu vois très bien ce que je veux dire, rétorqua Thomas d'un ton sec.

Il aurait dû être de retour chez lui depuis des heures, mais tout se liguait contre lui. À peine s'était-il débarrassé d'un avocat qu'un autre avait surgi. Et leur ronde infernale le retenait prisonnier à son bureau.

D'un geste brusque, il repoussa ses dossiers sur le coin de la grande table de réunion avant de se jeter dans son fauteuil. Sous la poussée, ce dernier se mit à rouler jusqu'au tableau blanc qui se trouvait derrière et qui le bloqua dans sa lancée.

— Je crois que je ferais mieux de laisser tomber ! dit-il, les yeux fixés sur le plafond. Oublier la ligne de produits prévue pour les spas. Laisser l'entreprise mourir tout doucement de sa belle mort. Après tout, deux cents ans d'existence, c'est déjà beau, non ?

Linus pinça les lèvres, puis hocha la tête.

— Mon vieux Thomas, tu n'es pas plus capable de laisser l'entreprise Collier mourir que de te couper la tête. Si tu pouvais le faire, jamais tu n'aurais cessé de jouer au charpentier dans ta lointaine campagne pour revenir ici.

Décision fatidique, en effet.

— Je suis revenu parce que Dad avait besoin de moi.

— Oui. Et après le décès de Dad, tu es resté parce que Collier avait besoin de toi !

Sans se soucier des chaises disposées autour de la grande table à l'intention des participants aux réunions prévues, Linus commença à remettre de l'ordre dans les papiers qui s'échappaient des dossiers de Thomas.

— Pour dire la vérité, tu es bien plus efficace dans la gestion de l'entreprise.

— Plus efficace que qui ? Que Dad ?

— Oui. Il ne plaçait pas la barre bien haut.

On pouvait même carrément dire qu'il l'avait laissée à terre. Si Preston Collier avait fait quelque chose de bien dans sa vie, ce n'était certainement pas d'avoir géré son entreprise avec succès. La décennie précédente avait été un désastre financier et maintenant, c'était à Thomas de redresser la barre. Linus, le petit malin, avait préféré s'orienter vers les sciences.

— Je suis désolé que ta réunion d'hier soir ne se soit pas déroulée comme prévu, reprit ce dernier. Au fait, comment va Rosalind ? S'habitue-t-elle à sa nouvelle vie ?

— Aussi bien que possible.

Linus n'avait pas besoin d'être mis au courant du cauchemar qu'elle avait fait, et encore moins du fait qu'il l'avait tenue dans ses bras une bonne partie de la nuit pendant qu'elle dormait.

— Elle commence même à avoir quelques souvenirs.

— C'est vrai ? Mais c'est sensationnel ! Pourquoi est-ce que tu fais cette tête ?

— Elle se souvient que mon retour chez Collier's Soap ne devait être que temporaire.

— Ah... Je vois, répondit Linus en se frottant le menton. Est-ce qu'elle sait pourquoi tu es resté ?

— Elle sait que Dad est mort et que je suis resté pour lui succéder à la tête de l'entreprise. Mais elle ignore encore à quel point elle était opposée à cette installation à Londres. Tant mieux si cela prend encore un peu de temps. Elle s'en souviendra bien assez tôt.

Car alors remonterait à sa mémoire le souvenir de son mécontentement de le voir travailler autant et sa tristesse de se sentir négligée. Lorsque cela arriverait, ils auraient vite fait de se retrouver au même point qu'au mois de juin dernier. Au moment où elle avait décidé de le quitter.

Avec un soupir, il posa la tête sur le dossier de son fauteuil.

— Je lui avais promis que nous passerions cette journée ensemble aujourd'hui.

— Et alors, pourquoi es-tu encore là ?

— Parce que Ernie a mal rédigé les contrats qui concernent le nouveau shampooing et que maintenant, il faut rattraper sa maladresse en essayant de ne pas y laisser notre chemise. Voilà pourquoi !

— Eh bien, mon vieux, laisse Ernie et l'équipe juridique se débrouiller tout seuls ! Tu sais qu'il existe une expression qui s'appelle « déléguer les tâches » ? Il serait temps que tu l'introduises dans ton vocabulaire et dans ta gestion.

Thomas releva la tête.

— Dad déléguait très bien, lui…

Ce n'était pas la peine d'en dire davantage, le ton ironique suffisait. Tant qu'il ne serait pas certain que l'entreprise Collier était tirée d'affaire, il n'aurait pas le choix : il devrait superviser le moindre détail. Linus avait raison sur un point. Il aurait préféré se couper lui-même la tête que de voir Collier faire faillite.

Pourtant, il y avait des limites.

— Je ne peux pas laisser Rosalind partir une seconde fois.

— Rien ne dit que c'est ce qu'elle va faire.

— On n'en sait rien ! Mais je suis bien décidé à faire mon possible pour que cela ne se produise pas.

Avec un lourd soupir, Linus se laissa enfin tomber sur une chaise.

— Qu'est-ce que tu feras si elle te demande de quitter Collier's Soap ? Tu t'en sens capable ?

— Je l'ai déjà fait une fois. Pour devenir charpentier au milieu des bois, tu te souviens ? Pourquoi ne le ferais-je pas une seconde fois ?

— Bien sûr. Mais c'était juste après l'université, au moment où tu étais fou amoureux. À cette époque, tu n'avais pas accepté ton destin.

— Gérer Collier n'est pas mon destin !

— Tu peux toujours te dire ça, Thommy-boy… Mais tu es fait pour t'occuper de notre entreprise et tu adores ça ! Avocats y compris.

Sur ce, Linus se leva.

Thomas se passa la main sur le front, désemparé.

Oui, c'était vrai. Gérer Collier's Soap lui plaisait, mais il aimait aussi Rosalind. Et contrairement à ceux qui l'avaient précédé à la tête de l'entreprise familiale, s'il devait choisir, il savait déjà quelle décision il prendrait.

6

— Je sais, je sais ! J'aurais dû rentrer bien plus tôt… Malheureusement, la journée a mal commencé et c'est allé de mal en pis…

Thomas venait d'arriver chez lui et se hâtait de retirer son manteau et sa veste.

— Je vais tout de suite…

Il releva la tête et s'aperçut tout à coup qu'il parlait dans une pièce vide.

Voilà qui ne devait pas le surprendre ! Pourquoi sa famille aurait-elle passé toute la journée assise sur le canapé à l'attendre ?

Pareil raisonnement n'empêcha pas les battements de son cœur de s'accélérer et sa conscience de s'alourdir encore sous l'effet de la culpabilité. Un bon mari aurait abandonné la réunion en chargeant le service juridique de débrouiller le problème sans lui. Mais il n'était pas un bon mari… Il était un Collier. C'était sa signature qu'on trouvait au bas des contrats. Donc, il était resté.

— Rosalind ? appela-t-il en jetant sa veste sur le canapé. Maddie ?

Il s'attaqua à son nœud de cravate, pressé de se débarrasser de son costume de travail.

— Il y a quelqu'un à la maison ?

— La gouvernante a emmené Maddie au parc, fit la voix de Rosalind du haut de l'escalier.

Thomas leva le nez. Elle portait un jean qui moulait ses formes parfaites et, comme autrefois, il lui trouva une allure superbe.

— Maddie était tellement excitée à l'idée de décorer l'arbre ce soir qu'il nous a semblé que cela lui ferait du bien d'aller se défouler un peu au grand air.

— Et tu ne les as pas accompagnées ? s'inquiéta Thomas qui avait encore devant les yeux l'image de la petite fille agrippée à sa mère pendant toute la soirée.

— J'ai eu peur que des gens me voient et me reconnaissent. Je n'ai pas envie de déclencher les potins mondains. Maddie aurait pu se sentir gênée par ma présence. En plus, je ne savais pas à quelle heure tu rentrerais et je ne voulais pas que tu m'attendes.

Alors que lui-même n'avait pas hésité à rentrer avec beaucoup de retard, sans même l'avoir prévenue…

Elle descendit l'escalier sans cesser de le dévisager avec attention.

— Tu as l'air contrarié.

— Non, pas du tout !

Le froncement de sourcils de Rosalind lui prouva qu'elle avait deviné qu'il mentait. Oui, il était contrarié. Et pourquoi ne le serait-il pas ?

— Je suis rentré dès que j'ai pu…

Mais le ton de sa voix disait à quel point il trouvait cette excuse lamentable.

— Je comprends très bien, assura Rosalind en le rejoignant dans le salon.

Elle s'arrêta près du canapé, ramassa la veste et le manteau de Thomas.

— Tu es à la tête d'une très grosse entreprise. C'est un travail qui demande beaucoup de temps et d'investissement. Tu ne peux tout de même pas négliger des problèmes importants, juste pour venir me distraire !

— Si, j'aurais très bien pu.

Thomas reprit ses vêtements des mains de Rosalind et les jeta loin d'eux dans un fauteuil.

— Il ne s'agit pas de venir te *distraire*, Rosie. Je veux passer du temps avec ma famille.

Quand ils s'étaient rencontrés, il lui avait dit que ses yeux étaient les plus expressifs qu'il avait jamais vus. Son regard reflétait ses émotions, même lorsqu'elle souhaitait les dissimuler. En ce moment, il y lisait un mélange de souffrance et de déception.

Comme il était stupide ! Il s'était juré que, jamais, plus jamais, il n'y ferait apparaître cette lueur de désenchantement. Et pourtant…

Que pouvait-il faire pour la chasser aussi vite que possible ?

Une idée lui vint à l'esprit.

— Va chercher ton manteau !

Rosalind parut ne pas comprendre.

— Pardon ? Tu viens à peine de rentrer et tu veux déjà sortir à nouveau ?

— Oui. Avec toi. Je t'avais promis de te faire des surprises, tu te souviens ?

— Mais… Ce n'est pas la peine de…

— Si, si, si ! Vite, va te préparer !

S'il voulait que Rosalind reste avec lui une fois les fêtes passées, il avait intérêt à tenir ses promesses.

— Pas de protestations ! reprit-il. D'accord, il commence à se faire tard, mais mon opération de charme débute dès maintenant.

Il essaya de la pousser en direction du placard, mais elle refusa de bouger et se contenta de croiser les bras sur sa poitrine.

— Et Maddie ? Mme Faison ne va pas tarder à la ramener.

— Raison de plus pour que nous filions en vitesse !

Il ouvrit le tiroir du bureau Louis XIV qui se trouvait au fond de la pièce et en sortit une feuille de papier et un stylo.

— Je vais laisser un mot à Mme Faison pour lui expliquer que nous sortons une petite heure, mais que nous serons largement de retour à temps pour décorer l'arbre avec Maddie.

— Si tu me disais où tu as l'intention de m'emmener ?

Victoire ! pensa Thomas. Tout animée maintenant, Rosalind portait sur lui un regard plein de curiosité.

— Voyons, Rosie ! Nous allons choisir le sapin, bien sûr !

Il n'était pas encore très tard, mais Covent Garden était déjà noir de monde et inondé de lumière. Suspendues aux guirlandes accrochées le long de la rue, des ampoules multicolores se balançaient doucement au-dessus des promeneurs, des touristes et des acheteurs chargés de paquets. Certains restaient devant les vitrines pour admirer les décorations raffinées des devantures. Au milieu de cette ambiance festive, Rosalind se sentait un peu comme une étrangère perdue dans un pays inconnu. La présence de toute cette foule autour d'elle l'oppressait. Il y avait tant de bruit et d'agitation ! Elle s'accrocha au bras de Thomas. Au moins, pensait-elle en se cramponnant à lui, cette affluence ne les séparerait pas.

Ils réussirent assez rapidement à trouver un arbre à leur convenance, un beau sapin de Douglas, un peu plus grand que Thomas, qu'on allait leur livrer tout de suite. Rosalind avait passé un moment fort agréable à assister à la transaction menée par Thomas à propos du prix de la livraison. C'était d'ailleurs plus pour le plaisir de parlementer que pour l'économie dérisoire qui résulta du marchandage, mais à voir l'ardeur avec laquelle il défendait son point de vue, le regard brillant, elle se dit que les gens à qui il avait affaire avaient intérêt à être de solides négociateurs.

Il revint enfin vers Rosalind.

— Tu crois que nous pouvons rentrer maintenant ? demanda-t-elle.

— Oui, j'ai fini de choisir les décorations. Je pense qu'elles plairont à Maddie.

Ces achats terminés, elle pensait qu'ils allaient prendre le chemin du retour, mais Thomas, toujours engagé dans son offensive de séduction, lui proposa de marcher un moment.

— Histoire de te réhabituer à la ville, expliqua-t-il. Qu'est-ce que ça te fait de te retrouver dans cette ambiance ?

— Eh bien… Je trouve qu'il y a beaucoup de monde.

À plusieurs reprises, en effet, elle avait été bousculée par la foule et elle détestait ça.

— J'ai un peu l'impression de nager à contre-courant. Dans une rivière de gens…

Cette évocation d'une rivière lui en rappela une autre et la fit frissonner. Sans rien dire, elle se rapprocha de Thomas.

— Désolé pour toi. C'est la période qui veut ça. Chacun se dépêche d'acheter son sapin de Noël.

Comme pour illustrer ce qu'il était en train de dire, une femme vêtue d'un manteau vert sombre s'approchait d'eux, jouant des coudes sans ménagement pour avancer plus vite.

— Pardon… Pardon…, disait-elle néanmoins chaque fois qu'elle bousculait quelqu'un.

Quand elle arriva à leur hauteur, Thomas serra Rosalind contre lui et la jeune femme en profita pour respirer l'odeur de musc qui imprégnait son manteau.

— Merci, souffla-t-elle, sans trop savoir si c'était de la protéger contre la bousculade ou pour lui avoir permis de se griser de son parfum.

— Tu n'as jamais beaucoup aimé la foule. Quand nous avons terminé nos études, tu n'avais qu'une hâte : te retrouver au calme, loin du monde.

Voilà qui ne surprenait pas Rosalind. Elle n'aimait pas les grands rassemblements. Le bruit et l'agitation l'épuisaient.

Cela lui ramena à l'esprit une question qu'elle voulait déjà poser à Thomas la veille.

— Est-ce que c'est pour cette raison que nous sommes partis vivre dans le Nord, alors que tu aurais pu travailler dans l'entreprise de ta famille ?

— Oui, en effet, c'est ce qui t'a poussée à faire ce choix. Et comme je n'avais pas envie de travailler par Internet…

Il n'en dit pas plus et relâcha un peu son étreinte.

— Tu as envie de rentrer maintenant ?

— Je ne sais pas. Cela dépend. Est-ce que tu as en tête un lieu particulier où tu souhaites m'emmener ?

À le voir fendre la foule avec l'assurance qu'il déployait, Rosalind avait deviné qu'il avait une idée bien précise de ce qu'il souhaitait faire.

— Tu verras…

Amusée par ce suspense, elle se mit à rire. Il fallait reconnaître que Thomas faisait des efforts. Cela effaçait l'agacement qu'elle avait éprouvé le matin, quand il l'avait quittée pour aller travailler à son bureau. À ce moment-là, une vague de colère et d'amertume l'avait submergée, exactement comme la veille. Une question ne cessait de l'obséder : pourquoi Thomas l'avait-il ramenée à Londres si c'était pour la laisser seule toute la journée ?

La partie raisonnable de son cerveau lui expliquait que les urgences en matière d'affaires commerciales ne dépendaient pas du bon vouloir de Thomas. L'autre partie, celle qui était déçue, ruminait la colère d'avoir été si contente en croyant qu'ils auraient du temps à passer ensemble, alors qu'il l'avait abandonnée dès le premier jour.

Et il y avait encore autre chose. Une chose qui la perturbait énormément. Maddie était une petite fille délicieuse. C'était un bonheur de s'occuper d'elle. Hélas, chaque fois que cela lui arrivait, Rosalind avait le sentiment de n'occuper qu'une place négligeable dans la maisonnée : quand Maddie devait manger, c'était la gouvernante qui préparait le repas. Quand le téléphone sonnait, c'était la gouvernante qui répondait. Et c'était encore la gouvernante qui avait accompagné la fillette au jardin public.

Rosalind se sentait comme en suspension. Elle ne travaillait pas, mais elle n'était pas pour autant mère à plein temps. En fait, à aucun moment elle ne se sentait à sa place.

Toute cette frustration avait accru son irritation envers Thomas, puisque c'était lui qui l'avait plongée dans cette situation.

— Allô, Rosalind ? demanda-t-il soudain en passant une main gantée devant son visage rêveur.

Elle cligna des yeux et leva le visage vers lui. Il l'observait, une lueur inquiète dans le regard. Malgré cela, il se débrouillait ce soir pour avoir les yeux du bleu le plus incroyable ! Ils étaient bleu sombre, presque bleu marine. De la couleur de l'océan le soir, quand la nuit a commencé à tomber. C'était déjà ce qu'elle avait pensé la première fois qu'elle avait rivé le regard au sien.

— Rosie, tout va bien ?

— Oui, excuse-moi. Je pensais à Noël…

C'était un mensonge, mais mieux valait ne pas lui avouer le trouble dans lequel il la plongeait.

— J'essayais d'imaginer à quoi ressemblera le jour de Noël. Est-ce que vous faites une grande réunion de famille ?

— Normalement, non. Les Collier sont tellement éparpillés que c'est difficile d'organiser un dîner commun. Bien sûr, il y a la fête de l'entreprise mais cette année, pour des raisons évidentes, je l'ai reportée au mois de janvier.

Rosalind se sentit rougir, mais ne fit pas de commentaire.

— Le jour de Noël, reprit Thomas, nous dînerons avec les membres de la famille qui vivent à Londres. Linus, Susan et Seth, mon oncle, qui est un peu fou. Disons, plus gentiment, très original !

— Et la veille de Noël, vous ne faites rien d'habitude ?

Au lieu de répondre tout de suite, Thomas baissa les yeux sur le trottoir.

— Eh bien, autrefois, toi et moi, nous mangions des croque-monsieur devant la cheminée en buvant du vin chaud épicé. Un peu comme un pique-nique de Noël, tu vois…

— C'est amusant !

Thomas approuva d'un signe de tête.

— C'est une tradition que nous avons lancée dès notre premier Noël et nous avons continué après la naissance de Maddie.

— Voilà qui me paraît bien sympathique !

Puis, en réfléchissant à ce que Thomas avait dit un peu plus tôt, un déclic s'opéra dans son esprit.

— Tu as dit « autrefois ». Nous n'avons pas fait de genre de pique-nique l'année dernière ?

Thomas garda le regard rivé au sol.

— Les circonstances nous en ont empêchés.

Quelles circonstances ? se demanda Rosalind. La question lui brûlait les lèvres, mais elle pressentait qu'il détournerait la conversation, comme il l'avait fait chaque fois que ses interrogations le mettaient mal à l'aise. Franchement, elle aurait bien aimé être capable de se souvenir de ce qu'il ne voulait pas qu'elle sache…

Ce fut donc elle qui passa à autre chose.

— Je me souviens que, quand j'étais petite, ce que je préférais, c'était le matin de Noël, quand je me levais tôt et que je trouvais tous les cadeaux au pied du sapin. Ma mère veillait à ce qu'ils restent tous cachés jusqu'à ce moment-là, car elle voulait que ce soit la surprise totale.

Thomas avait sursauté et la dévisageait, bouche bée. Avec un frisson d'excitation, elle prit conscience de ce qu'elle venait de dire. Après des mois de néant, elle avait retrouvé deux souvenirs dans la même journée !

— On dirait qu'un séjour à Londres était le traitement qu'il me fallait ! ajouta-t-elle.

Le tendre sourire que Thomas lui adressa la bouleversa.

— Ce que tu dis me fait un immense plaisir. Souhaitons qu'il continue à te réussir !

Ils venaient de tourner au coin d'une rue et elle comprit qu'ils se dirigeaient vers un immense bâtiment de verre et d'acier qui abritait un marché.

Un gigantesque arbre de Noël, planté dans un tonneau entouré d'un gros nœud rouge, en gardait l'entrée.

— Voici l'arbre de Covent Garden, commenta Thomas. J'ai pensé que sa décoration pourrait nous donner des idées pour le nôtre. Tu vois, il y a beaucoup d'autres arbres aux quatre coins de la ville, mais celui-ci a toujours été mon préféré.

— Pourquoi celui-ci ?

Tous deux avaient levé les yeux vers le ciel. L'arbre était couvert de guirlandes lumineuses de toutes les couleurs : rouge, bleu, vert, elles étincelaient toutes. Les boules brillantes accrochées aux branches paraissaient avoir absorbé la lumière du jour pour la restituer maintenant, à la tombée de la nuit. L'ensemble créait une impression féerique.

— À vrai dire, je ne sais pas trop… Peut-être à cause de son emplacement. Chaque fois que je viens dans ce marché, je ne peux m'empêcher de penser à tous ces gens qui sont venus ici vendre leurs articles depuis quatre siècles. Bien sûr, l'histoire est présente au détour de chaque rue à Londres, mais j'aime particulièrement cet endroit.

De la main, il désigna le sol pavé sur lequel ils se tenaient.

— Mon arrière-arrière et plus-encore-grand-père est peut-être venu ici vendre les premiers pains de savon fabriqués par la famille Collier. C'est impressionnant, quand on y pense, tu ne trouves pas ?

Il parlait sur un ton empreint de respect qui fit forte impression sur Rosalind.

— L'histoire compte beaucoup pour toi, n'est-ce pas ?

— Tu ne dirais pas ça si tu m'avais vu m'endormir pendant les cours d'histoire médiévale au lycée, mais pourtant, c'est vrai, je suis sensible au passage du temps et aux traces qu'il nous a laissées.

Il prit Rosalind par le bras et la guida vers l'entrée du marché. À l'intérieur, ils découvrirent une foule de stands qui présentaient toutes sortes de produits. Un parfum de fleurs flottait dans l'air.

En regardant vers l'étage supérieur, dont la rampe était garnie de houx, elle repéra un petit garçon de l'âge de Maddie qui avait pris appui contre elle pour mieux examiner l'énorme lustre accroché au plafond du bâtiment. Des branches de gui en ruisselaient comme l'eau d'une cascade.

Thomas suivit son regard.

— Tu te rends compte ? demanda-t-il d'un air faussement innocent. Avec une telle décoration, il n'y a pas un endroit ici où l'on puisse se promener sans que quelqu'un ait le droit de venir nous embrasser !

— En effet, convint Rosalind.

Malgré ces paroles, ils en restèrent là.

La décoration était d'une beauté à couper le souffle. Ils avançaient sous une véritable canopée de gui qui s'étendait aussi loin que le regard portait.

Sans se presser, ils descendirent l'allée principale, s'arrêtant de temps à autre pour observer de plus près une tapisserie brodée au petit point ou un bijou ancien. Chaque fois, le commerçant se précipitait vers eux dans l'espoir de réaliser une vente, mais ils ne se laissèrent pas tenter. Un commerçant attira toutefois l'attention de Thomas. C'était un homme qui proposait du savon qu'il fabriquait lui-même. Thomas écouta longuement les qualités que leur vanta l'homme, puis il lui en acheta quelques exemplaires. Comme un peu plus tôt au moment de l'achat du sapin, Rosalind le regarda avec intérêt se renseigner et poser des questions.

Lorsqu'ils reprirent leur progression, elle ne put s'empêcher de penser au gui qui pendait au-dessus de leurs têtes. Cela la rendait encore plus consciente du contact de l'épaule de Thomas contre la sienne. À chacun de leurs pas, un petit bruit de frottement les accompagnait.

Tout à coup, ils s'arrêtèrent.

— Attends-moi ici, je reviens tout de suite, ordonna Thomas.

— Tu ne vas pas me laisser seule au milieu de cette foule ? s'inquiéta Rosalind, affolée par tous ces gens qui naviguaient entre les stands.

— J'en ai pour quelques instants à peine. Ne bouge pas d'ici, je te retrouve dans deux minutes.

Que faire ? Elle n'allait tout de même pas rester plantée là comme une idiote en attendant son retour ! Regardant autour d'elle, elle découvrit qu'elle se trouvait devant un stand qui vendait des fleurs en bois et divers objets artisanaux. Entre autres, elle découvrit un puzzle qui représentait un ours. Maddie l'aimerait sûrement. Dès que Thomas serait de retour, elle le lui montrerait. C'était vraiment dommage qu'elle n'ait pas pensé à prendre un peu d'argent avec elle.

— Mon Dieu… Mais, c'est toi, Rosalind ?

Un homme vêtu d'une veste en daim, une écharpe en soie nouée autour du cou, venait vers elle à grands pas. Rosalind recula. Lorsque son dos entra en contact avec l'étal d'artisanat, elle continua à se pencher en arrière en tentant d'augmenter la distance qui la séparait de l'importun. Elle était à deux doigts d'appeler Thomas au secours lorsqu'elle s'aperçut que l'homme ne lui était pas totalement inconnu.

Il figurait sur les photos que Thomas lui avait montrées. Donc, il était un de ses collègues de l'université. Voyons… Robert, Randall ?

— Incroyable, c'est bien toi, Rosalind ! Comment…

— Richard ! s'exclama Rosalind.

Le prénom avait jailli de lui-même de sa bouche au moment où l'homme la prenait dans ses bras.

— C'est un vrai miracle de Noël, poursuivit-il. Je pensais ne jamais te revoir. On nous a dit que tu étais morte !

Il parlait d'une voix douce qui enveloppait Rosalind comme un chaud cardigan qu'elle aurait enfilé par une fraîche soirée d'été.

— C'est ce que tout le monde croyait, en effet.

Elle se dégagea de son étreinte et lui raconta ce qui lui était arrivé, en terminant par sa rencontre avec Thomas chez McKringle. Richard l'écouta avec attention, puis repoussa la mèche de cheveux blond cendré qui était tombée sur son front.

— Tu veux dire que tu es restée en Écosse pendant tout ce temps et que personne ici n'en savait rien ?

Elle approuva d'un signe de tête.

— Et tu ne te souviens de rien ?

— Quelques bribes me sont revenues depuis que je suis

à Londres, mais c'est tout. Je me souviens de toi parce que je t'ai vu sur une photographie.

Il se mit à rire et la serra de nouveau dans ses bras.

— Pardonne-moi de me montrer aussi démonstratif, mais… je suis tellement heureux que tu sois vivante ! Et je te retrouve ici, en plein milieu de Covent Garden…

— Oui, je sais, c'est étrange.

Autour d'eux, les gens commençaient à les considérer d'un œil bizarre. Rosalind essaya de se dissimuler en ramenant sa chevelure devant son visage.

— Thomas doit être fou de joie ! reprit Richard. Comment gère-t-il ton retour ? Il est sans doute tout repentant et très attentionné ?

Repentant ? Quel mot étrange était venu à la bouche de Richard ! Rosalind décida de ne pas s'y attarder.

— Il est d'une patience inouïe et il fait tout ce qu'il peut pour m'aider. Ce doit être bien difficile d'avoir une femme qui ne se souvient de rien.

— Mais au moins, ça lui laisse la possibilité de repartir de zéro, répliqua Richard.

— Qu'est-ce que tu…

— Salut, Sinclair !

La voix de Thomas avait un ton inhabituellement possessif. Comme il arrivait derrière eux, il glissa un bras autour de la taille de Rosalind. Au lieu d'en être contrariée, elle se sentit au contraire toute frissonnante.

— Nous ne pensions pas rencontrer une de nos connaissances par ici, ajouta Thomas.

Richard hocha la tête.

— Rosalind m'a raconté ce qui lui est arrivé. J'ai du mal à croire que tu n'aies rien dit de son retour à ses amis.

— J'ai envoyé l'information aux autorités et à la presse cet après-midi. Pour le reste, j'ai préféré laisser Rosalind choisir le moment où elle aurait envie de reprendre contact avec les uns et les autres. Je ne vois pas pourquoi je la brusquerais si elle ne se sent pas prête.

— Bien sûr. C'est tout à fait compréhensible.

Le regard de Rosalind allait de l'un à l'autre. Sans qu'elle en devine la raison, elle avait le sentiment que la politesse que se manifestaient les deux hommes n'était là que pour la préserver.

— Thomas m'a procuré un téléphone ce matin, intervint-elle. Il a retrouvé la plupart de mes numéros. J'avais l'intention de reprendre contact avec les gens la semaine prochaine, quand tout le monde sera au courant de mon retour.

— Autrement dit, reprit Richard, je suis le veinard qui a appris la nouvelle avant tout le monde. Bien sûr, à part votre famille…

Il jeta sur Thomas un regard en biais.

Rosalind eut l'impression qu'en retour Thomas la serrait davantage contre lui.

— Bon, reprit Thomas, nous devons aller retrouver Maddie, en espérant qu'elle n'est pas en train d'escalader le sapin de Noël tant elle est impatiente de le décorer !

— Elle en est bien capable, renchérit Rosalind en riant.

Richard la serra de nouveau dans ses bras et déposa un baiser sur sa joue.

— Je t'appellerai demain, déclara-t-il. Nous aurons plus de temps pour discuter. Enfin… Tu es là, c'est sidérant ! Je n'arrive pas à y croire !

Cette conversation chaleureuse plaisait beaucoup à Rosalind. Elle lui donnait le sentiment d'être enfin à sa place, même si elle se trouvait dans un lieu inconnu. En regardant Richard s'éloigner, elle se sentait toute gaie et pleine d'optimisme. Malheureusement, quand elle regarda Thomas, elle constata que cette rencontre avait eu sur lui un effet radicalement inverse. Il marchait à côté d'elle, l'air sombre, les mâchoires serrées.

— J'ai l'impression que tu n'aimes pas mon collègue, dit-elle. Tu as des raisons pour cela ?

La mâchoire de Thomas se détendit. Il exhala un grand soupir.

Sinclair ? Non, tu te trompes.

— Alors pourquoi fais-tu cette tête ? Je vois très bien que quelque chose te contrarie.

— C'est que...

Il se redressa et, au lieu de continuer à marcher à côté d'elle, il l'enlaça soudain.

— Je ne suis pas disposé à te partager avec le reste du monde.

Est-ce parce que leurs lèvres s'étaient rapprochées ou à cause du gui qui pendait au-dessus de leurs têtes, ou encore du parfum d'after-shave dans son cou ? Rosalind se sentit défaillir. C'est à peine si elle osa regarder Thomas à travers ses cils.

— Dans ce cas, tu n'aurais pas dû me laisser toute seule au milieu de la foule.

— Peut-être, mais alors, je n'aurais pas pu t'acheter ça !

Il leva son bras libre et exhiba un sac en papier brun.

— Joyeux Noël en avance, Rosie !

Rosalind ouvrit le sac et y découvrit une géode, qui avait été ouverte pour révéler les cristaux roses formés à l'intérieur.

— Tu m'as dit une fois que c'était les roses que tu préférais. C'est la couleur créée par...

— Le magnésium !

Encore une fois, la réponse avait jailli spontanément, sans intervention de la réflexion.

— Elle est magnifique, Thomas ! Merci beaucoup !

— Je suis très heureux que ça te fasse plaisir.

Le regard de Thomas s'était fait sombre et voilé. Rosalind sentit les battements de son cœur s'accélérer.

— Tu sais, Rosie, nous sommes sous le gui, là...

— Oui, je sais.

— Ce serait vraiment un sacrilège de ne pas sacrifier à la tradition.

— Oui, je suis tout à fait d'accord.

Les lèvres de Thomas effleurèrent alors les siennes en un baiser doux et tendre, chargé du genre de promesses qui fit ployer ses genoux sous elle.

Hélas, il prit rapidement fin. Après tout, ils se trouvaient dans un lieu public… Il la laissa cependant toute pantelante et pleine du regret qu'ils ne soient pas seuls.

— Rentrons ! proposa Thomas. N'oublions pas que nous avons un sapin à décorer !

Ce n'est que bien après avoir quitté le marché, alors que la saveur du baiser s'était estompée, que Rosalind s'aperçut que Thomas ne lui avait pas dit pour quelle raison il n'aimait pas beaucoup Richard.

C'est incroyable…, pensait Thomas en contemplant la foule autour d'eux. *Il y a neuf millions d'habitants à Londres, et il a fallu que nous tombions sur Richard Sinclair la première fois que nous sortons de l'appartement !*

En fait, ce n'était peut-être pas si incroyable que ça. Depuis le printemps dernier, Sinclair s'était toujours trouvé en travers de son chemin. Pourquoi ne continuerait-il pas à lui gâcher la vie en surgissant le lendemain du retour de Rosalind ?

Il jeta un regard de biais à sa compagne. Elle regardait la foule, ce qui lui donna l'occasion d'étudier son profil. Il adorait la courbe de ses cils quand elle avait les yeux grands ouverts. Il les aimait tout autant quand elle les abaissait, comme elle l'avait fait tout à l'heure, quand il l'avait embrassée.

Seigneur… Il l'avait embrassée ! Deux semaines plus tôt, il n'aurait même pas osé en rêver. Quel délice de retrouver le goût de ses lèvres ! Aucun mot ne convenait pour décrire cette sensation. Tous se révélaient lamentablement faibles et inadéquats.

Alors pourquoi est-ce que son esprit ne cherchait pas à lui faire revivre ce moment magique, au lieu de le pousser à ruminer la malheureuse rencontre ?

Parce que, désormais, Sinclair allait revenir dans leurs vies. Voilà la raison !

Il avait menti à Rosalind à propos des sentiments que lui

inspirait ce dernier. Il ne l'aimait pas. Pas du tout. Rosalind et ses autres collègues de l'université ne cessaient de dire combien Sinclair était amusant et intelligent. Thomas, lui, trouvait son comportement agaçant. Sinclair était le genre d'homme insupportable qui a toujours besoin d'être le plus malin et le plus drôle de l'assemblée. Il adorait que l'attention soit centrée sur lui. Depuis le printemps précédent, Rosalind et lui étaient devenus inséparables. Bref, il avait offert son épaule réconfortante à l'épouse malheureuse.

D'accord. Thomas était jaloux. Chaque fois qu'il avait essayé de sortir du trou dans lequel il s'était lui-même enlisé, Sinclair s'était trouvé là pour entrer en compétition avec lui et retenir l'attention de Rosalind.

Richard a des places pour une conférence.

Richard nous a retrouvées au jardin public.

Je suis tombée sur Richard à l'heure du déjeuner...

Richard Sinclair s'était trouvé partout, tout le temps. Il adorait avoir pour complice Rosalind, la belle et intelligente fille du plus brillant professeur de géologie.

Thomas le soupçonnait même d'avoir entretenu la tristesse de Rosalind pour qu'elle continue à rechercher sa compagnie.

— Je peux savoir à quoi tu penses ? demanda tout à coup Rosalind en se tournant vers lui. Tu es bien silencieux depuis un moment. Tu as des soucis ?

Oh ! c'est juste que j'aimerais bien me débarrasser d'un certain archéologue qui me gâche la vie...

Un peu honteux, Thomas ravala sa jalousie. Sinclair était l'un des symptômes de leur problème, pas la cause.

— Pas du tout. Simplement, je suis en train de chercher ce que je pourrais bien t'offrir pour Noël. C'est compliqué de trouver mieux qu'un caillou rose à l'intérieur.

C'est à dessein qu'il avait utilisé le mot « caillou ». C'était un jeu qui permettait à Rosalind de se moquer de son incompétence à appeler les différentes roches par leur nom scientifique.

Fidèle à leur tradition, Rosalind s'empressa de corriger.

— Un carbonate de manganèse !

Aussitôt, elle rougit en découvrant la spontanéité de sa réponse.

— Si ce mot compliqué te fait plaisir, pourquoi pas ? commenta Thomas. Pour moi, ça reste un caillou qui est rose à l'intérieur.

Il la contempla en souriant.

— Ce qui fait qu'il me reste le choix entre un bloc de marbre blanc, une énorme plaque d'ardoise grise ou un seau de gravier que je ramasserais dans l'allée du jardin. Tu as une préférence ?

Elle le regarda en secouant la tête d'un air découragé.

— Parfait ! Ne me dis pas à quoi tu pensais. De toute façon, je n'ai pas envie de savoir.

— Ne mens pas ! Je sais très bien qu'au contraire, tu brûles de lire dans mes pensées, mais diable, c'est Noël, j'ai bien le droit d'avoir quelques secrets. En plus…

Tout en parlant, il se pencha pour mettre sa bouche à la hauteur de l'oreille de Rosalind et se réjouit de la sentir frissonner au moment où ses lèvres en frôlèrent le lobe.

— En plus, poursuivit-il à voix basse, le meilleur, c'est l'attente de la surprise. Autrement dit, tu vas devoir t'armer de patience.

— Si c'est ce que tu penses… J'en déduis que nous n'allons plus nous arrêter sous les branches de gui.

Le sang de Thomas ne fit qu'un tour.

— Mais pourquoi ?

— Tu connais bien la tradition, non ? Tu m'embrasses et je te donne une pièce en échange de tes pensées. Qu'est-ce que tu penses ?

Elle était maligne ! Thomas la prit par la taille, mais hélas, elle se déroba avec un petit rire espiègle.

— Désolée, tu as raté ta chance. Maintenant, il nous faut rentrer à la maison, où quelqu'un nous attend pour décorer l'arbre. D'ailleurs, tu viens juste de me dire que le meilleur, c'est l'attente… À ton tour de savourer !

— J'ai l'impression qu'il y en a une qui est hors circuit ! déclara Thomas en désignant le canapé, sur lequel Maddie était allongée sur le ventre.

Un peu plus tôt, la fillette avait décidé de se reposer un moment pendant qu'ils achevaient de disposer les guirlandes lumineuses. Rosalind avait pris un plaid en mohair pour la couvrir et, quelques instants plus tard, Maddie s'était endormie. Ivre d'excitation et de sucreries, elle s'était écroulée une fois la poussée d'adrénaline retombée.

Rosalind la borda et sourit lorsque la fillette émit une sorte de miaulement de protestation en serrant Bigsby contre elle.

— La pauvrette ! Espérons qu'elle ne sera pas trop déçue d'avoir raté la dernière phase de la décoration de l'arbre.

— L'essentiel, c'est d'avoir pensé à mettre l'ange de côté, répondit Thomas. Cette année, elle est très fière d'avoir le privilège de le disposer elle-même tout en haut du sapin.

— C'est vrai. Elle en a parlé plusieurs fois.

— Elle sera certainement bien plus contente de penser aux cadeaux qu'elle découvrira en dessous, que triste de ne pas y avoir accroché elle-même les guirlandes.

Une fois la dernière ampoule suspendue, Thomas recula d'un pas.

— Franchement, je trouve le résultat très réussi !

Rosalind pensait la même chose. Ils avaient installé l'arbre dans un angle de la bibliothèque, à l'étage, comme Thomas lui avait dit que cela s'était fait chaque année. Il lui avait expliqué aussi qu'une équipe de décorateurs s'occuperait comme toujours du reste de l'appartement. Leur sapin était encadré par des étagères garnies de livres et décoré des pompons rouges et verts et des animaux en feutrine que Rosalind avait elle-même choisis au marché.

— Notre arbre est magnifique ! approuva Rosalind. Tout simple et bien familial, exactement ce qu'il nous fallait. Je suis ravie aussi de penser que, bien qu'il soit de belle taille, en grimpant sur tes épaules, Maddie arrivera à placer son ange au sommet.

— C'est sûrement la première des choses qu'elle demandera en se réveillant !

Attendrie, Rosalind sourit et se tourna vers la fillette, qui dormait à poings fermés. Puis elle revint vers Thomas.

— J'aimerais bien que tu m'expliques pourquoi nous restons enfermés ici comme si nous étions prisonniers. Est-ce qu'il faut avoir peur des décorateurs ?

À cette question, Thomas répondit par un éclat de rire. Un éclat de rire d'un style nouveau, que Rosalind n'avait pas encore eu l'occasion de découvrir dans l'éventail qu'il avait à sa disposition. Il y avait le rire profond et amusé des moments où il jouait avec Maddie. Le rire moqueur, presque un peu méchant quand il faisait preuve d'ironie, celui-ci étant réservé aux moments où il racontait les bêtises qu'il avait faites avec son frère et sa sœur. Enfin, un rire coquin qui la faisait frissonner quand ils partageaient une plaisanterie qu'eux seuls pouvaient comprendre. Le rire qui venait de lui échapper à l'instant était différent de tous ceux-là. Il paraissait contenir une interrogation voilée, un peu comme s'il disait « qui sait, peut-être ? » sans avoir recours aux mots.

Il s'expliqua tout de même.

— Depuis très longtemps, à l'occasion des fêtes de fin d'année, l'entreprise Collier engage un décorateur chargé de donner un air festif à la maison de son président. Cela se justifie par le fait que nous devons recevoir ici nos principaux collaborateurs.

En voyant le visage de Rosalind se figer d'inquiétude à l'idée de devoir jouer les maîtresses de maison dans une pièce remplie de gens dont elle n'avait aucun souvenir, il se hâta d'ajouter :

— Ne t'inquiète pas. Étant donné ce qui s'est passé, j'ai reporté cette réception au mois de janvier.

Il faisait allusion au fait qu'à l'époque, il s'était cru veuf.

— Quant à la raison pour laquelle le sapin se trouve dans la bibliothèque, c'est une idée qui vient de toi. Tu souhaitais une pièce et un arbre qui correspondent mieux à l'idée que tu te faisais de cette fête familiale.

Effectivement, aux yeux de Rosalind, ce cadre convenait parfaitement à sa façon d'envisager Noël. Tout en étant luxueux, avec ses beaux livres soigneusement reliés et ses étagères cirées, il n'offrait pas la décoration trop somptueuse à son goût des miroirs dorés et des meubles dignes d'un musée que l'on trouvait un étage plus bas. Ici, la cheminée et les canapés moelleux rendaient la pièce très accueillante. Jamais elle n'aurait pu imaginer s'allonger sur le canapé en velours bleu du salon du bas. Alors qu'ici, pour se sentir bien, il lui suffisait de retirer ses chaussures et de s'installer sans façon, les jambes repliées sous elle, dans le grand fauteuil de cuir fauve.

Plus elle considérait l'arbre dont ils s'étaient occupés, plus elle éprouvait un sentiment agréable de bien-être et de sécurité. Elle aimait cette décoration artisanale sans prétention, qui lui donnait l'impression d'être entourée d'amis.

— Tu crois que nous avons mis assez de guirlandes lumineuses ? s'enquit Thomas d'un ton légèrement inquiet.

— Largement ! Nous ne voulons pas rivaliser avec l'arbre de Covent Garden. Celui-ci est magnifique tel qu'il est.

Thomas alla éteindre le lustre du plafond et la pièce baigna dans la lumière douce des multiples petites ampoules éparpillées dans les branches.

Rosalind recula pour mieux juger de l'ensemble.

— Magique ! Tout simplement magique ! s'exclama-t-elle.

— En effet, approuva Thomas, qui s'était retiré dans un coin sombre de la pièce et la dévorait des yeux. Et je ne parle pas seulement du sapin. C'est la première fois que je te vois aussi détendue depuis ton arrivée. Je découvre avec plaisir que plus tu te sens à l'aise, plus tu es belle.

— C'est difficile de ne pas se sentir à l'aise quand on est entouré de cette ambiance de Noël.

Tout en parlant, elle s'était détournée vers la cheminée pour lui cacher combien le compliment la touchait. Depuis le rapide baiser qu'ils avaient échangé à Covent Garden, chacun des mots prononcés par Thomas la remplissait d'énergie. Sans parler d'autres désirs, endormis depuis longtemps, qu'elle sentait renaître au creux de son ventre. On aurait dit que quelque enchanteur avait subitement mis fin au sommeil mortifère qui s'était emparé d'elle depuis plusieurs mois.

Chacun des moments de la soirée avait été parfait. Depuis le baiser sous le gui jusqu'au feu crépitant allumé dans la cheminée et les chants de Noël passés en sourdine pour achever de créer cette ambiance dans laquelle elle se sentait revivre. À ce tableau idyllique ne manquait que la neige tombant derrière la fenêtre.

Elle se tourna à nouveau vers Thomas.

— Les chaussettes de Noël que tu as accrochées à la cheminée sont prêtes à remplir leur rôle, tu vois !

En effet, trois grands bas de laine rouge et blanc attendaient d'être remplis de friandises.

— Je me souviens comme tu étais impatiente de les suspendre pour notre premier Noël. On aurait dit une petite fille. Pas étonnant que Maddie soit aussi enthousiaste pour tout ce qui touche cette période de l'année.

Thomas s'était rapproché du bureau sur lequel il avait posé en début de soirée une bouteille de chardonnay dans un seau à glace et deux verres à vin. *Nous mériterons bien de porter un toast quand nous aurons fini de travailler*, avait-il lancé alors. Pendant qu'il débouchait la bouteille, Rosalind observa ses épaules larges moulées par le pull bleu glacier en laine fine qu'il avait enfilé en rentrant. Pour un homme mince comme il l'était, pareille musculature était inhabituelle. À vrai dire, elle ne la découvrait pas : elle avait déjà eu l'occasion de la contempler la nuit précédente, quand il était venu dans sa chambre, au moment de son cauchemar.

Sans doute loin de se douter du cours qu'avaient pris les pensées de Rosalind, Thomas poursuivait tranquillement :

— À propos des bas de Noël, comme nous avons

oublié d'acheter les supports pour les accrocher, j'ai eu recours au système D et j'ai planté trois clous dans le bois du manteau de la cheminée.

— J'ai du mal à t'imaginer en train d'utiliser un marteau, remarqua Rosalind. Tu parais être né pour travailler dans un bureau.

Thomas secoua la tête en riant.

— Tu plaisantes ? Sache que je suis le meilleur menuisier de tout Lake District ! C'est moi qui ai fabriqué la table que tu as devant toi.

Rosalind le considéra, incrédule. Elle avait en effet remarqué que cette table basse était d'une facture tout à fait différente de celle des autres meubles de la pièce. Elle était plus massive et faite d'un bois beaucoup plus rustique.

— Un jour sans doute, tu te souviendras que nous l'avons souvent utilisée comme table de salle à manger, en particulier quand tu avais étalé tes dossiers sur celle qui était prévue à cet effet. D'ailleurs, je t'ai menacée à plusieurs reprises de te construire un bureau pour pouvoir enfin prendre mes repas sans avoir à me plier en deux.

— Pourquoi tu ne l'as pas fait ?

— Parce que tu m'as toujours dit que tu n'en voulais pas. Tu aimais travailler sur la table de la salle à manger.

— Qui aurait cru que j'avais un tel pouvoir sur toi ! C'est quelque chose dont tu ne m'as jamais parlé dans les informations que tu m'as envoyées chez Chris.

— Je ne voulais pas que tu te comportes en tyran dès le début ! répliqua Thomas en riant. Il m'a semblé que tu découvrirais ton pouvoir bien assez vite.

Détendu et visiblement heureux, il invita Rosalind à s'asseoir sur le canapé et lui tendit un verre de vin, avant de s'installer près d'elle. Sous son regard plein de sollicitude, Rosalind sentit une douce chaleur l'envahir. Elle prit une gorgée de vin en frissonnant de plaisir.

— Pourtant, tu étais toi-même soumise à une tyrannie bien particulière, ajouta Thomas.

— Vraiment ?

— Vraiment !

— Je sais, c'était ma thèse ! répliqua-t-elle du tac au tac. J'étudiais les dépôts de graphite dans la région de Borrowdale. Ce sujet m'intéressait, parce que c'est extrêmement rare de trouver du graphite dans les roches volcaniques. Le seul autre endroit où l'on peut observer ce phénomène se trouve en Espagne…

Brusquement, elle s'interrompit, les joues en feu.

Thomas la dévisageait en retenant sa respiration.

Elle haussa les épaules d'un air désarmé.

— Ce genre de réminiscence subite m'est arrivé plusieurs fois dans la journée, constata-t-elle.

— C'est fabuleux ! À cette allure, tu auras vite fait de retrouver tous tes souvenirs.

Malgré la pénombre dans laquelle baignait la pièce, Rosalind vit qu'un vrai sourire illuminait le visage de Thomas. Cela lui donna le courage de poursuivre.

— J'aimerais bien, mais pour l'instant, je n'en suis pas encore là. Disons que ce sont seulement des bribes qui émergent, comme par réflexe, sans que j'aie fait le moindre effort pour cela. Par contre, je ne me rappelle rien de ce qui est vraiment important. Par exemple, au sujet de mes parents.

Ou de notre mariage. Ou de toi, Thomas…

Bien sûr, elle n'osa pas prononcer ces derniers mots à voix haute. Pourtant, plus le temps passait, moins cela lui paraissait avoir de l'importance. Thomas l'intéressait au présent. Tant pis si les souvenirs refusaient de remonter à la surface.

— J'aimerais pouvoir t'aider, déclara-t-il, mais je n'ai jamais rencontré tes parents. Ils étaient décédés tous les deux avant que nous fassions connaissance.

— Les articles que tu m'as envoyés concernant mon père m'ont donné de lui une image assez impressionnante. De ma mère aussi, d'ailleurs. J'ai découvert qu'en tant qu'experts en photogrammétrie et balayage laser, ils ont voyagé dans le monde entier pour donner des conférences et animer des séminaires.

— En effet. D'après ce que tu m'as appris d'eux, ils formaient un couple exceptionnel, très apprécié de la communauté scientifique internationale et, à ce titre, ils passaient beaucoup de temps à l'étranger. D'après toi, ils avaient placé la barre très haut.

— Dans quel domaine ? En termes de succès ?

— Probablement. Pourtant, je ne t'ai jamais entendue leur reprocher d'avoir fait peser sur toi une quelconque pression pour t'inciter à obtenir des résultats scolaires exceptionnels, par exemple. J'ai toujours eu au contraire le sentiment que vous vous entendiez très bien, tous les trois, et que vous avez passé ensemble quantité de bons moments.

Il s'interrompit le temps de boire une gorgée de vin, puis reprit.

— Tu vois, c'est quelque chose que je t'ai toujours envié. Cette complicité avec eux. Les liens affectueux qui vous unissaient.

Voilà une confession étonnante venant d'un homme qui dirigeait une entreprise familiale vieille de plus de deux siècles.

— À t'entendre, on dirait que tu n'étais pas proche de tes parents, toi…

— C'est compliqué.

Il contempla longuement le contenu de son verre.

— En fait, ce qui unit les membres de ma famille, c'est davantage notre héritage que des liens d'affection que nous pourrions avoir.

— Je ne comprends pas.

— L'entreprise Collier est ce qui nous rassemble. Mon père n'a jamais compris, par exemple, pourquoi je me suis installé à Cumbria à la fin de mes études, au lieu d'occuper tout de suite le poste qui m'attendait dans l'entreprise qu'il dirigeait.

— Ce poste ne t'intéressait pas ?

Thomas demeura un moment silencieux avant de répondre.

— Il se trouve que ma priorité était de te voir heureuse. Cette maison à Cumbria était le seul lien qui te restait avec tes parents, tu y étais très attachée. Ce qui fait que, lorsque tu as voulu quitter Londres pour travailler dans le Nord, j'ai décidé que l'entreprise Collier trouverait un autre membre de la famille pour occuper ce poste.

Rosalind sentit son cœur se serrer. Thomas avait renoncé à l'héritage de sa famille pour lui permettre de rester proche du souvenir de la sienne.

— C'était une décision aussi généreuse que romantique…

— Pas vraiment. Je t'aimais et je faisais ce qui me paraissait nécessaire à ton bonheur.

Il leva vers elle un visage souriant.

— Au cas où tu ne l'aurais pas remarqué, j'aime te rendre heureuse !

— Et toi, est-ce que tu étais heureux ?

— Je me souviens que tu souriais tout le temps, et j'adorais te voir sourire comme ça. Savoir que c'était grâce à moi me rendait très fier de mon choix.

Rosalind remarqua qu'il avait dit *fier* et non pas *heureux*.

Il vida son verre et la regarda.

— Si nous allions mettre notre petite princesse dans son lit ? J'ai envie de te montrer quelque chose là-haut.

Ce que Thomas voulait lui faire découvrir, c'était une vue à couper le souffle. Une fois sur la terrasse, Rosalind eut tout Londres à ses pieds. Emmitouflée dans son manteau, elle s'approcha de la rambarde devant laquelle Thomas l'attendait. Pendant qu'elle était partie prendre le vêtement, il était allé chercher la bouteille et les verres. Tout cela était posé sur un plateau devant eux.

— Tu vois, la ville est bien moins oppressante quand on la regarde d'ici !

Il lui tendit un verre.

Tout en savourant une nouvelle gorgée de chardonnay,

Rosalind en convint aisément. Elle apercevait au loin l'arbre de Noël dressé près de la Nelson's Column et quantité d'autres arbres illuminés disséminés dans la ville. Tower Bridge étincelait de bout en bout.

— Oh oui, c'est bien vrai que je me sens mieux ici que bousculée par la foule ! Mais tu vois, ce qui m'amuse, c'est cette relation spéciale que tu entretiens avec le ciel et la nuit.

— Que veux-tu dire ?

— Eh bien, comment expliquer autrement le fait que tu te débrouilles toujours pour me faire sortir dans le froid pour me faire découvrir un spectacle nocturne ? demanda Rosalind avec amusement.

— Nous pouvons redescendre près de la cheminée, si tu préfères !

— Non, pas encore ! La vue est sublime, laisse-moi le temps d'en profiter !

Se trouver en tête à tête avec Thomas au cœur de la nuit avait quelque chose d'enchanteur et de profondément apaisant. Là, elle profitait pleinement de sa présence sans se poser de questions.

— Nous rentrerons dès que tu le souhaiteras. En tout cas, je te propose de porter un toast à cette journée qui se termine bien plus agréablement qu'elle n'a commencé.

— Volontiers !

Rosalind choqua son verre contre celui de Thomas. La déception qui l'avait si cruellement affectée le matin lui paraissait bien lointaine maintenant.

— Quand tu m'as promis que tu allais te lancer dans une opération séduction, je ne t'ai cru qu'à moitié, mais je dois reconnaître que, depuis quelques heures, ton objectif est largement atteint.

— Honte à toi pour avoir douté de ma parole !

Un bruit de rires monta jusqu'à eux depuis la rue. Rosalind se pencha pour regarder. Un joyeux groupe de jeunes gens marchait sur le trottoir et l'un des garçons entonna d'une voix rauque un chant de Noël, que les autres reprirent en chœur. Ils chantaient horriblement faux et pourtant, c'était un bonheur de profiter de cette amusante sérénade qu'ils leur offraient à leur insu.

Comme ils disparaissaient au coin de la rue, Rosalind prit conscience du trouble sensuel que la présence de Thomas provoquait chez elle. Il continuait à poser sur elle son regard bleu nuit, un regard qui s'était assombri, comme pour cacher quelque secret inavouable.

— Tu sais, je suis désolé pour ce matin..., commença-t-il.

— Tu n'as pas à l'être ! Tu t'es largement rattrapé ensuite ! C'est cela qui compte.

— Je l'espère. Et je te remercie de me dire ça. C'est vrai que je m'applique à tenir mes promesses malgré les contraintes que m'imposent mes impitoyables avocats.

— Tu es un homme de parole. J'apprécie !

La voix de Thomas avait eu un accent de sincérité qui était allé droit au cœur de Rosalind, bien plus profondément que ne l'aurait fait une simple tentative de séduction. Elle sentait qu'elle-même commençait à s'ouvrir et à reprendre vie.

— Je m'y efforce, en tout cas. Je tiens à ce que tu sois persuadée que mon plus cher désir est que nous reformions une famille, tous les trois.

Là encore, Rosalind était certaine que Thomas ne prononçait pas ces mots à la légère.

— Oui, je sais.

Un long silence s'installa, paisible et serein. Le monde paraissait se résumer à Thomas et elle, et à leur petite terrasse.

— C'est vrai que, chaque année, nous faisions ce pique-nique de Noël devant la cheminée ?

— Bien sûr ! Ces soirées font partie de mes meilleurs souvenirs.

Il s'interrompit, regarda Rosalind et sourit, avant d'ajouter :

— D'ailleurs, je suis pratiquement sûr que c'est grâce à l'une d'elles que nous avons eu Maddie.

— Oh..., s'exclama Rosalind, les joues brûlantes à cause des images qui lui venaient à l'esprit.

Son imagination venait de faire un bond en passant de la représentation de Thomas allongé devant la cheminée à l'évocation de scènes beaucoup moins sages.

— Pourquoi me poses-tu cette question à nouveau ? demanda Thomas.

— Parce que j'aimerais bien que nous recommencions cette année. Enfin, je veux dire… les croque-monsieur et le vin chaud. Avec Maddie. Je ne me souviens pas du tout de la dernière fois où nous l'avons fait et je serai heureuse de me fabriquer ce souvenir à nouveau.

Tout en parlant, elle fixait la bouche de Thomas, ses lèvres bien dessinées, sensuelles…

— Et moi, je serai heureux de t'y aider.

Encore une fois, Rosalind fut fascinée par le bleu profond du regard de cet homme appliqué à la reconquérir. Est-ce que cela aussi faisait partie de son offensive de charme ?

Se doutait-il de ce qui lui traversait l'esprit ? Il posa son verre sur le rebord de la terrasse et se rapprocha d'elle, si près que la vapeur de leurs haleines se mêla.

— À propos, il va falloir que nous allions faire des achats de Noël pour Maddie. Mon petit doigt me dit que le Père Noël a envie de lui apporter un peu plus que des bonbons.

— Il faut surtout penser au copain qu'elle souhaite donner à Bigsby.

— Bien sûr ! On pourrait en profiter pour passer une soirée dehors. Dîner au restaurant, puis aller danser, pourquoi pas ? Enfin, ce que tu veux… Du moment que ça te fait plaisir.

Le regard de Thomas était fixé sur sa bouche et elle se demanda si c'était le hasard ou si cela avait un lien avec ce qu'il était en train de lui proposer. Elle sentit ses lèvres devenir brûlantes.

— Est-ce que par hasard vous me proposeriez une soirée spéciale, monsieur Collier ?

— Oui, madame Collier, si cela vous tente.

Rosalind passa la langue sur ses lèvres pendant que

Thomas remplissait à nouveau leurs verres. Encore une fois, elle admira l'aisance de ses mouvements. Quoi qu'il fasse, c'était toujours avec une grâce naturelle, qu'elle trouvait extrêmement charmeuse. Elle se sentait comme ensorcelée. En avait-il toujours été ainsi ?

La frustration de ne pouvoir répondre à cette question lui noua la gorge.

— J'aimerais tellement me souvenir de la période où nous avons commencé à sortir ensemble... Et du reste aussi, bien sûr.

— Tu y arriveras, assura Thomas. Regarde tout ce qui t'est revenu en mémoire aujourd'hui.

Rosalind hocha la tête. En effet, quelques bribes avaient émergé du néant... Quelques morceaux d'un puzzle auquel manquaient les pièces essentielles. Ce n'étaient que des images fugitives, jamais un souvenir complet. La frustration n'en était que plus intense.

— C'est vrai, je devrais être contente de retrouver ne serait-ce que quelques lambeaux de mon passé. Au cours des derniers mois, je m'étais habituée au vide dans ma tête. Mais maintenant... je souhaite vraiment me souvenir et je n'y arrive pas. J'essaie, je fais des efforts, mais c'est en vain.

— Tu as toujours détesté ne pas pouvoir contrôler les situations !

— Pardon ?

Rosalind comprit que Thomas s'amusait à la taquiner. C'était sans doute la façon qu'il avait trouvée pour l'aider à surmonter sa frustration.

— C'est faux ! rétorqua-t-elle néanmoins.

— Tu crois ? Je me demande alors d'où viendrait la ténacité dont Maddie est capable de faire preuve.

— Je... Ce n'est pas la même chose.

Comme Thomas arquait un sourcil dubitatif, elle insista :

— Ce n'est pas *du tout* la même chose.

— Est-ce que tu as fait beaucoup d'efforts pour te souvenir depuis hier ?

Rosalind revit alors en pensée les piles de photographies

qu'elle avait regardées depuis vingt-quatre heures, dans l'espoir de susciter en elle un éclair de réminiscence.

— Oui, pas mal…

À nouveau, il laissa éclater ce rire qui la faisait fondre, en dépit de la contrariété suscitée par son échec.

— J'approuve ta persévérance et ta faculté de résilience. D'ailleurs, c'est bien grâce à ces qualités que tu peux être auprès de moi en ce moment. Il faut vraiment être fort pour survivre à ce que tu as enduré. Mais je n'en suis pas surpris, tu as toujours eu une personnalité affirmée. Décidée et courageuse.

Il avait posé la main sur les cheveux de Rosalind et les caressait doucement.

— J'aurais dû deviner qu'il en faudrait plus pour t'abattre qu'un accident de voiture et une chute dans le courant d'une rivière.

Cette fois, ce fut au tour de Rosalind de rire.

— Tu me dépeins comme beaucoup plus courageuse que je ne le suis !

— Je te dépeins comme je te vois et comme je te connais, c'est tout.

À ces mots, Rosalind sentit son cœur se gonfler de bonheur. Thomas la regardait d'un air si parfaitement sincère qu'elle se sentit glisser dans un trouble à la fois délicieux et inquiétant. Afin d'y résister, elle tendit le bras vers son verre.

En portant le vin à ses lèvres, elle réfléchit. Dans le fond, pourquoi avait-elle peur ? Thomas et elle étaient mariés. Par conséquent, éprouver ce genre d'attirance n'avait rien d'anormal. Le problème était de savoir s'il fallait éviter de se poser cette question ou bien, au contraire, explorer ce qu'elle rendait possible…

Elle regarda Thomas. Sur sa bouche le vin avait laissé une trace humide. Du bout des doigts, elle l'essuya avant de souffler :

— Embrasse-moi…

7

Avait-il bien entendu ?

Depuis le début de la soirée, Thomas luttait contre l'envie de prendre sa femme dans ses bras. Chaque fois que leurs mains ou leurs doigts se frôlaient, chaque fois qu'elle lui jetait l'un de ses regards hésitants et timides, il devait faire un effort pour ne pas se pencher vers elle et l'embrasser. Ce désir n'était même pas d'ordre sexuel. Il avait simplement envie de la sentir contre lui. Comme autrefois, avant que leur mariage parte à la dérive.

Pour cette raison, la demande de Rosalind lui paraissait presque trop belle pour être vraie.

Pourtant, il reconnaissait dans son regard sombre la lueur du désir qui s'éveillait, telle qu'il la lisait au temps de leur bonheur. Quand elle posa les doigts sur sa bouche, il ne put retenir un petit grognement de satisfaction.

Il se rapprocha d'elle, lui caressa la joue du revers de la main et glissa les doigts dans ses cheveux. Il avait toujours adoré sentir leur douceur.

— J'ai cru que tu ne me le demanderais jamais…, souffla-t-il.

Thomas cueillit le soupir qui s'échappait de sa bouche en y posant les lèvres. Avec toute la douceur du monde. Une fois. Deux fois.

La troisième fois, elle entrouvrit les lèvres et leurs souffles se joignirent comme si jamais ils n'avaient été séparés, retrouvant le rythme délicieux de leurs baisers d'antan.

Rosie, Rosie, Rosie !

Ce prénom chantait dans sa tête comme un mantra. Comme elle lui avait manqué ! Son esprit ne se souvenait peut-être pas de lui, mais son corps, lui, n'avait pas oublié.

— Ça fait tellement longtemps…, murmura-t-il.

Il s'appuya contre la rambarde et pressa Rosalind contre lui pour qu'elle sente à quel point il la désirait. En réaction, elle le prit par les épaules avec un petit gémissement. C'en fut trop pour Thomas. Il fallait qu'ils descendent dans leur chambre !

Tout en parsemant le visage de Rosalind de baisers légers, il la souleva dans ses bras.

Mais alors qu'il la serrait contre sa poitrine, elle l'arrêta d'un cri.

— Thomas, attends !

Sous sa chevelure sombre, son visage s'était figé. Dans l'éclat de son regard, quelque chose avait disparu et, si son corps tremblait maintenant, ce n'était plus de désir.

Lentement, il la reposa au sol. Malgré l'obscurité, il vit une lueur de regret dans ses yeux.

— Je suis désolée…, souffla-t-elle.

Thomas haussa les épaules. Elle n'avait pas à l'être. C'était trop tôt. Elle lui avait demandé un baiser, seulement un baiser, mais en le lui donnant, il avait été incapable de résister à l'élan qui le poussait vers elle. Il avait commis une erreur.

— Ce n'est rien. Rentrons tout de même, j'ai peur que tu attrapes froid.

Rosalind referma la porte de sa chambre et réfléchit à la scène qui venait de se dérouler. Que lui était-il passé par la tête ? Quelle idée de demander à Thomas de l'embrasser ! Il avait des souvenirs, il éprouvait pour elle des sentiments bien réels. Mais elle ? Ce qu'elle ressentait n'était qu'une attirance physique, sexuelle. À quoi cela la mènerait-il d'y céder ?

Il était vrai qu'elle ne s'était pas attendue à ce que cette attraction mutuelle flambe si intensément. Au moment où il l'avait embrassée, tous ses sens avaient été mis à vif. La douceur des lèvres de Thomas, le goût de sa bouche l'avaient submergée. Elle s'était noyée dans des sensations qu'elle était incapable d'expliquer. Sans le contexte affectif qui aurait dû les accompagner, elle était complètement perdue. Désorientée. Engloutie, cette fois non par les flots de la rivière mais par le déferlement d'une sensualité brutale.

Tant de questions se posaient encore ! Son intuition lui disait depuis le début qu'un élément manquait au tableau que Thomas lui avait fait de leur relation. Ensuite, il y avait eu cette rencontre avec Richard. Tandis qu'elle se laissait consumer par les baisers de Thomas, une petite voix n'avait cessé de murmurer à son oreille *: repentant…* De quoi Thomas aurait-il des raisons de se repentir ? À quoi Richard avait-il fait allusion ?

Elle avait besoin de plus de temps pour comprendre. De recueillir davantage d'informations, de reformer plus de souvenirs. Sans cela, son esprit ne pouvait accepter de se mettre au diapason des désirs de son corps.

En même temps, elle s'efforçait d'oublier à quel point le baiser de Thomas avait touché son âme. Et aussi, cette déception qu'il n'avait pas su lui cacher quand elle s'était éloignée.

Encore une urgence ! Évidemment… Thomas jeta son téléphone sur le lit et le vit rebondir sur un oreiller avant de se perdre parmi les couvertures. Son humeur était déjà fort mal disposée à cause de la mauvaise nuit qu'il venait de passer, nul besoin d'ajouter à cela un nouveau problème ! Et pourtant, voilà qui allait le ramener à son bureau alors qu'il avait prévu de passer toute la journée avec sa femme. Il voulait savoir ou, plus exactement, il avait besoin de savoir où ils en étaient après le baiser de la veille au soir. Est-ce que les craintes qu'il nourrissait à l'égard du recul de Rosalind étaient réelles ou pas ? Il voulait en avoir le cœur net le plus tôt possible.

Cette interrogation l'avait tenu éveillé la moitié de la nuit. Las de la tourner et de la retourner dans sa tête sans lui trouver de réponse, il avait décidé d'aller parler avec Rosalind sans attendre le matin, mais, quand il avait frappé à sa porte, elle n'avait pas répondu.

Regrettait-elle de l'avoir embrassé ? C'était ce qu'il redoutait. Sur le moment, il avait espéré que l'élan de passion qu'elle avait éprouvé allait bousculer sa mémoire et lui rappeler combien ils aimaient faire l'amour, tous les deux. Puis, debout devant la porte close de celle qui pourtant était sa femme, une sorte de crainte différente s'était emparée de lui. Que se passerait-il si les sentiments qu'elle ressentait pour lui autrefois avaient disparu ? Non pas oubliés à cause de son amnésie, mais réellement disparus, morts à jamais ? Peut-être avait-elle tourné la page sur leur couple avant de se rendre à Cumbria ? Dans ce cas, aucun souvenir ne pourrait le faire revivre.

Voilà le genre de question qu'il espérait pouvoir examiner ce matin avant que son téléphone sonne. Franchement, que deviendrait l'entreprise Collier sans lui ?

Et lui, que ferait-il sans l'entreprise Collier ?

Il survivrait, comme autrefois… Était-ce là vraiment la réponse à la question ? Non. En fait, il n'avait pas besoin de l'entreprise Collier. Il avait besoin de Rosalind. Et il avait bien l'intention de le lui prouver.

Pourtant, le problème qui venait de surgir au bureau devait impérativement être réglé très vite.

Il se doucha et s'habilla, puis sortit de la chambre d'amis. En passant devant la porte de Rosalind, il constata qu'elle était ouverte et qu'il n'y avait personne dans la chambre. Des rires joyeux l'attirèrent vers la bibliothèque, où il trouva Rosalind et Maddie, toutes deux en robe de chambre, en train de s'amuser de bon cœur. Elles lui tournaient le dos, mais Maddie était perchée sur les épaules de Rosalind, l'angelot destiné à décorer le sommet de l'arbre dans les mains. La petite fille s'étirait de son mieux pour l'accrocher, mais ses tentatives demeuraient vaines. Ce qui n'était pas étonnant puisque l'arbre avait été acheté en fonction de la taille de Thomas, et non de celle de Rosalind.

— Tu n'y arriveras pas, je suis trop petite, déclara Rosalind. Il va falloir attendre que ton père ait fini de téléphoner.

Cette réflexion alla droit au cœur de Thomas, qui se jura de plier l'affaire aussi rapidement que possible.

— On dirait que vous avez besoin d'un petit coup de main ? lança-t-il en s'approchant.

Rosalind et Maddie se retournèrent en riant.

— Eh ! Daddy, on essaie de placer l'ange !

— Oui, je vois. Attends…

Il attrapa la fillette par la taille, la fit passer par-dessus la tête de Rosalind et la jucha sur ses propres épaules. Ensuite, il s'approcha de l'arbre et attendit patiemment que Maddie ait disposé l'angelot de la façon qui lui convenait.

— Merci ! dit Rosalind quand l'opération fut terminée.

Il reposa Maddie, qui recula de quelques pas pour admirer son œuvre, sourit de satisfaction et fila dans sa chambre. Thomas et Rosalind se retrouvèrent en tête à tête.

— Maddie s'est réveillée bien décidée à terminer ce qu'elle n'avait pas pu faire hier soir, expliqua Rosalind.

— Tiens… Et moi aussi ! plaisanta Thomas.

Rosalind eut un petit rire gêné et recula avant qu'il ait eu le temps de l'embrasser sur la joue pour lui souhaiter une bonne journée.

Elle paraissait extrêmement embarrassée.

— Je… Je suis désolée pour hier au soir. C'était…

Je t'en prie, Rosie, ne dis pas que c'était une erreur !

— … C'était une erreur. Le vin m'avait grisée, sans doute, et je me suis lancée dans quelque chose que je n'étais pas prête à assumer.

— C'était seulement un baiser !

Il avait parlé sur un ton anodin, exactement comme s'il avait voulu dire que les savons Collier étaient des savons comme les autres. Afin de ne pas troubler Rosalind, il essayait de rendre cet épisode aussi insignifiant que possible.

— En fait, c'était trop tôt, reprit la jeune femme. Tu comprends, pour moi, tout est nouveau. Sauf que ça ne l'est pas en réalité et c'est très troublant. Je n'arrive pas à savoir si les sentiments que j'éprouve sont des souvenirs ou si c'est quelque chose qui est en train de m'arriver au présent. À moins que ce ne soient même pas des sentiments et que je sois en train de forcer mes émotions.

Elle leva un regard brillant vers Thomas.

— Tu comprends ce que j'essaie de te dire ?

Oui, hélas, il comprenait. Trop bien. Et ça lui faisait mal au cœur, mais que faire ?

— Je n'aurais pas dû essayer d'aller plus loin.

Elle se détourna.

— J'apprécie la galanterie de ta réaction, mais je n'oublie pas que c'est moi qui ai pris les devants !

— En me demandant de t'embrasser, c'est vrai, mais j'ai un peu poussé le bouchon… Excuse-moi.

Une rougeur qu'il connaissait bien envahit le visage et le cou de Rosalind.

— Excuses acceptées, murmura-t-elle.

— Je t'avais promis que je ne te forcerais pas à faire quoi que ce soit tant que tu ne t'y sentirais pas prête. Ce qui implique que je dois avoir la patience de t'attendre, même si je suis parfois obligé de refréner quelques élans bien compréhensibles.

— Seulement quelques-uns ? demanda Rosalind en souriant. Je me sens insultée !

— Pardon ! À la vérité, c'est bien plus que quelques-uns ! Il y en a tellement que je suis incapable de les compter.

— Voilà qui est mieux, approuva Rosalind.

Leurs regards se rencontrèrent et une douce complicité les réunit.

— Sérieusement, tu ne m'en veux pas de t'obliger à tant de lenteur ?

Incapable de se retenir, et alors que cela allait à l'encontre de ce qu'il venait de dire, il saisit le menton de Rosalind et lui caressa la lèvre du pouce.

— Je te promets d'avancer à la vitesse de l'escargot si c'est ce qui te convient.

Il eut la surprise de voir Rosalind se hisser sur la pointe des pieds pour venir l'embrasser sur la joue.

— Tu es en tenue décontractée ce matin, remarqua-t-elle.

En effet, comme il espérait ne pas rester longtemps au bureau, Thomas avait choisi d'enfiler une simple veste et un pull sur un pantalon en laine, plutôt que le costume trois-pièces qui était sa tenue de travail habituelle.

Elle passa doucement les mains sur les revers de sa veste tandis qu'il sentait sa joue brûler à l'endroit où elle avait posé ses lèvres. Exactement comme s'il était retombé en adolescence…

— Oui, un peu trop, sans doute, mais c'est parce que je n'ai pas l'intention de m'attarder au bureau.

Avec ces quelques mots, ce fut comme s'il avait appuyé sur un bouton. Le regard de Rosalind, étincelant un instant plus tôt, redevint tout à coup distant et froid. Combien de fois ne l'avait-il pas déclenché au printemps dernier, ce regard qui l'avait hanté tout l'été ?

— Je te promets de faire vite ! ajouta-t-il aussitôt.

Mais au moment où il prononça cette phrase, il se maudit au souvenir du nombre incalculable de fois où il l'avait déjà dite sans la respecter. Et combien de fois avait-il ajouté ensuite : *Je n'irais pas si ce n'était pas important* ?

Dans sa tête résonna la réponse que Rosalind lui faisait systématiquement dans ces cas-là : *C'est toujours important !*

Néanmoins, la Rosalind qui se tenait devant lui aujourd'hui ne parut pas se souvenir de sa réplique. Elle se contenta de hausser les épaules.

— Inutile de te presser. Maddie et moi, nous trouverons bien à nous occuper.

— Ma présence est indispensable, insista-t-il. Il y a un problème avec la nouvelle ligne de produits.

Effectivement, le coup de fil matinal l'avait informé que les distributeurs européens demandaient davantage de garanties. Pour cela, la comptabilité devait effectuer de nouveaux calculs concernant les marges de bénéfices.

— Tu comprends, l'avenir de l'entreprise Collier dépend du succès de cette nouvelle création. Je ne peux pas me soustraire à mes responsabilités.

— Je sais, assura-t-elle en souriant. Vas-y, il n'y a pas de problème.

Thomas détourna le visage.

Si, justement, il y avait un problème. Il souhaitait passer la journée avec elle et Maddie. Est-ce que Rosalind comprenait vraiment qu'il ne les abandonnait pas par choix ? Qu'il était celui qui devait prendre les décisions ? Il avait presque réussi à remettre l'affaire familiale à flots, objectif qu'il s'était fixé quelques années plus tôt et qu'il s'était juré d'atteindre. Ensuite, tout serait différent. Lui-même serait différent. Si seulement elle pouvait se rendre compte qu'il avait compris la leçon depuis qu'elle l'avait quitté, au printemps dernier !

Mais comment pouvait-il l'espérer, puisqu'il se conduisait exactement comme si rien n'avait changé ? Puisqu'il reproduisait les mêmes erreurs ? Ce serait difficile de le faire comprendre à Rosalind, car cela les amènerait tout droit à la conversation qu'il souhaitait à tout prix éviter, du moins pour l'instant.

Alors il ne dit rien. Il préféra demeurer immobile au milieu de la pièce pendant qu'elle s'appliquait à tapoter les coussins du canapé, qui n'en avaient nul besoin.

— Dans le fond, je pourrais tout aussi bien travailler ici, murmura-t-il.

Pourquoi cette idée ne lui était-elle pas venue plus tôt ? C'était un compromis tout à fait jouable, étant donné que la plus grande partie du travail s'effectuait par téléphone.

— Je vais plier tout ça le plus vite possible et nous aurons le reste de la journée à nous. Si tu veux, je t'emmènerai à l'université ou dans d'autres endroits que tu aimais.

Il s'interrompit brusquement.

— Oh non ! Quelle guigne ! J'ai oublié que je dois aussi signer des documents… Je vais demander à Andrew de me les apporter quand ils auront été remplis.

Il cherchait déjà son téléphone dans sa poche.

— Non, laisse, objecta Rosalind. Inutile de déranger quelqu'un pour ensuite te barricader dans la bibliothèque pendant le restant de la journée.

— Bon, d'accord ! Je te promets que ça ne me prendra pas plus d'une heure ou deux. Trois, au maximum.

— Fais comme tu voudras, conclut Rosalind sans le regarder.

Et elle recommença à arranger les coussins.

Ce n'était pas le début de journée que Thomas avait souhaité le matin en se réveillant. La tension montait entre eux. Pour un peu, il se serait cru revenu à la crise du printemps dernier. Il aurait donné cher pour pouvoir tirer un rideau là-dessus et retrouver l'ambiance enchanteresse de la soirée de la veille !

— Je t'enverrai un texto dès que je saurai à quelle heure je peux rentrer.

Il s'approcha de Rosalind et l'embrassa rapidement sur la joue.

— Je ferai vite, souffla-t-il, le front appuyé contre les cheveux de Rosalind. Je te le promets.

Elle laissa échapper un soupir résigné en le regardant monter chez Maddie pour lui dire la même chose.

Rosalind attendit que Thomas ait quitté la pièce, puis elle donna un coup de poing rageur dans le premier coussin qui lui tomba sous la main. D'accord, c'était un comportement enfantin, elle réagissait de manière irrationnelle, mais elle était trop déçue. Voilà qu'il repartait travailler au lieu de passer la journée avec elle ! Bien sûr, il dirigeait une très grosse entreprise et, dans les grosses entreprises, il y a souvent des urgences à régler. Le problème, c'est que, depuis qu'elle était de retour, les urgences avaient l'air de surgir à tout bout de champ…

Tout de même, cela ne lui donnait pas le droit de se conduire comme si elle avait l'âge de Maddie. Que faire pour redevenir adulte ? Elle alla s'asseoir sur le canapé aux coussins trop bien rangés. Un bilan de la situation lui permettrait de savoir où elle en était exactement. Pour commencer, elle n'avait pas caché à Thomas qu'elle ne se souvenait pas de lui. Ensuite, elle avait exigé de se réserver la possibilité de le quitter après les fêtes du nouvel an. Ce qui ne l'avait pas empêchée de l'embrasser et, tout de suite après, de lui déclarer qu'elle avait besoin de temps pour aller plus loin dans leur relation. Et après avoir causé tout cet imbroglio, elle avait l'aplomb d'être contrariée parce qu'il ne négligeait pas son travail pour rester avec elle !

Elle se prit la tête dans les mains. Pouvait-on imaginer un comportement plus incohérent que le sien ?

En fait, ce qui l'agaçait le plus, c'était l'intensité de son irritation. Comme si elle rouvrait une blessure ancienne et suppurante. Et maintenant, sa mauvaise humeur lui donnait la migraine. Cela commençait à se manifester au niveau de la nuque. Génial ! Une migraine, il ne manquait plus que ça ! Était-elle sujette à ce genre d'affection, ou était-ce un autre cadeau de son accident ? Épuisée, elle passa une main sur son front douloureux. Des mots se mirent à résonner dans sa tête.

Franchement, Rosalind, qu'est-ce que tu attends de moi ? Nous parlons de l'entreprise familiale !

Je croyais que c'était nous, ton entreprise familiale !

La suite de la dispute s'effaçait, ne laissant derrière elle qu'une énorme colère. Son intuition ne la trompait pas. Sa colère était ancienne. Sans doute réagissait-elle trop intensément aujourd'hui à cause d'une chose qui s'était passée autrefois ?

Elle déploya un effort colossal pour faire remonter

les souvenirs, mais en vain. Elle avait beau détester son impuissance, rien ne reviendrait par un effort de volonté. Là aussi, il fallait laisser le temps faire son œuvre.

Pourquoi ne pas aller prendre une tasse de café pour se remettre de ce pénible début de journée ? Elle quitta la bibliothèque pour gagner la salle à manger, à l'étage du dessous. Le changement de décor la pétrifia. Quelques marches d'escalier avaient suffi à la faire passer d'une ambiance familiale chaleureuse à une atmosphère glacée. Son cou et ses épaules se raidirent. En arrivant dans cette pièce, elle eut l'impression de s'être trompée de corps.

La table était déjà garnie de café et de viennoiseries. Dans quelques instants, quelqu'un viendrait lui demander si elle désirait autre chose. Oui, il y avait toujours « quelqu'un » pour s'enquérir de ses besoins et les satisfaire aussitôt. La veille, dans la cuisine, quand elle s'était mise à faire de la pâtisserie, elle avait eu le sentiment d'être une intruse.

Ce n'était pas seulement le décor de la maison qui ne lui convenait pas depuis son retour, c'était le style de vie dans son intégralité.

Brusquement, elle se sentit terriblement seule, perdue dans une maison immense, avec personne à qui confier son malaise. *Je veux rentrer chez moi !* pensa-t-elle. Avec horreur, elle réalisa qu'en fait, chez elle, c'était ici. C'était bien cela, le problème.

Le téléphone que Thomas lui avait donné était dans la poche de sa robe de chambre. Un peu plus tôt, elle s'apprêtait à appeler Chris et Jessica pour leur donner de ses nouvelles quand Maddie était arrivée et lui avait demandé de l'aider à placer l'angelot au sommet du sapin. Elle allait le faire maintenant. Plus que jamais, elle avait besoin d'entendre leurs voix rassurantes.

Ce fut le répondeur qu'elle obtint. Ils étaient probablement sortis de bonne heure pour aller au marché aux poissons. Chris ne le manquait jamais. Elle laissa un court message en promettant de rappeler plus tard. Par chance, elle avait réussi à parler sur un ton assez joyeux et elle s'en félicita. Il n'était pas question de les inquiéter.

Elle venait à peine de glisser le téléphone dans sa poche qu'il se mit à sonner.

— J'avais dit que je rappellerais plus tard, répondit-elle aussitôt en riant. Ce n'était pas la peine de tout lâcher pour me joindre !

— Ah, tu es debout ! lança une voix d'homme qui n'était pas celle de Chris. Je n'osais pas te téléphoner, de crainte que tu sois encore au lit.

Rosalind jeta un coup d'œil sur l'écran du téléphone et sourit en découvrant l'identité de son correspondant. Richard Sinclair. Comme c'était agréable de constater que quelqu'un avait envie de passer un moment avec elle !

— Bonjour, Richard. Je suis contente de t'entendre.

— La nouvelle de ton retour est passée aux informations hier au soir. Il n'y avait pas beaucoup de détails. On a seulement dit que tu avais été retrouvée en Écosse et que ta famille n'était informée de ta survie que depuis peu de temps.

Rosalind l'écouta avec attention. À partir de maintenant, tout le monde était donc au courant de sa présence à Londres.

— Thomas a demandé que votre vie privée soit respectée, poursuivit Richard, mais j'imagine que cette précaution ne concerne pas les vieux amis comme moi. Enfin, si je me trompe, tant pis, ça m'est égal ! Tu m'as beaucoup trop manqué.

Rosalind pinça les lèvres, dépitée. Richard évoquait lui aussi des sentiments dont elle n'avait aucun souvenir.

— Je suis désolée, Richard. La mémoire est loin de m'être revenue. Beaucoup de choses m'échappent encore.

— Ce n'est pas la peine de t'excuser. Tu souffres d'amnésie, c'est tout. Demande-moi ce que tu veux et j'essayerai de remplir les blancs dans la mesure de mes moyens. Tout au moins, si c'est ce que tu souhaites.

Oh oui, elle le souhaitait !

— Merci beaucoup, Richard. C'est gentil à toi !

Pendant la demi-heure qui suivit, il lui parla du poste qu'elle occupait à l'université, de sa recherche et de son changement de projet.

— Nous étions tous furieux quand nous avons appris que le financement t'avait été retiré. Sans toi parmi nous, c'était comme si un trou béant avait été creusé dans l'équipe. Communiquer par courriels ou textos n'avait rien de comparable avec le fait de partager un déjeuner à la cafétéria ou de prendre un apéro ensemble en discutant devant nos triples martinis.

— Tu veux dire que je buvais des triples martinis ?

— Non, pas vraiment. En général, nous nous contentions d'une bière, mais c'est vrai que nous nous accordions de temps en temps des déjeuners somptueux. Malheureusement, j'ai toujours eu l'impression que ton mari n'appréciait guère que nous passions ces moments ensemble.

Son intuition disait à Rosalind que Richard avait raison. Elle était de plus en plus certaine que les deux hommes ne s'aimaient pas. Et si elle profitait de cette conversation pour en avoir le cœur net ?

— À propos de Thomas, pourquoi as-tu dit qu'il devait se tenir à carreau, maintenant que j'étais de retour ? Tu penses qu'il aurait des raisons pour ça ?

Un long silence s'installa, comme si Richard cherchait ses mots.

— Eh bien…, commença-t-il.

Rosalind l'écouta alors avec toute l'attention dont elle était capable.

— J'ai enfin découvert la malédiction des Collier ! annonça Linus en pénétrant dans la salle de conférences de Collier's Soap.

— Tu fais allusion à l'absence de cadenas sur nos portes ? riposta Thomas, ironique.

— Ah ah ah… Tu te crois drôle ?

— Je ne plaisante pas, répliqua Thomas. Et je n'ai pas de temps à consacrer aux découvertes dues à ta perspicacité. Figure-toi que j'ai une visioconférence avec notre partenaire français dans dix minutes.

S'il n'y avait que cela…

Il espérait pouvoir rentrer chez lui passer l'après-midi en famille. Pourquoi diable fallait-il que les avocats aient le talent de transformer le moindre problème en un désastre de taille monumentale ?

Linus étant ce qu'il était, il ne se souciait guère de ce que Thomas avait sur son agenda. Il repoussa l'ordinateur de son frère et s'assit sur le bord de la table.

— C'est une question de gènes…, poursuivit-il.

— Écoute, Linus, je suis en train de revoir toute la comptabilité nécessaire pour cette conférence. Tu peux me laisser respirer cinq minutes ?

— Je suis parfaitement sérieux, Thommy-boy. Ça m'est venu à l'esprit ce matin. La famille Collier est dépourvue du gène de la modération.

— Et moi, je te promets qu'il te manquera bien plus que ça si tu ne fiches pas le camp tout de suite. J'ai besoin d'effectuer cette vérification.

Comme Linus ne paraissait pas disposé à bouger d'un pouce, Thomas contourna la table pour venir lui-même récupérer son ordinateur.

— Est-ce que par hasard tu réalises que je n'ai pas eu un seul jour de congé depuis plus de deux ans ? demanda Thomas d'un air préoccupé.

— Eh bien, vas-y, mon vieux ! Prends une semaine, personne ne t'en empêche !

Pareille boutade fut loin de dérider Thomas.

— Tu as parfaitement compris ce que je voulais te faire comprendre. Je m'en empêche moi-même en me disant que ça ne vaudrait la peine de m'arrêter que si je pouvais prendre de vraies vacances. Autrement dit, un mois, et même davantage. Seulement, comment est-ce que je pourrais faire ça, tant que l'entreprise est en plein remaniement ?

— C'est le prix à payer quand on porte le même nom que l'entreprise en question !

Thomas considéra son frère, les sourcils froncés.

— Pourquoi crois-tu que je suis ici et non avec ma femme, que je viens à peine de retrouver ? Étant donné que c'est sur nos épaules que repose le poids de la maison Collier, il y a certains luxes que nous ne pouvons pas nous accorder. C'est aussi simple que cela.

Cette réponse pourtant claire et tranchée lui laissait une profonde amertume au cœur.

Linus pivota sur lui-même pour faire face à son frère.

— Alors comment font les autres P-DG ? Ils se débrouillent pour avoir une vraie vie, en général. Avec des vacances, une famille… Alors que toi, Susan et moi, nous n'y arrivons pas. Donc, j'en reviens à ce que je disais au début : les Collier sont génétiquement incapables de travailler avec modération. Voilà ce que j'appelle notre malédiction.

— Pas du tout ! Ma malédiction à moi, c'est d'avoir un frère qui vient m'interrompre au milieu de mon travail, ce qui m'empêche de rentrer chez moi de bonne heure et, donc, de mener une vie équilibrée entre famille et travail.

Alors que la conversation qu'il avait eue le matin avec Rosalind continuait à le hanter, les réflexions de Linus ne faisaient que retourner le couteau dans la plaie.

— Dès que cette visioconférence sera terminée, je rentre chez moi. Et autant que tu le saches, j'ai bien l'intention d'y rester. Je vais débrancher mon téléphone, mon ordinateur et disparaître de la circulation jusqu'après Noël.

Linus émit un petit ricanement qui agaça son frère.

— Tu ne me crois pas ?

— Si, bien sûr…

— Et alors ? Où est le problème ?

— Tu viens de démontrer ma thèse. Tu passes du « trop » au « pas du tout ». Comme je me tue à te l'expliquer, c'est une question de génétique. Il faut réellement que toi, Susan et moi, nous trouvions un moyen de surmonter cette tare familiale.

Les doigts de Thomas se crispèrent sur le bord de la table. Entre son échange avec Rosalind ce matin et cette conversation avec Linus, il se rendait compte qu'il était arrivé à un carrefour crucial. Ou bien il reproduisait les mêmes erreurs qu'autrefois, ou bien il s'appliquait à se rapprocher de Rosalind. Inutile d'écouter davantage les théories développées par Linus. Surtout lorsqu'elles l'atteignaient de façon si mordante.

Son devoir était de rentrer chez lui pour passer du temps avec sa femme avant que la distance qu'il avait sentie se creuser ce matin se transforme en un véritable gouffre.

Quatre-vingt-dix minutes plus tard, Thomas poussait la porte de l'appartement, plein de bonnes résolutions. Après avoir plié sa visioconférence en un temps record, il avait clairement expliqué à tous les membres de son équipe que, hormis en cas d'urgence nationale, personne ne devait le déranger. À partir de maintenant, toute son attention serait consacrée à Rosalind et à elle seule.

— Me voilà ! Je suis de retour…, cria-t-il en refermant la porte sur lui.

Un silence total l'accueillit.

— Rosalind ?

Il alla inspecter le placard de l'entrée. Le manteau de Maddie ne s'y trouvait pas, et celui de la gouvernante, Mme Faison, non plus. Elles avaient dû aller se promener au jardin public.

Très vite, il grimpa l'escalier. La chambre de Rosalind était fermée. Le souvenir d'autres jours où les portes demeuraient closes lui fit froid dans le dos. Il pesa sur la poignée, ouvrit et pénétra dans la chambre sur la pointe des pieds.

— Tout va bien ? demanda-t-il d'une voix inquiète en découvrant les rideaux tirés.

Rosalind était allongée sur le couvre-lit, une main sur les yeux. Un instant, Thomas demeura immobile, fasciné par la beauté de sa femme dans la pénombre. Autrefois, il se serait glissé dans le lit à côté d'elle pour lui caresser les cheveux. Hier encore, il aurait osé le faire. Mais depuis leur conversation aigre-douce du matin, il ne savait plus si c'était possible ou pas.

— Rosie ? murmura-t-il.

De peur de gâcher la scène, il craignait de parler normalement.

— Je ne dors pas, répondit-elle d'une voix atone.

Il s'autorisa à s'approcher et à s'asseoir sur le bord du lit. Par contre, afin de s'abstenir d'avancer le bras pour toucher Rosalind, il croisa les mains sur ses genoux.

— Tu as la migraine ?

— Bravo ! Tu es très perspicace.

— Je peux faire quelque chose pour te soulager ?

— Oui, bien sûr.

Elle avait ouvert les yeux. En dépit de la pénombre, Thomas ne fut pas sans remarquer à quel point son regard était glacial. Sans doute un effet de sa migraine. C'est ce qu'il préféra penser.

— Tu veux un verre d'eau ? Une couverture ?

— Je préférerais des réponses à mes questions.

— Des questions ? À quel sujet ?

— Après ton départ, quelques souvenirs me sont revenus.

— Vraiment ? Lesquels ?

— Nous étions en train de nous disputer.

— Ah…

Il fit un gros effort sur lui-même pour rester impassible malgré le malaise qui s'insinuait en lui.

— Il n'y a rien d'étonnant à cela. Les couples mariés se disputent tout le temps !

— Je suis sûre qu'il s'agissait de quelque chose de plus grave qu'une simple chamaillerie. Nous nous disputions à cause de ton travail. Et de la négligence dont tu faisais preuve envers ta famille.

Et voilà… C'était exactement la conversation qu'il redoutait et qu'il avait essayé d'éviter jusque-là. Une première brique du mur qu'il avait construit pour s'en protéger venait de tomber.

— Je ne sais pas trop quoi te répondre…

Allait-il lui assurer qu'elle regardait la situation par le petit bout de la lorgnette ? Qu'elle se trompait du tout au tout ?

Voilà où l'avait conduit le pari qu'il avait fait en misant sur son charme pour détourner Rosalind du vrai problème.

Il se leva et alla vers la fenêtre pour écarter les doubles rideaux qui masquaient la lumière. Ce serait plus simple de parler en voyant le visage de Rosalind. Puis il se ravisa, estimant que la pénombre apportait un peu de douceur dans cette situation inconfortable.

Elle s'était assise sur le lit et attendait qu'il lui réponde.

— C'est vrai qu'il nous arrivait de nous disputer à cause de mon travail, reconnut-il. Quand nous sommes venus nous installer à Londres, ce devait être temporaire. Ni toi ni moi n'imaginions que mon père allait disparaître. Ni combien de temps il me faudrait pour assurer la relève. Il y a eu un peu de frictions entre nous.

— Bien plus qu'un peu de frictions, corrigea Rosalind.

— Nous…

— J'ai eu une conversation avec Richard Sinclair.

Thomas pinça les lèvres. Il aurait dû s'en douter.

— Je suis sûr qu'il s'est fait un plaisir de remplir les blancs de ta mémoire, n'est-ce pas ?

— Et pourquoi ne l'aurait-il pas fait, puisqu'il est mon ami ?

Un ami… Un ami qui préférait que sa petite camarade ne passe pas trop de temps avec son mari.

L'entrebâillement des rideaux laissait passer un filet de lumière. Thomas les tira de part et d'autre de la fenêtre et jeta un coup d'œil à la rue St. James. Derrière lui, le matelas grinça. Rosalind avait changé de position.

— Richard m'a appris qu'avant mon accident, notre couple traversait une crise.

— C'est vrai. Nous vivions une période un peu difficile.

— Il paraît que cela durait depuis un certain temps.

— Quoi d'autre ?

— D'après lui, tu es devenu un homme complètement différent à partir du moment où tu as pris en charge l'entreprise de ton père. Tu as oublié tout ce qui était important pour toi autrefois. Pour toi et pour nous.

— Non, Rosalind, notre couple n'était pas en question. Le problème, c'était que j'essayais de sauver l'entreprise du naufrage. Pour la transmettre florissante à Maddie plus tard.

Rosalind émit un petit ricanement.

— Je suis sûre qu'une enfant de cinq ans sera enchantée de savoir qu'elle a de l'argent à la banque la prochaine fois que tu n'auras pas le temps de t'occuper d'elle…

— Arrête, Rosalind ! Je te défends de dire que je n'ai pas le temps de m'occuper d'elle ! Je l'ai fait tous les jours au cours des six derniers mois.

Il s'interrompit, hoquetant de colère.

— Et je n'ai jamais vu ton cher ami Richard venir ici me prêter main-forte en souvenir de votre amitié !

L'air buté, les bras croisés, Rosalind s'était appuyée contre le dosseret du lit.

— Il y a longtemps que tu n'as pas regardé les photos qui se trouvent sur le manteau de la cheminée ? demanda-t-elle.

Ce brusque changement de sujet, accompagné d'un changement de ton, déstabilisa Thomas. Rosalind lui parlait exactement comme il le faisait lui-même quand il désirait prouver quelque chose qui lui tenait à cœur.

— Non, pas récemment. Pourquoi ?

— Je veux parler de celle qui se trouve complètement sur la gauche. C'est une photo faite par un professionnel sur laquelle Maddie porte une robe pastel.

Il avait placé ce cliché bien en évidence, parce que c'était le dernier qui avait été fait d'eux trois ensemble.

— Je vois très bien de quelle photo tu parles. Elle a été prise l'année dernière à Pâques. Tu as remarqué quelque chose ?

— Oui. Je l'ai bien observée cet après-midi. Je l'ai mentalement comparée à d'autres que j'ai vues. Sur celle-ci, nous avons l'air malheureux tous les deux.

— Pas du tout ! Nous sommes tout souriants.

— Nous sourions à l'appareil.

Elle lui jeta un coup d'œil chargé d'agressivité.

— Nos bouches affichent un sourire en effet, mais nous ne sourions pas vraiment.

Thomas ne chercha pas à discuter. À quoi bon ? Il comprenait et il était d'accord.

Rosalind reprit donc.

— J'ai la même expression sur les autres photos récentes que tu m'as montrées sur ton téléphone.

Ces dernières remontaient à une soirée destinée à récolter des fonds pour une œuvre de bienfaisance. Il s'en souvenait très bien. Rosalind avait été très surprise qu'il y assiste. Elle avait même paru lui en vouloir.

Elle se tourna, le regarda droit dans les yeux.

— Tu comprends bien que je veux des explications. Je veux savoir ce que cachent ces sourires de convenance. Est-ce que nos problèmes étaient vraiment très graves ?

Thomas déglutit avant de répondre. Fallait-il détourner la question ? Changer de sujet ? Histoire de gagner un peu de temps…

Non, ce n'était pas la chose à faire. Ils avaient échangé des promesses d'amour et de respect. Quelle que soit l'issue qu'elle allait entraîner, sa réponse devait être honnête.

Le moment était venu d'affronter la réalité.

— Ils étaient graves, Rosalind, oui. Très graves.

8

— J'étais sûre que tu me cachais quelque chose…

La déclaration que venait de faire Thomas avait atteint Rosalind en plein cœur. Même si elle l'avait anticipée, l'entendre la prononcer à haute et intelligible voix la plongeait dans un désarroi total. Au cours de sa conversation avec Richard, ce dernier lui avait révélé que son mariage était très compromis lorsqu'elle avait disparu. D'après les confidences qu'elle lui avait faites au cours de leurs rencontres à l'université, Thomas était un bourreau de travail qui faisait sans cesse passer l'entreprise avant sa famille. Une fois de retour à Londres, il avait repris avec plaisir la vie de luxe qu'il avait toujours connue, en oubliant complètement le goût de Rosalind pour les choses simples et sans complications.

Elle leva un visage défait vers Thomas.

— Chaque fois que j'ai mentionné Cumbria, j'ai senti une ombre planer au-dessus de nous. J'ai cru que c'était dû aux séquelles de mon accident, qui me poussaient à avoir des idées noires, mais je comprends maintenant pourquoi tu ne voulais pas en parler. Tu craignais que je me rappelle que je voulais divorcer.

Thomas devint blême comme un spectre.

Elle poursuivit néanmoins.

— Je n'invente rien. Richard me l'a dit.

— Évidemment qu'il te l'a dit ! C'est un très bon ami, n'est-ce pas ?

— Au moins, il m'a dit la vérité, à la différence de mon mari.

Elle parlait les dents serrées, trop fâchée pour crier.

— Comment as-tu osé me ramener ici en me faisant croire que nous formions tous les trois une petite famille heureuse ? En m'embrassant et en me faisant les yeux doux ?

Épuisée, elle se passa une main sur le front, avant de reprendre.

— Voilà ce que j'ai appris aujourd'hui. Personne ne m'a dit que nous étions séparés.

— C'est normal, puisque nous ne l'étions pas.

Il s'efforçait de parler sur un ton normal mais la colère et la douleur commençaient à avoir raison de son calme. D'ailleurs, pourquoi ne pas se défendre ?

— À l'époque, tu m'avais seulement dit que tu avais besoin de quelques jours de tranquillité pour réfléchir. Sans que Maddie ou moi te dérangions. C'est dans ce but que tu es montée à Cumbria pour passer la fin de semaine. Un week-end, pas davantage. Tu ne voulais pas laisser Maddie plus longtemps. C'est alors que tu as eu ton accident. Mais en dépit de tout ce que Richard a pu te raconter, nous n'avions pris aucune décision.

Rosalind baissa les yeux sur son annulaire gauche.

— Pourtant, j'avais retiré mon alliance.

— Comme je te l'ai dit, tu le faisais toujours quand tu allais sur le terrain. Ça, c'est la vérité. J'ai pensé que tu l'avais retirée parce que tu partais en Écosse et que tu aurais sans doute envie de faire des recherches à l'extérieur.

Elle songea qu'en fait, ce ne serait pas lui qui lui donnerait la réponse à cette question. Elle seule pouvait savoir si elle avait décidé que tout était fini entre eux. Était-elle montée dans le Nord pour chercher une nouvelle maison où s'installer avec Maddie ?

Au comble de l'angoisse, Rosalind tournait et retournait son alliance autour de son annulaire.

Contre elle, l'oreiller conservait le parfum de Thomas. C'était bizarre de découvrir que c'était le premier détail qui lui était venu à l'esprit. Toujours est-il qu'elle avait passé la nuit avec le nez enfoui dedans pour en respirer l'odeur.

— Deux semaines, Thomas ! Voilà deux semaines que nous nous parlons. Pourquoi ne m'as-tu rien dit ?

— Que voulais-tu que je te dise ? Je t'ai pleurée pendant des mois et, tout d'un coup, je te retrouve en Écosse. J'étais fou de joie. Savoir que tu étais toujours vivante me grisait de bonheur, pourquoi aurais-je évoqué tout de suite nos difficultés anciennes ?

À ces mots, un peu de sa colère abandonna Rosalind. Un tout petit peu seulement, car tout de même, quantité d'occasions s'étaient présentées au cours desquelles Thomas aurait pu lui dresser un tableau précis de leur situation.

Ce qui la troublait le plus, c'était de sentir qu'elle ne lui était pas restée indifférente. Les promesses contenues dans son baiser et dans ses yeux bleu-gris continuaient à la bouleverser.

Malheureusement, l'heure n'était pas à l'attendrissement.

— Est-ce que tu avais l'intention de me mettre au courant, un de ces prochains jours ? Ou bien avais-tu décidé d'attendre que les souvenirs surgissent tous seuls dans ma tête ?

À l'autre bout de la pièce, les yeux baissés, Thomas fixait obstinément le tapis.

— Je comprends..., soupira Rosalind. Tu avais prévu de tirer avantage de mon amnésie pour taire le plus important.

Pourtant, tout en lui faisant ce reproche, elle sentait son cœur se fendre de douleur. Pourquoi Thomas ne trouvait-il même pas un mot pour se défendre ? C'était insupportable.

Elle se rallongea, le dos tourné à la fenêtre.

— Laisse-moi maintenant... Va-t'en !

Thomas n'avait aucune envie d'obéir. Il refusait de l'abandonner à sa solitude et à sa migraine. Après avoir réfléchi un moment, il lui sembla que la meilleure attitude à avoir était de lui avouer la vérité.

— Rosalind, je pensais que, si ton séjour durait suffisamment, si nous passions beaucoup de temps ensemble, tu verrais la situation avec un regard neuf. J'espérais que tu découvrirais à quel point je suis différent maintenant.

Cette plaidoirie fut loin de convaincre Rosalind, qui rétorqua aussitôt sur un ton batailleur :

— Différent ? Différent comment ?

— Écoute-moi jusqu'au bout, s'il te plaît. Quand tu as été portée disparue, un sentiment atroce de culpabilité s'est emparé de moi. C'était à cause de moi que tu étais partie. Pourquoi ? Parce que j'avais commis la même faute que mon père et que mon grand-père, en accordant la priorité à mon travail. J'étais coupable d'avoir privé Maddie de sa maman… Tu n'imagines pas le coup de massue que j'ai reçu en comprenant cela. Dès ce moment-là, j'ai su que j'aurais dû attacher beaucoup plus d'importance à ce qui comptait vraiment, c'est-à-dire ma famille.

Une main sur son front douloureux, Rosalind écoutait avec attention.

— Quand tu es revenue, amnésique, reprit Thomas, il m'a semblé que le destin m'accordait une seconde chance. Rosie, je t'assure que je ne cherchais pas à te mentir. Je te le jure !

Rosalind était tentée de le croire. Il parlait avec un tel accent de sincérité qu'elle n'avait pas besoin d'avoir retrouvé la mémoire pour savoir qu'il n'y avait pas en lui une once de duplicité. Qu'il ait voulu éviter le sujet paraissait une hypothèse bien plus réaliste.

— Je te crois.

Le visage de Thomas s'illumina.

— C'est vrai ?

— Oui.

— Si tu savais à quel…

— Mais cela ne change rien ! coupa-t-elle.

— Tu viens de dire que tu me croyais !

— Oui, je crois à tes excuses. Mais est-ce que la situation est différente maintenant ?

— Oui, bien sûr.

Rosalind laissa échapper un petit rire dépourvu de gaieté.

— Tu trouves ? Où as-tu passé ta journée aujourd'hui ? Et hier ? Et le jour d'avant ? Thomas, regarde les choses en face : tu es incapable de rester loin de ton bureau, alors que ta femme vient juste de revenir d'entre les morts.

À la manière dont Thomas baissait les yeux, elle comprit qu'elle avait frappé juste.

— Rosie, je reconnais que ces quelques derniers jours ont été émaillés d'urgences diverses, mais je te promets qu'il n'y en aura plus.

— Jusqu'à la prochaine…

— Tu ne comprends pas !

Un lambeau de phrase revint à l'esprit de Rosalind. *Tu ne comprends pas, Rosie. Collier's Soap a besoin de moi tout de suite !*

Ce souvenir raviva sa colère. Thomas l'avait arrachée à sa maison et à une vie qu'elle adorait, pour finalement lui préférer son bureau et son entreprise.

Et d'après ce qu'elle constatait, c'était la même chose maintenant.

— Ce que je comprends surtout, reprit-elle, c'est pourquoi j'éprouvais le besoin de passer un week-end tranquille.

Thomas pinça les lèvres à nouveau. Rosalind comprit que cette fois encore, elle avait frappé juste. Pourtant, en lui voyant cet air malheureux, elle mourait d'envie de se précipiter vers lui pour le consoler ! Elle était sûrement folle, car c'était incompréhensible, parfaitement illogique. Comment pouvait-elle éprouver de la compassion pour un homme dont elle était la victime ?

— Tu veux me quitter ? demanda Thomas. C'est ça que tu veux dire ?

Elle se sentit incapable de répondre à cette question.

— J'ai besoin de réfléchir…

Tandis qu'elle prononçait ces mots, un sentiment de déjà-vu la submergeait.

— Il me faut du temps et de l'espace pour réfléchir à ma vie. Et pour m'en souvenir.

Elle leva vers Thomas un regard plein d'ironie.

— J'espère que, malgré toutes tes importantes réunions, tu n'as pas oublié que j'ai un petit problème de mémoire ?

— Bien sûr que non, évidemment !

En silence, ils s'observèrent tous les deux. La pendule posée sur la table de chevet martelait les secondes qui s'écoulaient dans un silence sinistre.

Thomas dut estimer que le moment était venu de passer à autre chose. Elle le vit se redresser, se détendre les épaules et se transformer totalement. Elle vit en lui non plus le mari repentant, mais un homme maître de la situation, un P-DG habitué à commander et à faire respecter les clauses d'un contrat.

— Je n'ai pas davantage oublié que tu as promis de rester jusqu'après les fêtes de fin d'année, déclara-t-il d'un ton sec.

Rosalind le dévisagea, interdite. Ainsi, ce qui comptait pour lui, c'était qu'elle respecte sa promesse ? Quelle dérision…

— Ne t'inquiète pas, répondit-elle sur le même ton. Je n'ai pas l'intention de gâcher le Noël de Maddie. Je resterai jusqu'au mois de janvier, mais je pense que ce serait une bonne idée qu'elle et moi passions quelque temps ensemble ailleurs qu'ici. Pour nous donner le temps de créer des liens. Et pour me permettre de réfléchir.

— D'accord.

— Parfait.

Rosalind s'efforça de ne pas croiser le regard trop bleu que Thomas posait sur elle et qui la troublait jusqu'au frisson.

— Maintenant, excuse-moi, il faut que je me repose. J'ai horriblement mal à la tête.

Les yeux clos, elle se laissa rouler de l'autre côté du lit.

Elle attendit d'avoir entendu la porte se refermer pour se mettre à sangloter doucement.

Debout dans le couloir, bouleversé, Thomas s'efforçait de respirer normalement. Cette conversation avait suffi à les ramener six mois en arrière ! Pour autant, il ne pouvait pas dire qu'il ne s'était pas douté qu'elle surgirait un jour ou l'autre. Quand il avait retrouvé Rosalind en Écosse, il aurait dû tout de suite lui dire, en toute honnêteté, que leur couple traversait une crise au moment de sa disparition.

Allons, sois franc avec toi-même ! Tu t'es tu parce que tu avais peur de la voir t'abandonner une seconde fois.

Avec un soupir douloureux, il se frotta le visage. Comment avait-il fait pour gâcher ainsi ce qui lui était arrivé de meilleur dans la vie ?

Il regagna la salle de séjour et se mit à faire les cent pas devant la cheminée. La semaine suivante, selon ce qu'avait noté la secrétaire dans son agenda, le décorateur viendrait la parer de toutes les décorations de Noël traditionnelles. Si c'était comme l'année précédente, il y aurait profusion de houx, de verdure et de bougies. En attendant, la photo dont Rosalind lui avait parlé, le cliché pris à Pâques, occupait toujours la même place sur le manteau de la cheminée. Il s'en approcha. Tous les trois étaient assis dans le salon, Maddie installée entre ses deux parents. Il se souvenait combien il avait été difficile de persuader la petite fille de se tenir tranquille. Les cheveux tirés en arrière, vêtue de sa robe de soie vert pâle, Rosalind était plus belle que jamais. Pour lui, quoi qu'il arrive, elle était et resterait la plus belle femme du monde.

Il s'appliqua à la regarder avec attention et ne put retenir une grimace de déception. Rosalind avait raison. Malgré le sourire affiché pour la circonstance, ils avaient tous l'air profondément malheureux.

— Plus jamais ça ! se dit-il en posant la photo à plat.

Le combat n'était pas terminé, loin de là. Cela signifiait sans doute qu'il serait amené à bouleverser son emploi du temps au sein de l'entreprise, mais il allait tout faire pour préserver son mariage.

Et tant pis si l'héritage Collier en pâtissait !

9

— Mommy, Mommy…

Visiblement, Maddie avait l'intention de parler à voix basse, mais son chuchotement ressemblait davantage à un cri impatient.

Debout à côté de Rosalind, elle la tirait par le pull-over en sautant sur place, comme mue par un ressort.

— Il est arrivé !

Rosalind détourna son regard du courriel que Richard venait de lui adresser.

— Voyons, Maddie, qui est arrivé ?

— Le Père Noël ! Il est en bas. Tu crois qu'il est venu me voir ? Je lui avais pourtant dit que je ne voulais pas d'autre cadeau, puisque tu es revenue à la maison.

— Maddie, calme-toi ! Commence par reprendre ton souffle et explique-moi ce qui se passe.

La petite fille était chaque jour un peu plus excitée. Et avec l'arrivée aujourd'hui d'un chargement de biscuits de Noël et d'un arbre gigantesque à installer dans le grand salon, elle était carrément intenable.

— Le Père Noël est en bas de l'escalier. Je l'ai vu parler avec Daddy.

Rosalind ne put retenir un soupir. Thomas avait sans doute loué quelqu'un pour tenir ce rôle, afin que la fête soit complète. Depuis leur discussion, elle avait constaté qu'il avait mis un point d'honneur à rester à la maison chaque jour. Étant donné sa personnalité, sa présence emplissait tout l'espace. Quand il riait, son rire se répandait dans l'appartement tout entier. L'air était imprégné de sa présence. Elle aurait juré respirer son parfum sur tous les meubles de la maison, y compris sur les draps dans lesquels elle dormait. Seule, pourtant.

Et comme si cela ne suffisait pas, elle avait dû passer la soirée précédente près de la cheminée à l'écouter lire des histoires de Noël à Maddie. C'était vrai qu'il était merveilleux avec elle. De toute évidence, père et fille avaient noué un lien très fort pendant son absence. Pendant qu'elle observait Thomas, son cœur avait battu un peu trop vite à plusieurs reprises. Et voilà qu'aujourd'hui, il s'était débrouillé pour inviter le Père Noël…

Tout cela était bel et bon, bien sûr. Mais comme le lui rappelait la conversation qu'elle avait eue avec Richard, une fois qu'il lui aurait prouvé qu'il avait raison et qu'il avait effectivement changé, il redeviendrait exactement comme avant.

Tu ne crois pas que tu mériterais de vivre avec quelqu'un qui comprend ce dont tu as besoin ? lui avait demandé Richard.

Certes, sur ce point, il allait sans doute un peu trop loin.

— Mommy, viens vite le voir ! Il va bientôt partir !

Maddie attrapa la main de sa mère et commença à la tirer vers la porte de la bibliothèque.

— Je crois qu'il est ici en mission spéciale parce qu'il ne porte pas son costume, mais je l'ai reconnu quand même.

— Doucement, Maddie ! Qu'est-ce que tu veux dire avec cette histoire de… Oh ! Chris ! s'exclama-t-elle en se penchant par-dessus la rampe.

Chris lui tournait le dos, en grande conversation avec Thomas, face au grand sapin, mais Rosalind l'avait reconnu tout de suite.

En entendant son nom, Chris se retourna et lui adressa un sourire resplendissant de bonté.

— Joyeux Noël, ma biquette ! s'écria-t-il en lui tendant les bras.

Rosalind se précipita en bas de l'escalier pour s'y précipiter. Comme toujours, Chris sentait la menthe et la résine.

— Comme c'est bon de te revoir ! murmura-t-elle contre sa poitrine.

— Moi aussi, je suis heureux de te retrouver. J'étais en train d'expliquer à ton mari que comme j'avais à faire à Londres, j'ai eu l'idée de passer chez vous pour prendre des nouvelles de ma serveuse préférée.

Elle s'écarta un peu de lui.

— Mais pourquoi ne m'as-tu rien dit hier soir, quand nous nous sommes parlé au téléphone ?

— Je voulais te faire la surprise.

— Eh bien, bravo ! Tu y as parfaitement réussi !

À nouveau elle se serra contre lui, puis jeta un coup d'œil à Thomas, qui les contemplait d'un air triste.

— Mommy, tu le connais ? demanda Maddie.

— Maddie est persuadée que tu es le Père Noël, expliqua Rosalind à voix basse.

— Ah oui ?

Aussitôt, il s'agenouilla devant la fillette. Ses yeux pétillaient de malice.

— Alors, Miss Madeline, comment allez-vous aujourd'hui ?

En l'entendant l'appeler par son prénom complet, Maddie ouvrit des yeux encore plus grands si c'était possible, pendant que Rosalind réprimait un éclat de rire.

— C'est la première fois que je vois ma fille à court de réplique ! remarqua Thomas.

— Ton papa et ta maman m'ont dit que tu avais été une très gentille petite fille, reprit Chris. C'est vrai ?

Maddie hocha la tête.

— Oui, c'est bien vrai, même si Jaime Kensington dit le contraire, ajouta-t-elle.

— Voilà une bonne nouvelle, répondit Chris. Je suis passé voir ta maman pour m'assurer qu'elle aussi était bien sage. Qu'est-ce que tu en penses ?

— Oui, ça va. Et Daddy aussi. Hier soir, il m'a lu une histoire de Noël et nous avons mangé des petits gâteaux de Noël.

Apparemment, Maddie avait retrouvé l'usage de la parole !

— Des petits gâteaux de Noël ? Dis donc, est-ce qu'il t'en resterait quelques-uns par hasard ? J'adore ça !

— Oui, il y en a tout plein à la maison. Je vais t'en chercher une assiette.

— Je l'accompagne, proposa Thomas. J'en profiterai pour nous préparer du thé.

— Cette petite est adorable, déclara Chris une fois que le père et la fille eurent quitté la pièce. Et elle n'a pas l'air sotte non plus !

— C'est vrai, approuva Rosalind avec un sourire.

Puis son visage se rembrunit.

— Je me demande comment j'ai pu oublier une enfant pareille…

Comme chaque fois qu'elle se faisait ce reproche, une boule se forma dans sa gorge. Arriverait-elle jamais à surmonter ce malaise ?

En sentant les larmes lui monter aux yeux, elle se reprit.

— Je suis désolée, Chris. Excuse-moi !

— Il n'y a pas de mal. Tu as traversé des moments difficiles. C'est normal que les émotions te submergent de temps en temps.

— Tu es gentil de me dire ça. Tu vois, parfois, je ne sais plus ce que je ressens.

— Explique-moi…

— Oh non, ce n'est pas grave.

Elle ne voulait surtout pas gâcher la visite de Chris en lui parlant de ses soucis.

— Pas question de me dire que ce n'est pas grave ! répliqua-t-il en arquant un sourcil broussailleux. N'oublie pas que je suis le Père Noël. Je suis tout à fait capable de deviner quand quelqu'un ne me dit pas la vérité.

— Ah ? Je pensais que tes pouvoirs se limitaient à distinguer les enfants sages des autres.

Profitant de leur tête-à-tête, elle le mit rapidement au courant de leurs difficultés de couple.

— J'ai découvert que nous ne formions pas la famille heureuse que Thomas m'avait décrite.

— En tout cas, son bonheur n'était pas feint quand il t'a découverte dans le restaurant. Il était carrément fou de joie.

— Oui, bien sûr, puisqu'il me croyait morte. Mais apparemment, cela n'a pas fait disparaître les problèmes que nous avions. Selon Richard…

— Qui est ce Richard ?

— Un de mes collègues de l'université. Il m'a aidée à combler quelques blancs.

Chris afficha un air contrarié à ces mots et elle s'inquiéta.

— Qu'est-ce qu'il y a ?

— Rien. Bien sûr, je n'ai pas de conseil à te donner sur la façon de gérer ta situation, mais je suis surpris que ce ne soit pas à Thomas que tu demandes de te rendre ce service.

— Thomas l'a fait aussi, ajouta-t-elle, un peu plus sur la défensive qu'elle ne l'aurait voulu.

Elle ne souhaitait pas avouer à Chris que chaque incursion dans sa mémoire en compagnie de Thomas la laissait complètement bouleversée.

Un bruit de pas qui approchaient l'empêcha d'en dire davantage. Une seconde plus tard, Maddie arrivait en portant dans une main une petite assiette de gâteaux et, dans l'autre, une feuille de papier. Thomas la suivait avec le plateau du thé.

— Regarde, annonça Maddie. Nous t'avons apporté trois sortes de cookies. Moi, je préfère ceux à la confiture. Et toi ?

— Ils ont l'air délicieux, en effet.

Puis, d'un air penaud, il ajouta en se tapotant l'estomac :

— Jessica m'avait donné pour vous une boîte de ses fameux petits sablés, mais le vol a été long et…

Maddie et Rosie éclatèrent de rire.

— Nous lui dirons tout de même qu'ils étaient délicieux,

n'est-ce pas, Rosie ? suggéra Thomas en lui adressant un clin d'œil.

Rosalind se maudit en sentant son cœur s'accélérer. Mais comment résister à pareil charme ? Elle en était incapable et se le reprochait de plus en plus.

— Je crois que Jessica connaît mon secret depuis longtemps, déclara Chris. Chaque année, je grossis à la période de Noël.

Cela n'a rien d'étonnant ! estima Rosalind en regardant le brave homme savourer un à un tous les gâteaux que Maddie lui avait apportés.

Elle versa le thé pour les adultes et un verre de lait à Maddie.

Tout en prenant la tasse qu'elle lui tendait, Chris se tourna vers Thomas.

— Toute la ville parle de l'extension de l'entreprise Collier, qui engloberait la savonnerie McDermott. Ce sera sûrement une bonne chose pour Lochmara.

Surprise, Rosalind fronça les sourcils.

Thomas serait en train d'investir dans la savonnerie McDermott ?

— Nous avons eu une réunion en urgence il y a quelques jours, répondit Thomas. Mais, pour être honnête, c'est la banque qui avance les fonds de cette opération de fusion. Avec un peu de chance, ce changement sera bénéfique pour McDermott aussi bien que pour nous.

— Ryan McDermott ne cache pas sa hâte de voir l'affaire conclue.

— Je suis tout aussi pressé que lui ! Pour rien au monde, je ne voudrais être le descendant Collier qui a fait mettre la clé sous la porte à l'entreprise familiale.

Il souriait en parlant, mais Rosalind remarqua que ses lèvres tremblaient un peu.

Chris fit claquer sa langue en signe d'admiration.

— C'est extraordinaire qu'elle ait déjà duré deux siècles ! Moi qui trouve que mon petit restaurant me donne beaucoup de souci, j'ai du mal à imaginer ce que ce doit être de maintenir l'équilibre d'une affaire de pareille envergure. Le savon coule sûrement dans vos veines !

Cette fois, Thomas se mit à rire de bon cœur.

— Voilà qui ne m'étonnerait guère. Je crois que j'avais à peu près l'âge de Maddie quand j'ai fabriqué ma première savonnette !

— C'est vrai ? demanda Rosalind, surprise.

Chris piocha un nouveau cookie dans son assiette.

— C'est tout de même bien jeune pour travailler dans un laboratoire…

— Oh ! Linus aurait sûrement adoré, mais nous n'étions pas dans un laboratoire. Cet événement se passait dans le musée de l'entreprise.

— Vous avez un musée ? s'étonna Rosalind une fois de plus, désolée de constater qu'elle avait tout oublié de la maison Collier.

— Oui, un petit musée qui se trouve au rez-de-chaussée du bâtiment principal. Il présente essentiellement des articles de journaux et des films qui relatent la contribution de Collier's Soap au cours de l'histoire. En particulier, le rôle que nous avons joué pendant la guerre. Les groupes scolaires viennent souvent le visiter. Il y a aussi une vitrine dans laquelle est exposé un assortiment de nos productions au fil des années. C'est là que mon grand-père nous a amenés pour nous faire découvrir l'héritage Collier.

— Vous avez dû être impressionnés ! s'exclama Rosalind.

— En fait, ce qui nous a surtout intéressés, Linus et moi, c'était le coin où l'on pouvait combiner différentes huiles et choisir son parfum pour fabriquer son propre savon. Je n'ai toujours pas compris pourquoi mon mélange pin-citron-musc n'était jamais apparu sur le marché !

— Combinaison originale, commenta Chris en riant.

— On peut même aller jusqu'à dire « caustique », compléta Thomas. Mon grand-père me disait que le simple fait de respirer ce parfum le faisait larmoyer. À la suite de cette prouesse, il a décidé que je m'occuperais du marketing et de la gestion plutôt que de la fabrication.

— Tu as bien dit « décidé » ? répéta Rosalind, de plus en plus étonnée. Mais tu avais l'âge de Maddie !

— Il n'a jamais été question que nous travaillions ailleurs que chez Collier's Soap. Quand une famille fait marcher une entreprise depuis deux siècles, on ne te demande pas ton avis. Ton destin professionnel est tracé depuis ta naissance.

Sauf que…

Sauf que, songea Rosalind, pour Thomas, ce programme avait failli ne pas fonctionner, puisque apparemment, il était parti vivre à Cumbria avec sa femme après ses études.

— Mon grand-père adorait nous raconter à quel point l'histoire de la maison Collier était mêlée à celle de l'Angleterre. Il exagérait sans doute un peu, mais pas tant que ça malgré tout.

— Vous devez être fier de cet héritage, déclara Chris.

— Oui, je le suis en effet. Mais je pense que je n'ai vraiment apprécié ce qu'il nous disait qu'au moment où j'ai dû lui succéder. Ça fait un drôle d'effet de se dire qu'une demi-douzaine d'ancêtres vous regardent au moment où vous posez le pied dans votre bureau ! ajouta-t-il en riant.

Chris avait écouté Thomas en caressant sa barbe blanche d'un air pensif.

— Ce doit être une pression terrible que de chercher à combler toutes ces attentes…

— Oui. En même temps, c'est extrêmement gratifiant de se dire qu'on perpétue une aussi longue tradition. Ou tout au moins, qu'on essaie…

Rosalind nota que la voix de Thomas vibrait de fierté et de passion, et que l'éclat de son regard reflétait les mêmes émotions. Mais il y avait aussi de la tension. Comme chaque fois qu'il parlait de l'avenir, un non-dit se cachait sous les mots prononcés. Était-ce l'angoisse de ne pas se montrer à la hauteur, comme l'avait évoqué Chris ? Cette conversation la mettait mal à l'aise. En fait, elle avait honte de ne pas avoir réalisé plus tôt à quel point Thomas était attaché à son entreprise. Peut-être l'avait-elle compris avant son accident, mais la gêne qui la tenaillait lui laissait supposer qu'elle n'avait pas apprécié cette constatation.

— Je suis vraiment désolée de ne me souvenir de rien de tout cela, dit-elle à haute voix.

— Tu ne peux pas t'en souvenir puisque je ne t'en ai jamais parlé.

Elle fronça les sourcils. Pourquoi donc avait-il gardé cela pour lui ? Ce n'était pas possible !

— Daddy, est-ce que je pourrai moi aussi aller fabriquer du savon parfumé ?

— Tu veux vraiment ? demanda Thomas en hissant la fillette sur ses genoux. Eh bien, je te promets que, quand tu seras un peu plus grande, je t'emmènerai au musée et tu pourras essayer.

— Quand est-ce que je serai un peu plus grande ?

— Quand tu auras sept ans. L'âge que j'avais quand j'ai commencé. À condition bien sûr que ta maman soit d'accord.

Rosalind dut faire un effort pour affronter les trois paires d'yeux qui l'observaient. Tout à coup, elle eut l'impression d'être la méchante de l'histoire !

— Tu sais, Maddie, c'est long, deux ans ! Je crois que tu ferais mieux de penser à ce qui va arriver dans les jours qui viennent, comme la fête de Noël, par exemple.

À partir de ce moment, la conversation porta sur la préparation du grand jour. Chris expliqua qu'il voulait profiter de son séjour à Londres pour acheter l'écharpe en mohair qu'il souhaitait offrir à Jessica pour Noël.

Pourtant, en dépit de ce changement de sujet, Rosalind ne put se débarrasser du malaise que lui avait causé le récit de Thomas. C'était tout de même idiot de se laisser troubler à ce point par un souvenir d'enfance ! Elle eut envie de mettre cette réaction sur le compte de la jalousie : après tout, elle-même n'avait aucun souvenir à mettre en parallèle ! Toutefois, il y avait plus que cela. Son trouble provenait du fait que Thomas venait de révéler un aspect de lui-même dont il ne lui avait jamais parlé.

— Oh ! mes amis ! Vous avez vu comme il se fait tard ! s'exclama Chris. Ces deux heures ont filé sans que je le remarque. Si je veux avoir le temps de faire mon achat, j'ai intérêt à me dépêcher. Thomas, j'ai été enchanté de vous revoir !

— Moi aussi, Chris.

Les deux hommes se levèrent pour se serrer la main. Puis Chris se pencha sur Maddie.

— Quant à vous, Miss Madeline, je suis sûr que vous avez été une très gentille petite fille et que votre grand ami Bigsby aura le compagnon qu'il souhaite.

Maddie lui adressa un sourire extatique.

— Tiens, c'est pour toi, dit-elle en lui tendant le papier qu'elle avait gardé sur ses genoux. Je l'ai écrit pendant que Dad préparait le thé. Il m'a aidée pour savoir les lettres qu'il fallait écrire.

Curieuse, Rosalind se pencha pour voir ce qui était écrit. Le premier mot était « Merci », écrit en grosses lettres rouges maladroites. La suite alla droit au cœur de Rosalind.

Merci d'avoir laissé Mommy venir à la maison pour Noël et de lui permettre de rester encore après.

En le lisant, Chris eut les larmes aux yeux.

— J'en suis très heureux, Miss Madeline.

— Et moi ? demanda Rosalind en souriant pour essayer de terminer sur une touche joyeuse. Est-ce que je suis aussi sur la liste des gens qui méritent un cadeau de Noël ?

— Sans aucun doute, répondit Chris en la serrant dans ses bras.

Très émue, elle respira à nouveau son parfum de menthe et de résine. Cet au revoir lui parut encore plus difficile que le précédent, à Lochmara.

Pourtant, une petite voix lui soufflait à l'oreille : *La vie t'offre un nouveau départ avec ta famille. Qu'est-ce que tu pourrais recevoir de plus précieux, comme cadeau de Noël ?*

10

— C'est vrai que tu ne m'avais jamais parlé de ton grand-père ? demanda Rosalind après le départ de Chris.

— Oui, c'est vrai.

— Mais pourquoi ?

— Disons que l'occasion ne s'est jamais présentée.

— Tu en es bien certain ? Je suis sûre que nous avons dû échanger des souvenirs d'enfance, toi et moi. L'autre jour, tu m'as même dit que tu avais toujours envié les liens affectueux qui nous unissaient, mes parents et moi.

— C'est vrai.

Rosalind se détourna pour s'approcher de l'immense sapin.

Depuis que Thomas lui avait fait cette réflexion, elle avait déployé de gros efforts pour essayer de se rappeler la famille merveilleuse qu'il lui avait décrite. Quelques lambeaux, quelques bribes lui étaient revenus. Par exemple, elle s'était souvenue que les vêtements de son père sentaient toujours le clou de girofle et le parfum de la montagne. Chacun de ces souvenirs la réconfortait. Elle les recevait comme un trésor à chérir. Ce qu'ils étaient d'ailleurs, étant donné leur petit nombre.

Thomas se rapprocha d'elle et, aussitôt, le trouble l'envahit. Serait-elle un jour capable de se tenir près de lui sans plonger dans ce tumulte sensuel ?

— Vous, les descendants de la famille Collier, vous

avez reçu un héritage en commun. Comment se fait-il que cela ne vous rapproche pas les uns des autres ?

— C'est un lien particulier qui nous unit. Dès qu'on sort du monde du savon, il se fait beaucoup plus ténu.

— C'est pour cette raison que tu n'es pas venu travailler pour ta famille à la fin de tes études ?

— Pas du tout.

— Mais tu l'as dit toi-même tout à l'heure : tu as été élevé dans l'idée que tu travaillerais forcément pour l'entreprise Collier.

— C'est vrai, mais à un moment donné, j'ai eu d'autres priorités…

Il fit tinter la guirlande de clochettes d'argent accrochées au sapin et se tourna vers Rosalind.

— Nous n'avons toujours pas fait nos achats ! ajouta-t-il.

— Quels achats ?

Rosalind était encore tellement plongée dans le récit que Thomas avait fait à Chris qu'elle ne comprenait pas à quoi Thomas faisait allusion.

— Les cadeaux pour Maddie, voyons ! Maintenant que le Père Noël en personne lui a assuré qu'elle était inscrite sur la liste des enfants sages, nous n'avons plus le choix : nous devons trouver un copain à Bigsby !

À nouveau, il fit tinter une guirlande de clochettes. Il y en avait plusieurs de tailles et de tonalités différentes. Celui-ci émit un son plus grave que le précédent.

— Tu es toujours d'accord pour que nous allions ensemble acheter les cadeaux de Maddie, n'est-ce pas ?

On aurait dit qu'il l'invitait à une sortie en amoureux…

— Oui, bien sûr. Quand veux-tu y aller ?

Puisqu'il s'agissait de Maddie, elle ne pouvait pas refuser.

— Demain, en fin d'après-midi ?

— Voyons…

Rosalind réfléchit en se mordillant l'intérieur de la joue. Richard lui avait proposé de lui faire visiter l'université, ce qu'elle avait accepté, ne serait-ce que pour échapper à la présence envoûtante de Thomas pendant quelques heures.

Mais Maddie n'était-elle pas bien plus importante ? Elle n'aurait qu'à prendre sur elle pour parvenir à résister à l'emprise sensuelle que Thomas exerçait de plus en plus sur elle, malgré elle.

— Oui, c'est parfait.

En voyant le sourire dévastateur que Thomas lui adressa alors, elle se demanda si elle avait donné la bonne réponse.

Thomas le savait depuis fort longtemps. Le spectacle des doigts de sa sœur tambourinant sur un support, quel qu'il soit, n'était jamais de bon augure. Et la voir se livrer à cette petite gymnastique sur la table de la cuisine était encore plus horripilant.

Tout en terminant le coup de fil qu'il était en train de passer, il leva l'index, un peu pour lui demander d'attendre, beaucoup pour l'agacer encore davantage. Il adoucit un peu ce geste autoritaire en faisant glisser vers elle une assiette de cookies.

— Oui, deux personnes, poursuivit-il pour son correspondant. 19 h 30. S'il vous plaît, une table près de la fenêtre.

Il attendit un instant, remercia, puis rangea son téléphone.

— Tu as des projets de dîner en ville ? s'étonna Susan.

— Rosalind et moi, nous avons prévu d'aller ensemble faire des achats de Noël. Il m'a semblé que nous pourrions en profiter pour dîner dehors.

Et pas n'importe où, se garda-t-il d'ajouter.

En effet, il avait eu soin d'effectuer sa réservation dans un restaurant à l'ambiance romantique, en espérant que Rosalind ne songerait pas à le lui reprocher.

Plusieurs jours les séparaient encore de Noël et son projet était de les mettre à profit pour éviter que sa femme le quitte à nouveau. Pas question de laisser son mariage sombrer sans s'être battu jusqu'au bout.

Susan émit un petit rire ironique.

— J'imagine que c'est une partie de ton grand plan

pour la séduire avant qu'elle se souvienne que vous étiez en train de vous séparer ?

— Nous n'étions pas en train de nous séparer. Ce n'était qu'une éventualité, corrigea Thomas. Elle était partie pour réfléchir tranquillement.

Il regarda sa sœur droit dans les yeux.

— De toute façon, cela ne te concerne pas. Ce sont mes affaires, pas les tiennes, point final !

Il se rapprocha d'elle en la fixant d'un regard dur.

— Quel est le problème qui justifie que tu viennes envahir ma cuisine en plein milieu de l'après-midi ?

Susan eut un air surpris.

— Un problème ? Pourquoi faudrait-il qu'il y ait un problème pour que je vienne te voir ?

Thomas jeta un coup d'œil aux doigts de sa demi-sœur.

— Quand tu tambourines comme ça, c'est soit que tu es en colère, soit que tu as faim. Et comme tu viens de manger des cookies…

— D'accord, j'ai compris !

Visiblement, quelque chose la contrariait.

Bon prince, Thomas adoucit la voix.

— Tu as un problème personnel dont tu voudrais me faire part ?

— Pas vraiment, Thomas. En fait, je suis venue voir si tu n'étais pas malade. Cela fait une semaine que tu n'es pas venu travailler.

Tout en parlant, elle brisa un biscuit en deux.

— Linus et moi, nous avons fini par nous demander si tu n'étais pas mort !

Sur ce, elle porta à sa bouche une moitié du cookie.

— Très drôle ! ironisa Thomas. Jamais je n'aurais imaginé que le fait que je prenne quelques jours de repos vous plongerait dans pareille angoisse !

— Pourtant, reconnais que c'est étonnant ! Rappelle-toi, la dernière fois que tu t'es arrêté, c'était il y a trois ans. Alors nous avons eu peur que tu nous laisses de nouveau tomber pour repartir t'enterrer dans la cambrousse.

Ainsi donc, c'était cela qui l'avait amenée chez lui…

— Tu en as parlé avec Linus ?

— Oui. Nous aimerions savoir si tu as l'intention de quitter l'entreprise.

Thomas se raidit. Il n'était pas prêt à affronter ce genre de conversation. Actuellement, sa préoccupation essentielle était de convaincre Rosalind de rester. Mais pourquoi l'avouer à Susan ?

— Je le ferai, oui, mais plus tard. Une fois que nous aurons lancé la ligne pour les spas et que je serai certain que l'entreprise est remise à flot.

— Si Collier's Soap se porte bien actuellement, c'est parce que c'est toi qui la diriges. Tu ne peux pas partir ! Sans toi, nous serions encore en train de nous débattre au milieu du gâchis que nous a laissé Dad. En plus, qui serait à même de te succéder si tu pars ? Personne dans la famille n'est capable de prendre ta suite. Nous savons tous que jamais Linus ne sortira de son laboratoire !

— Et pourquoi pas toi ?

Susan battit des paupières.

— Nous avons grandi ensemble et, malgré cela, tu n'as pas remarqué que je suis de la même étoffe que Dad ? Pire encore, puisque je réunis tous les défauts de ma mère et de Dad. En plus, tu es très heureux d'être le P-DG de Collier's Soap. Tu as toujours été destiné à occuper ce poste.

Thomas laissa échapper un soupir résigné en prenant un gâteau dans l'assiette. Susan avait raison. Il adorait être à la tête de l'entreprise familiale, en assumer les responsabilités, prendre des initiatives… Tous les discours que son grand-père lui avait tenus avaient fait leur chemin dans sa tête et ils avaient pris toute leur signification quand il s'était retrouvé à la tête de la société.

Seulement, il aimait sa femme et ne voulait pas la perdre.

— Susan, toi et tous les autres, vous saviez que, lorsque j'ai accepté de venir vous aider, ce n'était que temporaire.

Susan pinça les lèvres.

— Parce qu'*elle* ne voulait pas vivre ici…

Eh bien… Pour quelqu'un qui avait étudié la psychologie, Susan pouvait être redoutablement obstinée quand elle avait quelqu'un dans le nez.

— Écoute, tu n'as pas le droit d'en vouloir à Rosalind si elle préfère un autre style de vie. À elle aussi, j'avais dit que je ne prenais ce poste que de façon provisoire et, malgré cela, cela fait plus de deux ans que je l'occupe.

— Effectivement, elle ne semblait pas avoir de problème avec toi pendant qu'elle poursuivait sa recherche au fond des bois.

— Tu oublies que c'est moi qui avais décidé de partir là-bas ! Parce qu'elle y était bien. Et que la voir heureuse suffit à mon bonheur.

Suffisait…, corrigea-t-il intérieurement.

Susan avait recommencé à tambouriner sur la table. Thomas tira l'assiette de biscuits hors de sa portée.

— Thomas, tu es monomaniaque ! déclara-t-elle en rapprochant l'assiette d'elle.

— Si ça te fait plaisir, pourquoi pas ? Même si je ne sais pas très bien ce que cela signifie.

— Oh ! je te l'explique tout de suite ! Un monomaniaque est une personne qui poursuit obstinément un seul objectif sans se soucier de tout le reste, asséna Susan.

Thomas haussa un sourcil amusé.

— Vraiment ?

— Oui. Et comme moi, Linus pense que c'est ton problème, ajouta-t-elle.

Elle porta à sa bouche l'autre moitié du biscuit rompu un peu plus tôt et le croqua.

— En fait, enchaîna-t-elle, il estime que c'est le problème de tous les membres de la famille Collier.

— Ce qui signifie donc que vous avez votre propre théorie, docteur Susan Collier ?

Susan ne tint pas compte de l'ironie de son demi-frère.

— Ce n'est pas compliqué : tu es prêt à tout sacrifier pour une femme qui n'est pas disposée à te rendre la pareille. Est-ce qu'elle sait seulement à quel point les affaires allaient mal quand tu es venu à la rescousse ? Est-ce qu'elle comprend pourquoi tu travailles comme un fou ?

— Je lui ai dit que mon père avait négligé les affaires au cours des dernières années.

— Autrement dit, tu ne lui as pas exposé la vérité. Et je suppose que tu n'es pas davantage prêt à la lui dire maintenant !

— À quoi bon ? Cela ne changerait pas le passé. Je suis beaucoup plus intéressé par construire l'avenir.

Susan esquissa une moue de dédain, se leva et s'écarta de la table.

— Tu n'es pas d'accord ? demanda Thomas.

— Non, pas du tout. Je ne vois pas pourquoi j'accepterais que tu endosses le rôle du coupable, alors qu'elle n'assume pas la responsabilité de ses actes.

Thomas poussa un soupir excédé. Combien de fois devrait-il le lui répéter ?

— Susan, écoute-moi bien ! Primo, Rosalind a perdu la mémoire. Elle ne se souvient plus des choix qu'elle a faits autrefois. Secundo, même si elle s'en souvenait, cela ne changerait rien à mon rôle. J'ai trop longtemps négligé ma femme et ma fille.

Susan secoua la tête, manifestement exaspérée elle aussi.

— Ce qu'elle ne s'est jamais privée de crier sur les toits chaque fois que l'occasion se présentait ! Tu as oublié avec quelle froideur elle te traitait au printemps dernier ?

— C'est parce qu'elle était malheureuse.

Et par-derrière, ajouta-t-il in petto, Richard Sinclair jetait de l'huile sur le feu.

Cet argument n'apaisa nullement Susan.

— Tu es incroyable ! Pourquoi faut-il que tout soit ta faute ? Elle pourrait bien assumer sa part, non ?

— Pourquoi le ferait-elle, puisque c'est moi, le responsable ?

— C'est exactement ce que j'essaie de te faire comprendre, mon pauvre Thomas ! Non, tu n'es pas le seul responsable de tous vos problèmes.

Finalement, au lieu de partir, Susan brancha la bouilloire.

— Écoute, quand je vois que tu la traites comme si elle était blanche comme neige, ça me rend folle !

— Thomas ?

Tous deux se retournèrent. Rosalind se tenait dans l'embrasure de la porte de la cuisine. Comme par un fait exprès, elle portait un pull blanc. Blanc comme neige… Voilà qui clouerait peut-être le bec à Susan !

— Je vous dérange peut-être ? demanda-t-elle.

— Pas du tout, se hâta de répondre Thomas. Susan est passée me donner son avis sur une question de gestion, mais ça y est, nous avons terminé. Tu as besoin de quelque chose ?

— Maddie est là-haut, dans sa chambre. Elle a préparé un cadeau et elle voudrait que tu ailles l'aider à l'empaqueter. Apparemment, il ne faut pas que je sache ce que c'est.

— C'est sans doute le cadeau qu'elle a l'intention de t'offrir.

— Oui, c'est ce que je pense aussi. Je n'ai donc pas insisté pour la seconder. Elle a préparé le papier et les rubans. Ça lui ferait sûrement plaisir que tu montes tout de suite.

— Pas de problème, le roi de l'emballage vole à son secours !

Avant de disparaître, il jeta un regard à Susan par-dessus son épaule, lui signifiant clairement qu'elle avait intérêt à ne pas agresser Rosalind.

— Je reviens tout de suite, ajouta-t-il.

— Sur quoi portait votre discussion ? demanda Rosalind lorsqu'il eut disparu.

Depuis le court échange qu'elles avaient eu le jour de son retour, c'était la première fois qu'elle revoyait sa belle-sœur. Elle réalisa que, tandis que Linus était passé chez eux à plusieurs reprises pour leur dire bonjour, Susan s'était tenue à l'écart.

— Il m'a semblé que Thomas était contrarié, ajouta-t-elle.

— Simple divergence d'opinions…

Remarquant que la bouilloire était en marche, Rosalind

ouvrit le placard pour sortir deux tasses. L'ambiance dans la cuisine était glaciale, mais apparemment, le mois de décembre n'y était pour rien.

Le regard fixé sur le carrelage, le front barré d'un pli préoccupé, Susan tambourinait sur la table.

— Vous avez terminé vos courses de Noël ? demanda-t-elle comme si elle cherchait à briser la glace.

— Non, pas vraiment. Il me manque toujours quelque chose à la dernière minute, mais je crois que c'est un peu pareil pour tout le monde. Thomas et moi, nous allons ce soir braver la cohue pour acheter ce qu'il faut pour Maddie.

— Il me l'a dit. Il paraît que tes souvenirs commencent à revenir ? Tu dois te sentir soulagée !

— Oui, en effet.

La boîte de thé qu'elle venait de sortir du placard serrée contre elle, Rosalind ferma un instant les yeux. Ce matin, précisément, alors qu'elle était en train d'empaqueter des cadeaux, elle s'était souvenue d'un Noël de son enfance.

— Il y a encore énormément de trous, mais tout doucement, je retrouve un certain nombre de choses. C'est un vrai soulagement de constater que mon cerveau n'est pas devenu une page totalement blanche.

Susan parut très intéressée par cette révélation.

— L'amnésie dissociative est un phénomène fascinant. Je suis émerveillée de voir comment le cerveau réussit à se protéger des souvenirs qu'il n'est pas capable d'assumer. Par exemple, dans ton cas, je me demande si nous saurons un jour ce qui s'est passé avant que tu te retrouves à Lochmara.

— Le médecin m'a dit que ces quelques jours ne remonteraient peut-être jamais à ma conscience. Mais comme ils ne font vraiment pas partie de mes meilleurs souvenirs, ce ne sera pas plus mal si je ne les retrouve pas. Je préfère voir resurgir ceux qui sont agréables.

— Je comprends. Thomas aimerait certainement oublier ces horribles semaines lui aussi. Quand tu as été portée disparue, il a été anéanti ; il n'arrêtait pas de dire que c'était sa faute.

Rosalind haussa les épaules.

— Non, ce n'est la faute de personne. J'ai eu un accident, c'est tout.

— Oui, bien sûr, mais tu connais Thomas. Il a toujours tendance à vouloir assumer tout seul les responsabilités alors que, comme chacun sait, il faut être deux pour danser le tango.

— Pardon ? Que veux-tu dire ?

Susan se leva pour aller arrêter la bouilloire.

— Simplement que, dans toutes les situations difficiles, il y a deux manières de considérer les choses.

— C'est à Thomas et moi que tu fais allusion ?

À vrai dire, Rosalind n'était pas surprise de découvrir que Susan était au courant de ses problèmes avec Thomas. À la suite de son accident, il avait dû faire beaucoup de confidences à sa famille.

Au lieu de répondre à la question de sa belle-sœur, Susan versa l'eau bouillante dans les tasses.

— Est-ce qu'il t'a expliqué pourquoi il a pris en charge la direction de Collier ?

— Oui. Il m'a dit que son père avait eu une attaque et que nous rentrions à Londres pour le seconder en attendant qu'il ait retrouvé la santé. Malheureusement, votre père est décédé à la suite de ce malaise.

— Exact. Décédé en laissant derrière lui l'entreprise dans une situation catastrophique. Au cours des dernières années, il l'avait pratiquement réduite à néant. Comme il était le seul à gérer l'aspect financier, nous ne nous en étions pas rendu compte. Si Thomas n'était pas intervenu, l'entreprise Collier's Soap n'existerait plus.

— Ah bon ? Je ne savais pas du tout…

Tout en observant les arabesques marron dessinées par le sachet de thé dans sa tasse, Rosalind s'efforça de se remémorer les conversations qu'elle avait eues autrefois avec Thomas au sujet de son travail. Seuls des discussions interminables et un profond sentiment d'amertume lui remontèrent à l'esprit.

Susan aussi observait sa tasse, mais elle ne cessa pas pour autant de continuer à fournir à Rosalind les informations qu'elle estimait indispensables.

— À cause de la négligence de notre père, la liste de clients de l'entreprise était presque réduite à néant. Thomas a tout de suite pris la situation en main. Il a tout réorganisé de fond en comble et lancé de nouvelles lignes de produits. Cette idée d'articles de soins pour spas haut de gamme est le fruit de son travail et de son imagination. Si elle sort sur le marché, elle permettra d'attirer la clientèle jeune et riche dont nous avons besoin pour maintenir notre maison à flot.

Susan comprenait tout à coup pourquoi le sourire de Thomas avait vacillé quand il lui avait assuré que, si cette tentative était un échec, il en serait l'unique responsable. Il ne plaisantait pas comme elle l'avait cru.

— Je ne savais pas qu'il avait une telle pression sur les épaules…

— Probablement parce qu'il ne t'en avait jamais parlé !

Intriguée, Rosalind dévisagea sa belle-sœur.

— Il ne m'en avait jamais parlé ? Mais pour quelle raison ? Ce n'est pas une chose qu'une épouse devrait être la première à savoir ?

— Dans ton cas, je n'en suis pas si sûre.

Devant le visage interrogatif de Rosalind, elle poursuivit :

— J'ai mon idée sur la question. Je peux te parler franchement ?

En fait, il y avait déjà un moment qu'elle ne mâchait pas ses mots et elle semblait avoir bien l'intention de poursuivre.

— Oui, bien sûr, répondit Rosalind, à la fois curieuse de savoir et réellement inquiète.

Si le problème de leur couple résidait dans l'addiction de Thomas au travail, elle voulait en connaître les raisons.

Susan croisa les bras. Elle était plus petite que Rosalind, mais elle avait ce talent propre aux Collier de pouvoir clouer sur place ses interlocuteurs d'un simple regard.

— À mon avis, il a essayé de t'en parler à plusieurs

reprises, mais tu étais bien trop occupée à te faire plaindre pour l'écouter.

Ces mots firent à Rosalind l'effet d'une gifle. Sous ce regard dénué de compassion, elle sentit une sueur glacée se former sur sa nuque. Elle cherchait à se faire plaindre, elle ? Mais pour quelle raison ?

Susan répondit à cette question sans qu'elle ait eu à la poser à voix haute.

— Il était évident que tu détestais vivre à Londres. Tu trouvais l'appartement trop grand, la décoration trop sophistiquée. Dès le jour de ton arrivée ici, tu as commencé à te lamenter et à parler de rentrer chez toi. Qu'est-ce que cela aurait changé si tu avais su que l'entreprise de ton mari était en train de sombrer ?

Ce n'est que du savon, Thomas…

Ces mots résonnèrent dans sa tête. Les avait-elle prononcés ? Avait-elle réellement refusé d'entendre les explications de Thomas, de voir la situation difficile dans laquelle il se trouvait ?

À moins que… À moins que Susan soit seulement en colère et décidée à défendre bec et ongles la position de son frère ?

Elle porta la tasse à ses lèvres.

— J'apprécie ta franchise, Susan.

— Non, certainement pas ! Personne n'apprécie ma franchise.

À son tour, elle but une gorgée de thé. Cela fait, son visage changea d'expression.

— Écoute, je sais que tu aimes mon frère…

Ces mots angoissèrent Rosalind plus que jamais. Aimait-elle Thomas ? Elle n'en savait rien ! Ses sentiments étaient encore entrelacés avec trop de blancs, de trous, de manques. Chaque fois qu'elle pensait avoir effectué un pas en avant, un nouveau souvenir ou une information jusque-là inconnue la ramenait en arrière.

Et c'était exactement ce qui était en train de se passer en ce moment.

— … Et c'est pour cette raison que je pense que tu dois être mise au courant de tous les éléments de la situation, reprit Susan.

Susan, ou l'art d'agresser sans en avoir l'air…

— Oui, acquiesça Rosalind. Mais pourtant, poursuivit-elle, si Thomas estime avoir été mal compris, pourquoi ne s'adresse-t-il pas directement à moi, plutôt que de te laisser parler à sa place ?

— On pourrait penser que ce serait plus simple, en effet. Malheureusement, dès qu'il s'agit de toi, mon grand frère est persuadé que tu ne peux rien faire de mal. Il vendrait son âme au diable si cela pouvait te rendre heureuse.

— Alors c'est pour cette raison que nous avons vécu à Cumbria ? Juste pour me faire plaisir ?

Susan afficha un sourire satisfait.

— CQFD. Ce qu'il fallait démontrer…

Comme prévu, Rosalind et Thomas sortirent ensemble faire les achats pour Maddie. D'un commun accord, ils choisirent comme compagnon pour Bigsby un gros ours en peluche marron au bon air protecteur. Comme ils sortaient du magasin, Thomas annonça sur un ton enjoué :

— J'ai réservé une table pour le dîner.

C'était en effet le plan qu'il avait préparé au départ, se souvint Rosalind. Mais c'était avant la crise…

— Je ne suis pas sûre que ce soit une bonne idée…, objecta-t-elle.

— C'est l'heure de manger et nous avons tous les deux besoin de reprendre des forces après cette escapade dans les magasins bondés, non ?

Non. Elle n'avait pas faim. La conversation qu'elle avait eue avec Susan ne cessait de la tourmenter. Juste au moment où elle commençait à voir plus clair dans l'énigme de sa vie, la demi-sœur de Thomas était venue y jeter du trouble et de l'angoisse.

Avait-elle réellement été aussi horrible que ce que Susan

lui avait laissé entendre ? Après son départ, Rosalind était montée dans sa chambre pour se regarder dans la glace. Était-elle la femme dure et égoïste que Susan lui avait fait entrevoir ? Cela lui paraissait impossible. Jamais Thomas n'aurait choisi de vivre avec une personne de ce genre !

De même, elle avait du mal à accepter l'image de l'homme prêt à tous les sacrifices tel que le décrivait Susan.

Où était la vérité ? Était-il un homme d'affaires écrasé de responsabilités marié à une femme malheureuse, ou un homme d'affaires malheureux marié à une mégère ?

— Je considère ton silence comme un « oui » ! déclara Thomas, les yeux brillants.

Comment avoir les idées claires quand cet homme arrivait à vous faire perdre la tête avec un seul de ses regards ?

— D'accord… C'est vrai, il faut bien manger quelque chose de toute façon…

— Tu vas voir, je suis sûr que tu vas adorer l'endroit où je t'emmène. Et en plus…

Il fourra les mains dans les poches de son manteau. Contrairement à la dernière fois qu'ils étaient sortis ensemble, Rosalind ne le tenait pas par le bras.

— En plus, je voudrais te parler de quelque chose.

— Si c'est pour me demander de rester après les fêtes de nouvel an…

— Tu crois que je dois le faire ?

Oui.

Non.

Peut-être…

— Tu m'as dit que tu avais besoin de temps et d'espace pour réfléchir, reprit Thomas. Je vais respecter ton vœu, mais je tiens à te dire que je souhaite que tu restes. Absolument. Seulement, je sais que les promesses sans consistance ne signifient rien.

— C'est vrai.

L'acceptation si facile par Thomas des conditions qu'elle avait posées plongea Rosalind dans le malaise. Ne devrait-il pas se battre avec un peu plus d'énergie pour la convaincre de rester ? Une petite voix s'éleva soudain dans sa tête.

Tu entends ce que tu demandes ? Laisse-moi partir, mais demande-moi de rester !

C'était un comble ! Susan avait peut-être raison, finalement. Elle était sans doute une vraie mégère. Et même pire…

Ils dépassèrent Trafalgar Square. En passant devant l'arbre de Noël qui y était installé, elle se rappela les commentaires de Thomas sur la nécessité de respecter l'histoire. Ce devait être bien lourd pour lui de reprendre la tâche que ses ancêtres avaient commencée. Sentait-il peser sur ses épaules le poids de leurs attentes ? Lui avait-elle jamais posé cette question ?

— Est-ce que Collier's Soap était réellement sur le point de faire faillite quand nous sommes rentrés à Londres ?

La surprise qu'il éprouva en entendant cette question le fit trébucher.

— Pourquoi me demandes-tu cela ?

— À cause de quelque chose que Susan m'a dit cet après-midi.

— Susan peut être une vraie langue de vipère ! Qu'est-ce qu'elle t'a raconté ?

— En fait, je suis contente qu'elle m'ait parlé. Quand tu m'as dit que tu voulais sauvegarder l'héritage de Maddie, j'ai cru que ce n'étaient que des mots. Je n'ai pas compris que tu étais réellement en train de lutter pour sauver Collier's Soap de la faillite.

Thomas laissa échapper un soupir.

— C'était pourtant le cas. Je t'ai dit que mon père avait fait de mauvais choix, pris de mauvaises décisions. L'entreprise était aux abois quand je l'ai reprise.

Et, en mourant, son père lui avait confié la responsabilité de la remettre sur pied. Susan n'avait pas menti.

— Tu comprends, reprit Rosalind, il y a tant de choses que je ne sais pas ! Surtout en ce qui concerne ces deux dernières années. Susan m'a dit que tu travaillais beaucoup trop à mon goût. J'aurais aimé être mise au courant.

— Pourquoi ?

Thomas s'était arrêté de marcher. Sa haute silhouette paraissait comme écrasée par la statue de l'énorme lion de bronze qui se trouvait derrière lui.

— Qu'est-ce que cela aurait changé si je t'avais mise au courant ?

Susan avait posé la même question.

— Je ne sais pas. Quelque chose, peut-être ?

À la pensée que la réponse pouvait être « non », l'estomac de Rosalind se serra.

— Voilà pourquoi Susan aurait mieux fait de ne rien te dire.

— Ne te mets pas en colère contre elle. C'est ta sœur, ne l'oublie pas !

— Ma demi-sœur, corrigea Thomas.

Mais Rosalind sentit qu'il n'utilisait ce terme que lorsqu'il était fâché contre Susan. D'ailleurs, il le lui prouva tout de suite en ajoutant :

— Je devrais me réjouir qu'elle soit seulement un peu trop fouineuse et pas une complète idiote comme sa mère ! Pour une fois, l'incapacité de mon père à s'occuper du bonheur de sa femme a eu une heureuse conséquence pour nous, puisque, grâce à elle, nous avons été débarrassés de la mère de Susan.

Rosalind s'abstint de tout commentaire. Quelque chose dans cette explication l'agaçait.

Le restaurant choisi par Thomas se trouvait au dernier étage d'un des bâtiments les plus élevés de Londres. Une grande baie vitrée donnait sur un jardin suspendu. Elle aurait dû se douter qu'il chercherait un endroit susceptible de l'impressionner. Et impressionnée, elle l'était, en effet ! Parmi les arbres de Noël plantés dans de grands pots, des guirlandes lumineuses délimitaient des espaces clos par des verrières. De ce fait, les couples avaient à leur disposition de petites vérandas particulières où ils pouvaient dîner bien au chaud en toute intimité sous les étoiles du ciel d'hiver.

Thomas mit à profit le moment où le maître d'hôtel les conduisait à leur table pour se justifier aux yeux de Rosalind.

— J'ai promis de ne pas discuter ta décision de prendre le temps de réfléchir, mais je n'ai jamais dit que j'allais renoncer à te séduire !

En effet, constata Rosalind, il s'y appliquait avec la dernière énergie !

— Tu vois, poursuivit Thomas, nous pourrons bavarder en toute tranquillité ici.

— Il y a quantité d'endroits où nous aurions pu le faire tout aussi bien, estima-t-elle.

Des endroits moins luxueux, et surtout moins romantiques, songea-t-elle.

Comme elle soupirait, Thomas se hâta d'ajouter :

— Bien sûr, mais aucun d'entre eux ne nous aurait offert une aussi belle vue sur la Tamise.

— Une belle soirée ne changera rien à notre situation, Thomas. Les problèmes que nous avions avant mon accident n'ont pas disparu. Il ne suffit pas de claquer des doigts pour qu'ils s'évanouissent.

Et pourtant, comme elle se sentait bien ici, sous les étoiles, en sa compagnie !

— On ne sait jamais, rétorqua Thomas.

Joli rêve, mais bien irréaliste...

— Tu crois que, par un coup de baguette magique, l'entreprise Collier va disparaître et que nous pourrons retourner à la campagne filer le parfait amour ?

Thomas se glissa près d'elle sur la banquette.

— C'est précisément de cela que je voulais t'entretenir.

Surprise, Rosalind se tourna vers lui.

— De quoi, précisément ?

— Eh bien, si c'était ce que nous faisions ? Si je m'arrangeais pour faire disparaître Collier de notre vie ?

— Tu veux dire que tu proposes de quitter l'entreprise ?

— Oui, si cela peut te rendre heureuse.

Il lui prit les mains.

— Écoute, je sais que tu luttes pour essayer de te rappeler

les sentiments que tu éprouvais pour moi. Le moins que je puisse faire, c'est de te prouver que l'homme dont tu te souviens ou dont tu vas te souvenir a changé. Et si cela implique que je quitte Collier, je le ferai.

Rosalind n'en croyait pas ses oreilles.

— Mais… tu t'inquiétais de l'héritage de Maddie ! Et toute cette histoire familiale que tu essaies de faire perdurer ?

— Aucune loi n'oblige l'entreprise à être gérée par un descendant des Collier. Elle peut rester la propriété de la famille, même si je la confie à une autre personne qui s'engagera à respecter le plan de redressement que j'ai mis au point. De cette façon, quand Maddie sera en âge de s'y intéresser, elle sera toujours là.

En entendant ces mots, Rosalind demeura bouche bée de stupéfaction.

— Je… Je ne sais pas quoi dire. Tu ferais ça pour moi ? Tu abandonnerais l'affaire familiale ? Tu quitterais un travail que tu adores ?

Elle hochait la tête, comme étourdie.

— Et pour la deuxième fois ?

— Je préfère avoir une épouse que j'aime qu'une entreprise, même prospère.

Thomas prit le visage de Rosalind entre ses mains et elle rencontra son regard. Il y brillait cette lueur qui la faisait fondre de tendresse.

— Une seconde chance nous est offerte, Rosie. Mon seul désir est de te rendre heureuse.

Sur ce, il l'embrassa.

— Alors, qu'est-ce que tu me réponds ? demanda-t-il contre ses lèvres. On repart de zéro ?

Mais elle n'eut pas le temps de répondre, car il l'embrassait à nouveau, prenant sans doute son silence pour un consentement.

Mon seul désir est de te rendre heureuse…, avait-il dit.

De son côté, son désir le plus cher était de rentrer chez

elle, à Cumbria. La proposition de Thomas rendait cela possible tout à coup.

Alors pourquoi est-ce que son cœur lui paraissait si lourd ?

11

Mon seul désir est de te rendre heureuse.

Cette phrase refusait de quitter l'esprit de Rosalind. Elle lui gâchait le repas. Chaque fois que Thomas lui souriait, son estomac se serrait. Elle venait d'obtenir ce qu'elle souhaitait, mais cette victoire, si c'était ainsi qu'il fallait nommer la proposition de Thomas, ne la satisfaisait pas. Elle avait le sentiment que quelque chose, quelque part, n'allait pas. Mais quoi ? Là encore, il lui manquait un morceau de son histoire.

Le lendemain, elle appela Richard pour lui renouveler ses regrets d'avoir ajourné leurs projets.

— J'étais sûr qu'il allait s'arranger pour te retenir, répliqua-t-il dans son anglais parfaitement articulé et un peu précieux.

— En fait, depuis la dernière urgence qui l'avait rappelé au bureau, il est resté à la maison.

— Grand bien lui fasse !

Richard souhaitait-il vraiment lui parler sur ce ton condescendant ?

— Tu sais, je crois qu'il est réellement en train de faire de gros efforts.

— C'est peut-être vrai. L'heure de vérité sonnera quand tu verras s'il continue dans cette voie ou s'il revient à la case départ une fois qu'il t'aura reconquise.

Rosalind baissa les yeux sur le tapis. Elle se trouvait

dans la bibliothèque, près de l'arbre de Noël, alors que Thomas et Maddie étaient ensemble dans la chambre de la fillette. Elle pouvait parler en toute tranquillité.

La solution la plus simple serait d'annoncer à Richard que Thomas envisageait d'abandonner son travail pour elle. Voilà qui mettrait fin à ses commentaires aigres-doux. Pourquoi ne se sentait-elle pas capable de le faire ?

— Je t'appelais essentiellement pour te demander de m'excuser, se contenta-t-elle de dire.

— Je te donne une occasion de te faire pardonner : viens prendre un verre avec moi ce soir. D'accord ?

— Non, désolée, ce n'est pas possible ce soir.

Mal à l'aise, elle se passa la main sur le front. En fait, cette proposition ne lui paraissait pas aussi agréable qu'elle aurait dû l'être.

— Tu comprends, je ne veux pas passer deux soirées sans m'occuper de Maddie. Elle est encore inquiète et craint que je disparaisse à nouveau.

— Alors la semaine prochaine ?

— Oui, par exemple.

À nouveau, elle se massa la tempe. Richard ne lui proposait rien d'inconvenant et pourtant, son corps se rebellait.

— Mais la semaine prochaine, c'est vraiment proche de Noël, ajouta-t-elle.

— Raison de plus ! Il nous faut porter un toast ensemble pour fêter ton retour. Tu m'as manqué, Rosalind. J'espérais que nous pourrions…

Que nous pourrions quoi ? Une image traversa soudain l'esprit de Rosalind. Elle se trouvait dans un café en compagnie de Richard.

Rien de tout cela ne poserait problème si tu acceptais de partir avec moi…

Une sueur froide lui baigna soudain le front.

Seigneur, qu'avait-elle fait ? Dans quelle aventure s'était-elle lancée ?

— Rosalind ? Tu es toujours là ? Tu m'entends ?

La voix de Richard résonnait à son oreille.

— Euh… Oui. Excuse-moi !

Elle ferma les yeux très fort, mais la voix était toujours là. Pire, elle continuait.

Nous pourrions prendre l'avion vendredi prochain.

Brusquement, le souvenir se précisa. À ce moment-là, elle se souvenait avoir écarté les mains de Richard de son genou. Dieu merci ! Sans cela, comment aurait-elle pu se regarder dans la glace ?

— Il faut que je raccroche, Richard, déclara-t-elle.

Elle ne prit même pas la peine de lui dire au revoir. Impossible, elle avait trop honte d'elle-même. Même si rien ne s'était passé, le simple fait qu'elle ait autorisé un autre homme à imaginer que c'était possible la rendait malade. C'était abominable. Horrible.

Sa tête lui faisait mal, tout à coup. Un marteau frappait à ses tempes comme sur une enclume. Elle avait besoin de s'allonger. De réfléchir. Qu'allait-elle faire ? Qu'allait-elle dire à Thomas ?

Comme elle regagnait sa chambre, elle entendit la voix de Thomas. La porte de Maddie était grande ouverte et Rosalind aperçut Thomas assis sur une chaise d'enfant, à la table de jeux. C'était comique de voir son grand corps plié pour s'accommoder du petit espace qui lui était alloué. Le téléphone collé à l'oreille, il était occupé à séparer des boules de coton destinées au projet artistique qu'il réalisait avec l'enfant.

— Expliquez à Ming qu'il a obtenu la réduction maximum. S'il insiste, laissez tomber ! Peu importe le nombre de spas qu'il possède, nous n'accepterons pas d'être manipulés.

Il continua à parler encore un moment, citant de tête des pourcentages et des chiffres compliqués tout en continuant à travailler avec Maddie.

Profondément troublée, Rosalind le regarda faire depuis le pas de la porte.

— Très impressionnant ! déclara-t-elle quand il coupa

la communication. Tu es capable de mener deux affaires importantes en même temps !

Comme pendant leur vol de retour, elle venait de regarder Thomas avec les yeux d'une étrangère.

Il lui sourit par-dessus son épaule.

— Qu'est-ce qui t'impressionne le plus ? Mon coup de gueule contre ce client ou mon habileté à séparer des boules de coton ?

— On est en train de faire un collage pour le Père Noël, expliqua Maddie. Le coton, c'est pour sa barbe.

Rosalind la regarda en souriant, mais s'adressa à Thomas.

— J'apprécie les deux et, franchement, je suis incapable de choisir. Tu es bon partout !

Chaque fois que le regard de Thomas se posait sur Maddie, une profonde expression de tendresse y apparaissait.

À la vérité, elle dut avouer que c'était la même expression qu'elle y voyait chaque fois qu'il la regardait, elle, son épouse sans mémoire.

Il l'aimait éperdument. Depuis toujours. Cette certitude lui venait du cœur.

Et cela la rendait encore plus malheureuse.

Peu à peu, le tableau de sa conduite des dix-huit derniers mois s'éclaircissait et, franchement, ce n'était pas beau à regarder. L'amnésie lui donnait une objectivité qu'elle avait été incapable d'avoir six mois plus tôt. Qu'y voyait-elle ? Une jeune femme qui, comme une enfant gâtée, avait utilisé la contrariété causée par leur installation à Londres pour bouder pendant des mois en exigeant de Thomas qu'il cède à son désir. Pire encore, bien pire : au lieu de s'efforcer de comprendre le point de vue de son mari, elle avait laissé Richard Sinclair alimenter son mécontentement et agrandir ainsi l'abîme qui la séparait de Thomas.

Ce n'était pas bien de sa part. Vraiment pas.

— Thomas, tu ne peux pas abandonner Collier's Soap !

Apparemment pris au dépourvu par cette affirmation, Thomas la dévisagea en fronçant les sourcils.

— Qu'est-ce que tu me dis là ? Nous nous sommes mis d'accord hier au soir.

En fait, ils ne s'étaient mis d'accord sur rien du tout. Thomas avait fait sa proposition et ensuite… Ensuite, elle avait perdu l'esprit sous ses baisers.

— Collier a besoin de toi.

Thomas ouvrit de grands yeux, mais Rosalind ne se laissa pas démonter.

— Oui, c'est une chose que je n'avais pas comprise jusqu'à présent, mais tu es vraiment l'homme de la situation, celui qui doit gérer Collier's Soap. Exactement comme ton père et ton grand-père le souhaitaient.

Elle s'écarta de la porte et se planta bien droite, bras croisés sur la poitrine.

— Je serais incapable de me supporter si je savais que tu as abandonné ton poste uniquement pour me faire plaisir.

— À mes yeux, c'est pourtant la meilleure des raisons possibles !

La lueur intense qui brillait dans son regard prouvait à quel point il était sincère.

— Non, ce ne serait pas juste, reprit Rosalind. Il faut que tu restes.

Lentement, Thomas déplia son grand corps et se leva de la petite chaise. D'un coup d'œil jeté par-dessus son épaule, il s'assura que Maddie était occupée à coller la barbe du Père Noël, avant de s'avancer vers Rosalind.

— Dois-je comprendre que tu as changé d'avis à propos de notre installation à Londres ?

Cette fois, un éclair bleu marine traversa son regard.

— Je…

Qu'allait-elle lui répondre ? En fait, elle continuait à détester cette ville. Plus sa mémoire revenait, moins elle aimait la foule et le bruit. Elle souhaitait élever sa fille comme elle l'avait elle-même été, dans un petit village, au milieu des arbres et des collines.

Elle détourna le regard.

— Non.

Autant Thomas était chez lui en travaillant à Collier's Soap, autant elle-même ne rêvait que de fuir Londres.

— Je comprends.

Les épaules de Thomas s'affaissèrent.

En même temps, le ventre de Rosalind se noua.

— Où cela nous amène-t-il ?

Elle n'en savait rien. Même si elle était malade de chagrin de l'admettre, elle devait reconnaître que la boucle était bouclée. Ils étaient revenus exactement au point où ils se trouvaient six mois plus tôt.

— J'ai besoin de temps et d'espace pour réfléchir…

12

J'ai besoin de temps et d'espace pour réfléchir.

Non, c'était impossible, ils n'allaient pas recommencer !

Thomas se cramponna à l'encadrement de la porte. Il faisait son possible pour paraître maître de lui alors qu'à l'intérieur il était en train de s'effondrer.

La veille, au cours de la soirée, ils s'étaient trouvés sur la même longueur d'onde. Du moins, c'est ce qu'il avait cru.

— Que s'est-il passé ?

— Rien.

Elle se détourna, traversa le couloir et s'appuya contre la rambarde d'où elle regarda le salon en contrebas.

— C'est bien cela, le problème. Il ne s'est rien passé. Nous sommes revenus six mois en arrière.

— Non ! s'écria Thomas. Il y a six mois, je n'avais pas décidé de quitter Collier.

— Je t'ai déjà dit que je ne voulais pas que tu le fasses. Ce serait une grave erreur. L'entreprise a trop besoin de toi.

— Susan t'a dit quelque chose ?

Soutenir que l'entreprise ne pouvait pas se passer de lui était bien le genre d'argument que sa sœur était capable d'utiliser.

— Susan n'a rien à voir avec cela.

Thomas pinça les lèvres.

— Alors c'est Richard !

Richard Sinclair était lui aussi quelqu'un qui aimait semer le désordre et les maintenir en désaccord tous les deux.

— Je suis sûr qu'il t'a dit quelque chose.

Rosalind se redressa.

— Qu'est-ce qu'il peut avoir à faire dans notre histoire ?

Thomas ne le savait pas exactement, mais son intuition lui suggérait que Sinclair n'était pas aussi étranger à leurs problèmes qu'elle le soutenait. D'ailleurs, la rigidité de la posture de Rosalind le confirmait dans son pressentiment.

— Thomas, tu ne vois pas que nous sommes dans une impasse ? Je ne veux pas vivre à Londres et toi…

— Moi, j'ai dit que nous déménagerions.

— Mais tu n'en as pas la moindre envie !

Dans le regard noisette, il lisait une résignation brillante de larmes. C'était une véritable torture. Rosalind baissait les bras. Elle abandonnait le combat. Elle renonçait à leur couple.

— Tu ne comprends donc pas ? reprit-elle. Tout ce que nous ferions, ce serait échanger le malheur de l'un contre le malheur de l'autre. Ce n'est pas la solution.

— Je ne serais pas malheureux.

Enfin, pas complètement… Il trouverait quelque chose pour s'occuper. Comme il l'avait fait autrefois.

— Si, tu serais malheureux parce que tu renoncerais à gérer ton héritage !

— Je travaillerai par Internet et visioconférences.

— Tu plaisantes ? Tu gérerais une entreprise aussi importante en vivant à des kilomètres ?

— Bien sûr ! C'est tout à fait possible. Et combien tu paries que, très vite, nous nous disputerions parce que ce serait moi qui trouverais que ton travail te fait passer trop de temps loin de la maison ?

Elle secoua la tête.

— Je ne suis pas de cet avis.

— Alors nous en restons là ? Tu veux partir sans essayer de trouver une solution ? Sans me donner la moindre explication ?

Rosalind ne lui disait pas tout, il en était persuadé. Il y avait davantage en jeu, mais quoi ? Que s'était-il passé entre la veille et aujourd'hui pour qu'elle ait ainsi changé d'avis ?

— Je viens de te donner une explication.

— Pas du tout. Tu as construit un scénario dans ta tête et tu as pris une décision. Cela n'a rien à voir avec une explication.

— Que veux-tu que je te dise de plus ?

— Pourquoi ne pas…

Thomas passa les doigts dans ses cheveux. Sa frustration se faisait de plus en plus intense. Il avait passé les dix-huit derniers mois à mener une bataille dont les règles changeaient sans cesse. Quoi qu'il fasse, il avait tort. Il fallait sauver l'entreprise familiale. Il fallait sauver son mariage. Partir à Londres. Quitter Londres. Rentrer à Londres. Pleurer son épouse. C'était trop. Il n'arrivait plus à garder le cap. Chaque fois qu'il avançait d'un pas dans une direction, il était obligé de faire demi-tour pour en prendre une autre.

— Dis-moi enfin ce que je dois faire ! supplia-t-il. Je n'en peux plus.

— Je ne…

— Je suis prêt à tout, Rosie ! Te reconquérir. Sauver notre mariage. Changer ce qui ne te convient pas. Tout, tu entends ? N'importe quoi ! Mais ne me demande pas de lire dans ta tête, je n'ai pas le don de double vue et je suis fatigué d'essayer tout seul. Je ne peux pas continuer sans ton aide.

— Je sais, répondit tristement Rosalind. Je sais, c'est injuste.

En voyant une larme rouler sur sa joue, Thomas se maudit de lui avoir parlé sur ce ton désespéré.

— Une raison me pousse aussi à te demander cette coupure, reprit Rosalind. J'ai besoin de réfléchir à notre couple.

Thomas aurait aimé pleurer lui aussi. Ils arrivaient

exactement à la même conclusion que six mois plus tôt. Tout en redoutant la réponse qu'il risquait de recevoir, il avait besoin de savoir ce qu'il pouvait espérer. S'il y avait quelque chose à espérer…

— Rosie, est-ce que tu as seulement envie d'essayer ?

Il la vit prendre une profonde inspiration et fermer les yeux, comme pour garder en elle l'émotion qui la bouleversait. Ce qui d'ailleurs était déjà une forme de réponse.

— J'ai besoin de tirer certaines choses au clair. Des souvenirs…

Thomas serra les poings pour étouffer le chagrin qui le submergeait. Cette réponse lui suffisait. Pourtant, ce n'était pas si simple…

— Et Maddie ? Nous lui avions promis un Noël en famille. Tu as l'intention de nous en priver aussi ?

— Ah non, certainement pas !

Rosalind tendit une main vers lui, mais se ravisa aussitôt.

— Nous serons de retour pour la veillée de Noël. J'emmène Maddie seulement parce que je pense qu'elle ne supporterait pas d'être à nouveau séparée de moi.

— Et tu crois que ça lui est égal d'être séparée de moi ?

— Je ne voulais pas…

— Alors change de projet !

Mais elle n'était pas prête à capituler, il le sentait bien. D'ailleurs, elle n'avait pas tort, Maddie avait besoin d'elle. Que Thomas soit logé à la même enseigne n'avait pas d'importance, au point où ils en étaient.

— Soyez de retour la veille de Noël, c'est tout ce que je te demande.

— Je t'en donne ma parole.

Il se retint de hausser les épaules. En juin dernier aussi, elle lui avait donné sa parole en lui assurant qu'elle ne serait absente que quelques jours. En serait-il de même cette fois-ci ? Les situations n'étaient pas totalement identiques, mais il redoutait que l'issue le soit.

Brusquement, il se sentit fatigué. Très fatigué.

Immensément fatigué. Incapable de lutter contre ce qui lui paraissait maintenant inévitable.

Il recula d'un pas.

— Si tu as besoin de moi, tu me trouveras dans la bibliothèque. J'ai quelques coups de fil à donner.

— Thomas…

L'intonation de Rosalind l'arrêta.

— Oui ?

— Je pensais vraiment ce que je te disais tout à l'heure. Tu ne peux pas donner ta démission. Collier a besoin de toi parce que tu es exactement l'homme de la situation.

Thomas haussa les épaules.

Au moins, quelque part, on avait besoin de lui.

Rosalind avait expliqué à Maddie qu'elles partaient quelques jours à Cumbria pour un tête-à-tête mère-fille. Elle avait choisi Cumbria parce que c'était là que tout avait commencé, aussi bien son histoire avec Thomas que son histoire à elle, bien avant. Elle y partait avec l'espoir que lorsqu'elle aurait retrouvé la maison de son enfance, sa mémoire serait stimulée et qu'elle pourrait mettre ses pensées en ordre.

Comme elle s'y attendait, le cottage n'avait rien d'extraordinaire. C'était une construction toute simple qui ne comportait que deux chambres, un séjour et une cuisine démodée.

Par contre, il y avait une cheminée et, pendant les deux soirées que dura sa visite, elle resta assise devant, une tasse de chocolat chaud entre les mains, à regarder les flammes danser dans le foyer.

Plus tôt dans la journée, Maddie l'avait aidée à en décorer le manteau avec des branches de houx qu'elles avaient coupées dans le jardin, exactement comme elle se souvenait l'avoir fait avec sa mère quand elle était petite fille. Maddie avait demandé qu'elles y accrochent aussi les chaussettes de Noël destinées à recevoir des friandises et exigé qu'il y en ait trois, parce que Thomas devait aussi avoir la sienne.

Elles avaient donc installé un petit arbre dans un coin de la pièce et l'avaient décoré de bonshommes découpés dans du papier. C'était un peu une façon de compenser celui qu'elles avaient laissé derrière elles.

Finalement, le cadre était agréable. Exactement comme il lui était apparu dans les quelques images fugitives qui lui avaient traversé l'esprit, et aussi éloigné que possible de l'appartement londonien aux meubles précieux et au décor recherché. Tout en buvant son bol de cacao à petites gorgées, elle avait l'impression qu'un poids énorme lui écrasait les épaules. Quelle déception ! Elle avait espéré qu'après tous les inconvénients qu'elle reprochait à Londres, cet environnement paisible et campagnard l'aiderait à se détendre, mais il n'en était rien. Elle se sentait aussi tourmentée qu'avant de venir.

Néanmoins, depuis son arrivée, des souvenirs avaient afflué. Certains de son enfance, aidés par les photographies qu'elle avait regardées. Par exemple, elle s'était souvenue du séjour qu'elle avait effectué à Cumbria avec ses parents, à leur retour d'un congrès auquel ils avaient participé en Suisse. Ils avaient décidé de s'accorder avec elle un grand week-end de vacances et lui avaient fait manquer l'école pour lui permettre d'être avec eux.

Et mon héritage à moi ? Il ne compte pour rien à tes yeux ?

Voilà ce qu'elle avait lancé à Thomas au cours de l'une de leurs disputes. Par héritage, elle voulait parler de ce cottage, de cet endroit où elle venait avec ses parents quand ils ne travaillaient pas à l'étranger pour leurs recherches ou pour faire des conférences.

Pourtant, la plupart de ses souvenirs concernaient des événements récents. Comme les moments où elle était assise à la table de la cuisine pour étudier des échantillons de roche qu'elle avait recueillis, pendant que Thomas la regardait travailler, debout près de la fenêtre. Elle se rappelait aussi que dans la pièce voisine se trouvait un très beau berceau dans lequel elle couchait Maddie le soir et pour ses siestes.

C'était Linus qui le leur avait offert, se souvint-elle tout à coup. Donc, pendant la période où ils vivaient ici, ils n'avaient pas été coupés de la famille de Thomas. Quand elle était partie à Londres, elle n'était pas sans savoir dans quel monde elle allait dorénavant évoluer.

À vrai dire, au fur et à mesure qu'elle retrouvait un souvenir, puis un autre, elle se sentait de plus en plus honteuse. L'autre jour, quand Thomas la pressait de lui fournir une explication à cette coupure qu'elle demandait avec tant d'insistance, elle ne pouvait évidemment pas lui avouer la vérité. En fait, elle se demandait avec inquiétude si elle méritait une réconciliation. Thomas était prêt à tout abandonner pour elle, une fois de plus, alors que, de son côté, elle…

Elle s'était montrée aussi capricieuse qu'une gamine. Elle avait boudé quand le financement de son projet de recherche ne lui avait pas été accordé. Elle avait exigé qu'ils retournent vivre dans la maison de son enfance. À force de ne penser qu'à elle, elle n'avait pas pris conscience du stress énorme auquel était soumis Thomas. Au contraire, elle l'avait fait passer pour le coupable, comme si tout était sa faute, au lieu de faire l'effort de regarder la situation de son point de vue.

Quant à Richard…

À cette évocation, son estomac se souleva de répulsion. Quel droit avait-elle de demander à Thomas d'abandonner quoi que ce soit ?

Elle avala une gorgée de chocolat chaud en fermant les yeux pour mieux la savourer. Comme ce retour à l'enfance était réconfortant ! Et pourtant Thomas lui manquait. En moins de deux semaines, il était devenu partie intégrante de sa vie. De sa vie présente, pas de sa vie passée. Quand elle était occupée avec Maddie à cuisiner ou faire des dessins, son esprit dérivait vers Thomas. Qu'était-il en train de faire en ce moment ? Était-il malheureux à cause de ce qu'elle lui avait dit ? N'était-il pas en train de trop travailler ?

Elle aurait aimé entendre son rire, le son de sa voix. Et sentir son parfum…

Et brusquement, la culpabilité revenait la frapper de plein fouet.

Elle avait sur ses genoux le téléphone que Thomas lui avait offert. Après avoir hésité un moment, elle décida que le moment était venu de prendre une initiative. Sans attendre, elle appuya sur une touche préprogrammée avant que son courage l'abandonne.

Une exclamation lui parvint lorsque son interlocuteur répondit.

— Quelle surprise ! Après la façon dont s'est terminée notre dernière conversation, je ne pensais pas avoir de tes nouvelles de sitôt !

La voix habituellement harmonieuse et un peu précieuse de Richard était froide et peu engageante.

Rosalind tremblait si fort que, en posant sa tasse sur sa cuisse, elle tacha son pantalon de cacao.

— Je suis désolée… pour l'autre soir.

— Que s'est-il passé ? Tu as raccroché brutalement et tu ne m'as pas rappelé.

— Je sais. Il m'est revenu quelque chose que j'ai besoin de tirer au clair. Est-ce que… Est-ce que je peux te poser une question ?

— Oui, si ce n'est pas trop long, parce que je dois sortir. Je vais dîner chez des amis. D'ailleurs, où es-tu en ce moment ? La communication est très mauvaise.

— Je suis à Cumbria. J'y suis venue pour réfléchir.

— Encore !

— Oui, encore.

Rosalind regarda autour d'elle et se revit en train d'arpenter la pièce au mois de juin dernier.

— Quelle est ta question ?

Le bruit d'un placard qu'on referme lui parvint en bruit de fond.

— Il faut que je sache… C'est-à-dire… Est-ce que… ?

Elle prit une profonde inspiration. Le mieux était de tout dire d'un coup.

— J'ai le souvenir de ta main posée sur mon genou…

Il y eut un moment de silence, puis Richard éclata de rire. D'un rire immense, inextinguible.

— Tu penses qu'il y avait quelque chose entre nous ? finit-il par demander.

— Dis-moi la vérité.

— Tu es sérieuse ?

Nouveau rire à gorge déployée.

— Franchement, tu es trop drôle, Rosalind !

— Je ne plaisante pas.

Elle jeta un regard furibond au téléphone, comme si celui-ci avait le pouvoir de transmettre à son interlocuteur toute la colère qu'elle éprouvait.

Au bout d'un moment, Richard se calma et put enfin lui répondre.

— Bien sûr que non ! Toi et moi, quelle idée ! Mais ma chérie, je suis gay !

Était-ce possible ?

— Pourtant, le jour où nous avons déjeuné ensemble à Canary Wharf, tu m'as proposé de partir avec toi.

— Oui, je m'en souviens très bien, mais il s'agissait d'une expédition de recherche archéo-géologique. Pas d'une aventure amoureuse !

Nous irons à Angkor retrouver la route vers Battambang.

Seigneur…

Elle se souvenait maintenant. La route mythique qui traverse Tonlé Sap. C'était le sujet favori de leurs discussions ! Rosalind se sentit rougir jusqu'à la racine des cheveux.

— Je m'en souviens… J'étais malheureuse parce qu'on m'avait annoncé que ma recherche n'aurait plus de financement. Tu m'as suggéré alors de me joindre à ton expédition.

— Exactement. Tu m'as même répondu qu'un mois au Cambodge ne te suffirait pas pour résoudre tes problèmes.

— Excuse-moi, je suis idiote…

— En effet, ma chérie, complètement idiote ! Je t'aime beaucoup, mais désolé, tu n'es pas du tout mon genre !

Dieu merci… Pour la première fois depuis des jours, Rosalind put respirer librement.

— Mais alors, pourquoi est-ce que tu étais tout le temps en train de me dire que Thomas n'était pas un type bien ? Que je méritais mieux que lui ?

— Parce que c'était ce que tu avais envie d'entendre.

Vraiment ?

— Pourtant nous sommes amis. Tu aurais mieux fait de me dire ce que j'avais *besoin* d'entendre !

— Tu ne m'aurais pas écouté.

Les mots « *C'est vrai* » montèrent spontanément à ses lèvres, mais elle se retint de les prononcer. Ils avaient un goût amer.

Au moins, pensa-t-elle en refermant son téléphone, elle pouvait tourner la page sur la mauvaise action dont elle craignait de s'être rendue coupable. Il ne s'agissait que d'un souvenir qu'elle partageait effectivement avec Richard, mais qu'elle avait mal interprété. C'était déjà un immense soulagement. Malheureusement, tous les autres souvenirs qui lui rappelaient son égoïsme ne disparaissaient pas pour autant. Elle s'était comportée comme une enfant capricieuse, têtue, égoïste, qui voulait que tout se passe comme elle le désirait, sans jamais faire aucune concession.

Il était intéressant de découvrir comment, grâce à son amnésie, elle devenait finalement capable de regarder la situation de manière plus claire, sinon plus flatteuse en ce qui la concernait.

Demeurait néanmoins la question cruciale : comment allaient-ils résoudre leur dilemme initial sans que Thomas abandonne son travail ou qu'elle-même soit frustrée et malheureuse ?

Le problème, quand on décide de s'examiner avec sincérité, est qu'on court le risque de ne pas du tout aimer ce qu'on découvre. Dans le cas de Rosalind, plus elle considérait les fragments de souvenirs qui lui revenaient, plus elle découvrait que les difficultés qui avaient détruit son mariage lui étaient au moins imputables pour moitié.

C'était vrai que Thomas avait été absorbé par son travail et qu'il n'avait pas tenu les promesses qu'il lui avait faites. Mais elle devait bien reconnaître que, après avoir appris que les fonds prévus pour mener sa recherche ne lui étaient pas accordés, elle n'avait rien fait pour arrondir les angles. Au contraire, elle s'était installée dans une position de martyre en exigeant de Thomas qu'il abandonne tout ce qu'il aimait pour qu'elle puisse elle-même revenir à la vie qui lui convenait le mieux. Elle n'avait pas fait d'effort pour essayer d'évaluer la situation du point de vue de Thomas ni pour chercher un quelconque compromis.

Cette constatation lui arracha un profond soupir. Depuis presque deux jours, elle faisait les cent pas dans le cottage en essayant de comprendre l'échec de son couple. Qu'avait-elle retiré de cette rumination ? Rien, si ce n'était un carnet rempli de gribouillages qui reflétaient parfaitement la confusion qui régnait dans son esprit. Beaucoup d'entre eux, d'ailleurs, dataient de sa visite précédente. Autrement dit, elle n'avait pas avancé d'un pas depuis lors.

Plus elle réfléchissait, plus elle comprenait qu'il n'y avait rien d'étonnant à ce que Thomas et elle en soient arrivés au bord de la rupture. Tous deux étaient des individus incapables de trouver un terrain d'entente – ou peu disposés à le faire. Tout au long de leur mariage, il y en avait toujours eu un qui se sacrifiait pour l'autre. D'abord Thomas, qui avait renoncé à sa carrière d'homme d'affaires pour venir vivre à Cumbria comme elle le souhaitait ; elle, ensuite, qui avait accepté de le suivre à Londres.

Pourtant, en principe, le mariage devait avoir pour but d'épanouir les deux personnes qui s'étaient unies, pas de contraindre l'une ou l'autre à renoncer à tout.

Malheureusement, c'était exactement à ce genre de martyre que Thomas et elle-même s'étaient condamnés. Il était possible de prendre sur soi pendant un certain temps, mais un moment vient toujours où cette acceptation forcée générait amertume et rancœur. C'était ce qui était arrivé. Et c'était ce qu'elle redoutait pour Thomas s'il mettait à exécution son idée de quitter Collier's Soap.

Pourrait-elle être heureuse dans ces conditions ?

Tout de même, quelque chose était maintenant clair dans son esprit. En effet, si les semaines précédentes avaient prouvé quelque chose, c'était que, malgré l'impasse dans laquelle ils se trouvaient encore, un lien très fort existait entre eux. Un lien qui méritait d'être préservé.

Elle aimait Thomas.

Elle aimait non pas le souvenir qu'elle en avait gardé, mais l'homme qui avait remué ciel et terre depuis leurs retrouvailles pour essayer de la reconquérir.

Celui qui, au début, n'avait pas su résister à l'engrenage du travail, mais qui, peu à peu, avait réussi à réagir pour tenir sa promesse.

Celui qui négociait des contrats internationaux tout en aidant leur fille à coller des boules de coton sur un portrait du Père Noël.

Cet homme aimable, sérieux, si désireux de rendre sa famille heureuse…

Son tour était venu de rendre justice à Thomas. Mais comment ? Comment oserait-elle rentrer le retrouver si elle n'avait pas pris un certain nombre de résolutions destinées à offrir à leur mariage une nouvelle chance ?

Elle rassembla les bûches qui brûlaient encore dans la cheminée. La soirée s'étirait. Tout en considérant les griffonnages de son carnet, elle vida sa tasse de cacao. Où allait-elle trouver l'inspiration ? Certainement pas dans ce ramassis de gribouillis ! Mieux vaudrait…

Tout à coup, elle cligna des yeux, tourna la feuille de quarante-cinq degrés et cligna des yeux à nouveau.

Alors elle découvrit que la réponse s'étalait devant elle depuis le début de la soirée.

— Appelle-la ! Tu sais bien que tu en meurs d'envie, conseilla Linus.

Les yeux fixés sur le sapin géant, Thomas secoua la tête.

— Non, j'ai promis de la laisser réfléchir sans l'embêter.

Linus vint s'asseoir à côté de son frère et posa une main sur son épaule.

Tous deux se trouvaient dans le salon parce que, mis à part la chambre d'amis, c'était le seul endroit de la maison où Thomas supportait de se tenir. Les deux seules pièces auxquelles le souvenir récent de Rosalind n'était pas attaché.

— Elle est partie depuis une semaine ! Tu trouves que ce n'est pas un délai suffisant pour réfléchir ?

— Demain, c'est la veillée de Noël. Elle m'a promis qu'elle serait de retour. Je lui fais confiance.

Thomas était au moins certain d'une chose : Rosalind tenait à offrir à Maddie le Noël en famille qu'ils lui avaient promis. Tout au moins, quand il réussissait à faire taire la voix inquiète qui lui rappelait qu'il avait eu la même certitude en juin dernier à propos de son retour.

— Tu es toujours disposé à quitter Collier ?

— Oui.

Sa lettre de démission était imprimée et prête à être distribuée à l'ensemble du personnel. Dès la fin du mois de janvier, il ne serait plus président de l'entreprise familiale. Point final. En lui, néanmoins, la tristesse le disputait à l'anxiété. Pour se réconforter, il se rappelait avoir déjà une fois renoncé à son héritage et constaté que celui-ci y avait survécu. Alors pourquoi n'en serait-il pas de même cette fois-ci ? La vie suivrait son cours. D'ailleurs, que signifiait un héritage, s'il n'avait personne dans sa vie avec qui le partager ?

Linus lui tapota l'épaule.

— Mais tu m'as bien dit que Rosalind t'avait demandé de rester, c'est ça ?

— C'est sa culpabilité qui l'a poussée à le faire, j'en suis sûr.

Plein de tristesse et d'anxiété, il poussa du doigt une boule de Noël suspendue au sapin. Elle commença à se balancer en jetant des reflets argentés dans la pièce.

— De toute façon, Linus, c'est moi qui ai pris la décision de quitter Collier. Je suis prêt à me couper un bras si cela me permet de sauver mon mariage.

Linus eut un petit rire moqueur.

— Je suis même étonné que tu ne l'aies pas déjà fait !

— Pourquoi ? demanda Thomas en se retournant vivement. Qu'est-ce que tu veux dire ?

— Rien. Rien du tout…

— Allons, je sais très bien que tu as une idée derrière la tête !

— Eh bien, c'est évident que tu ferais n'importe quel sacrifice pour les beaux yeux de Rosalind. C'est ce que tu as toujours fait, d'ailleurs.

— Évidemment ! C'est ce qu'on appelle faire des efforts pour que le mariage tienne la route.

Quittant du regard la boule scintillante, il se tourna vers Linus.

— Je sais que c'est une idée parfaitement étrangère à notre famille, mais j'estime que parfois, il faut savoir faire passer les besoins de son conjoint avant les siens propres.

Linus conservait son air moqueur.

— Il y a une autre idée qui est tout aussi étrangère à notre famille, c'est le compromis.

Sur ce, Linus se leva.

— J'ai envie de boire quelque chose, pas toi ?

Thomas secoua la tête.

— Non, merci. L'alcool me rendra sinistre.

— Tu veux dire : encore plus sinistre ! Mon vieux, ça fait des jours que tu es sinistre…

— Tu trouves que je n'ai pas de raisons de l'être ?

— Je n'ai pas dit ça !

Mme Faison avait disposé des verres et plusieurs bouteilles d'alcool sur une crédence en prévision des festivités de fin d'année, mais ce n'était pas pour autant que Thomas était d'humeur à faire la fête.

Il se détourna de l'arbre pour regarder Linus, qui étudiait les différentes étiquettes.

— Je tiens à t'informer que je suis tout à fait capable de faire des compromis. Contrairement à ce que tu as l'air de croire, dans une situation donnée je sais discerner plusieurs teintes de gris entre le blanc et le noir.

— Dans le domaine des affaires, je ne dirai pas le contraire. Par contre, en ce qui concerne ton couple…

Au lieu de terminer sa phrase, Linus haussa les épaules puis ouvrit l'une des bouteilles.

— Comme je te l'ai déjà dit, je crois que tu préférerais te couper un bras.

En sentant l'odeur du whisky, Thomas changea d'avis et s'avança vers son frère. Il prit un verre et commença à y jeter des glaçons.

— Si tu m'expliquais ce que tu veux dire ?

Comme, pour toute réponse, Linus exhalait un soupir d'homme martyrisé, Thomas reprit :

— En plus, tu as complètement tort.

— Pas possible !

— Tu trouves que je me suis amputé de quoi que ce soit au cours de ces dix-huit derniers mois ?

En fait, s'il l'avait fait, ne put-il s'empêcher de se reprocher, il ne se trouverait pas séparé de Rosalind en ce moment.

— Si tu l'avais fait, reprit Linus, Collier serait en redressement judiciaire et tu ferais semblant d'être heureux de scier des planches au fin fond de la campagne écossaise.

Sourcils froncés, Thomas regarda Linus verser le liquide ambré dans chacun de leurs verres. Décidément, son jeune frère ne le ménageait pas…

Il s'efforça de réagir en jouant la carte de l'humour.

— Bref, tu as le don de double vue ce soir ? Je ne

savais pas que nous avions un voyant extra-lucide dans la famille. Comment peux-tu savoir ce que j'aime faire et ce qui me déplaît ?

— Allons, Thomas, tu ne vas pas me faire croire que tu adorais ce que tu faisais à Cumbria !

— Bien sûr que si !

— Autant qu'assurer la direction de Collier ?

— Ces deux activités n'ont rien à voir l'une avec l'autre ! On ne peut pas les comparer.

C'était vrai. Dans l'entreprise Collier, il marchait sur la voie tracée par ses ancêtres, il continuait une tradition familiale, ce qui n'était possible ni dans la menuiserie ni avec aucune autre profession. Le travail du bois ne lui apportait pas la même exaltation que la gestion de Collier et il n'y avait jamais ressenti la poussée d'adrénaline qu'il éprouvait quand l'affaire tournait à plein et qu'il venait de signer un contrat chèrement gagné. Ce n'était pas du tout le même enivrement ni le même enthousiasme qui l'animait dans ces deux activités, car les enjeux n'étaient en rien comparables.

Dans le fond, Linus avait peut-être raison. Peut-être n'aimait-il pas vraiment le métier de menuisier-charpentier ? Mais est-ce que cela avait la moindre importance ?

— Ma femme n'était pas malheureuse quand j'exerçais ce métier.

— Et c'est vrai qu'elle l'était ici. Profondément. C'était une évidence pour tout le monde.

— Je suis d'accord. Et c'était ma faute.

Il prit des mains de Linus la bouteille de whisky et reversa une rasade d'alcool dans les deux verres.

— Je commence à penser que Susan a raison, reprit Linus. Inutile de chercher plus loin.

Thomas reposa brusquement la bouteille sur la crédence.

— Je t'interdis de prononcer le nom de Susan ! Je ne lui ai encore pas pardonné ce qu'elle a dit à Rosalind l'autre jour.

— À mon avis, ce qu'elle lui a dit est probablement

la vérité. Bien que, la connaissant, elle s'est sans doute montrée un peu brutale.

Levant son verre à hauteur de ses yeux, il ajouta :

— Tu te rappelles l'autre jour, quand je t'ai fait part de ma théorie sur la malédiction qui pèse sur la famille Collier ? Quand je te disais que nous manquons tous de modération ?

— Oui, parfaitement.

— Eh bien, je me trompais.

— J'en ai toujours été persuadé !

— Ce n'est pas là que je me trompais. Quand je soutenais que nous sommes incapables de saisir les nuances, que nous voyons tout en blanc et noir, je pensais que tu saisirais l'allusion que je faisais à propos de ta conduite. Thomas, tu penses comme ça ! Tu crois que tu dois absolument choisir entre Collier's Soap et ton mariage ? Tu es persuadé que tu ne peux pas garder les deux ? Erreur, mon cher frère ! Grossière erreur !

— Tu ne sais pas de quoi tu parles, répliqua Thomas en se tournant vers l'arbre de Noël.

Rien de ce que racontait Linus n'avait de rapport avec son mariage ou sa décision de quitter Collier's Soap. Ni Linus ni Susan n'avaient jamais été mariés. À quel titre se donnaient-ils le droit de le juger ?

— Peut-être, reconnut Linus. Mais je suis scientifique de nature et de formation. Autrement dit, j'ai l'habitude d'observer ce qui m'entoure. Il y a cinq ans, je t'ai vu te conduire comme si tu devais obligatoirement choisir entre deux options. Comme beaucoup de gens, tu as mis ton mariage et ta carrière en concurrence.

— Ça ne se passe pas comme ça chez nous, c'est sûr !

— En effet. Notre grand-père avait un ego aussi grand que l'empire colonial britannique… Quant à notre père, tu crois que son mariage avec la mère de Susan était une sinécure ? À mon avis, pour des causes différentes, cela en dit suffisamment long sur leur motivation purement professionnelle.

Sur ce, il se rapprocha de Thomas.

— Ce que je veux dire, c'est que, dans leur cas, il y avait plus en jeu que leur simple dévouement à Collier's Soap. Simplement, tu n'es pas assez clairvoyant pour tenir compte de l'ensemble du tableau.

La main sur l'épaule de son frère, il poursuivit :

— De la même manière, je pense que tu n'as pas su regarder ces deux dernières années avec suffisamment de lucidité.

Froissé, Thomas se dégagea.

— Je ne comprends pas ce que tu veux dire. C'est évident que Rosalind n'y est pour rien !

Linus éclata de rire.

— Mon vieux, tu te sens tellement coupable de l'accident de Rosalind que tu es devenu amnésique toi aussi ! Apparemment, tu as complètement oublié ses jérémiades perpétuelles…

— Elle avait raison de se plaindre, puisque je refusais de lui offrir la vie dont elle rêvait. En plus, je ne m'occupais pratiquement pas d'elle.

— Ajuste ta focale, frangin ! Je me souviens très bien du nombre de fois où je t'ai vu essayer de la calmer. Hélas, il faut reconnaître que tu n'y as pas vraiment réussi.

Je fais tout mon possible, Rosie.

Combien de fois n'avait-il pas utilisé cet argument ? En toute honnêteté. Mais en jeu, il y avait des milliers d'emplois à sauvegarder et deux cents ans de tradition familiale à honorer.

Et en toute franchise, il aimait ce qu'il faisait. Malgré les migraines, le stress, les nuits trop courtes, il adorait son travail.

C'était là, d'ailleurs, que résidait la plus grosse partie de sa culpabilité. S'il avait moins aimé son activité professionnelle, s'il lui avait consacré moins de temps, il aurait peut-être sauvé son mariage et évité les six mois de la disparition de Rosalind.

Découragé, il secoua la tête.

— Peu importe… L'essentiel pour moi était d'avoir Rosalind dans ma vie. De maintenir ma famille unie. Et c'est toujours mon objectif. Sans Rosalind et Maddie, je ne suis rien. Il faut que je sauve mon mariage. À tout prix !

— Personne ne te demande de le laisser plonger. Je veux seulement t'expliquer que vous étiez deux pour créer le problème. Si vous vous mettiez aussi à deux pour trouver la solution ?

13

Linus avait sans doute raison, mais ce qu'il proposait était plus facile à dire qu'à faire. S'il fallait être deux pour trouver la solution, c'était encore plus compliqué quand l'un des deux partenaires n'était pas là pour donner son point de vue.

La veillée de Noël arrivait et Thomas n'avait encore reçu aucun message de Rosalind et Maddie. Au début, il s'était dit qu'elles avaient dû partir un peu tard. Quand elle avait décidé de ne pas coopérer, Maddie pouvait réellement donner du fil à retordre aux adultes. Ensuite, il avait pensé que le téléphone de Rosalind n'avait plus de batterie. Voilà pourquoi elle ne l'appelait pas et ne répondait pas à ses textos. Comme chacun sait, « pas de nouvelles, bonnes nouvelles » ! D'ailleurs, si elles avaient eu un accident, la police l'aurait prévenu. C'est ce qui s'était passé la fois précédente. Donc, tant que le téléphone ne sonnait pas, c'est que tout allait bien.

Elles seraient bientôt là.

Mais au fur et à mesure que la nuit tombait, sa confiance diminuait. L'espoir de les voir arriver d'un moment à l'autre faisait place à la certitude qu'elles resteraient loin de lui pour Noël. C'était étrange de constater à quel point, selon les circonstances, la menace d'être abandonné paraissait préférable à celle de l'accident.

La gorge nouée d'angoisse, il demeura assis dans la

bibliothèque à regarder la neige tomber. Son téléphone n'avait pas cessé de sonner pendant tout l'après-midi. D'après ce qu'il avait lu sur le cadran, c'était Linus ou Susan. D'autres coups de fil aussi, dont il n'avait même pas cherché à connaître la provenance. Il les avait tous ignorés. Si son monde devait s'écrouler aujourd'hui, il préférait être seul au moment où cela se produirait.

À l'extérieur, les lumières de Noël commençaient à briller. La circulation se fluidifiait. Les gens étaient rentrés chez eux se préparer pour les festivités.

D'en bas, le tintement joyeux des clochettes d'un traîneau monta jusqu'à lui avant de s'arrêter.

Il ferma les yeux. Serra les paupières très fort.

Elle n'est pas obligée de rester, mais au moins, qu'elles reviennent passer Noël avec moi !

— Daddy !

Thomas ouvrit brusquement les yeux.

— Maddie ?

Il se précipita dans le hall. Oui, c'était bien sa fille qui arrivait en lui tendant les bras.

— Daddy ! C'est Noël !

Elle criait à pleins poumons de toute sa petite voix flûtée.

Au risque de se rompre le cou, il descendit l'escalier quatre à quatre pour la serrer dans ses bras. Des larmes de soulagement lui brûlaient les paupières.

— C'est le Père Noël qui nous a ramenées à la maison. Et il m'a donné plein de biscuits ! expliqua-t-elle en lui passant les bras autour du cou.

Par-derrière Maddie, il aperçut Rosalind qui s'avançait vers lui. Elle avait des flocons de neige dans les cheveux et sur les épaules. En le découvrant, elle posa une main sur sa bouche.

— Oh ! je suis vraiment désolée, Thomas ! J'ai laissé tomber mon téléphone dans une flaque d'eau et il n'a plus voulu fonctionner. Chris a essayé de t'appeler à plusieurs reprises, mais tu n'as jamais répondu.

Chris ?

Thomas leva la tête. Chris McKringle faisait son entrée à son tour.

— Joyeux Noël !

Il retira son bonnet de laine rouge et secoua la neige qui y était accrochée.

— Figurez-vous que je me trouvais à Cumbria au moment où ces deux jeunes personnes se préparaient à en partir. Comme la neige tombait serré, j'ai pensé que ce serait une bonne idée de les suivre pour m'assurer qu'elles arriveraient à bon port sans souci.

— J'ai eu beau lui expliquer que ce n'était pas la peine, il a tellement insisté que j'ai fini par céder, expliqua Rosalind.

Chris afficha son bon sourire d'homme au grand cœur en s'adressant à Thomas.

— À quoi bon tenter le sort une seconde fois ? D'autant plus que je ne sais pas si Rosalind se sent à l'aise pour conduire avec un temps pareil.

— Je vous dois donc de nouveaux remerciements, déclara Thomas en lâchant Maddie pour tendre la main à Chris.

— Vous ne me devez rien du tout. Jessica ne m'aurait jamais pardonné de ne pas faire tout mon possible pour que notre Biquette rentre chez elle saine et sauve. Vous savez, nous l'aimons beaucoup !

— Moi aussi, je l'aime…, souffla Thomas en jetant un coup d'œil en direction de Rosalind.

Celle-ci gardait les yeux baissés.

Devant cette réaction, Thomas sentit son bel optimisme se déliter. Néanmoins, il s'efforça de cacher son inquiétude à Chris.

— Je suis désolé de vous priver de votre Noël en compagnie de votre épouse.

En effet, Chris n'avait aucune chance de pouvoir regagner Lochmara avant le lendemain en milieu de journée.

— Inutile de vous inquiéter ! Jessica est habituée à mes déplacements. En plus, nous passons des vacances chez des amis qui vivent un peu au nord de Londres. Je m'en vais la retrouver tout de suite.

Après une tasse de thé bien chaud et un brin de conversation, l'Écossais remit son chapeau de laine rouge et fit ses adieux. Thomas et Rosalind le raccompagnèrent à la porte d'entrée.

— Joyeux Noël à vous trois ! répéta Chris en serrant très fort Rosalind dans ses bras. Profitez au maximum de cette veillée de Noël, ajouta-t-il. C'est un des moments les plus romantiques de l'année.

Sur ce, il leur adressa un petit clin d'œil avant de regagner son traîneau.

Thomas et Rosalind se retrouvèrent donc debout face à face.

— Il faut que nous parlions…, dirent-ils d'une seule voix.

Thomas leva une main.

— Toi d'abord.

Si jamais il devait apprendre une mauvaise nouvelle, autant que ce soit tout de suite, de manière à avoir le temps de se refaire un visage présentable devant Maddie.

Poings serrés, lèvres pincées, il se prépara à entendre le verdict.

Le cœur de Rosalind battait à tout rompre. Elle prit une profonde inspiration dans l'espoir d'en calmer les palpitations désordonnées. Par où commencer ? Elle avait trop à dire ! Pendant tout le trajet du retour, elle s'était entraînée à répéter les phrases qu'elle voulait prononcer mais, maintenant que le moment était venu, voilà que toutes lui montaient ensemble aux lèvres.

— Je suis désolée de t'avoir causé du souci. J'ai réellement noyé mon téléphone. Cela m'est arrivé à la station-service, il a glissé de ma poche quand j'ai voulu sortir un mouchoir.

— Peu importe, puisque tu es de retour maintenant !

— Excuse-moi aussi d'arriver tard. Je n'avais pas prévu qu'il me faudrait autant de temps pour tout ranger avant de partir.

Elle s'interrompit et s'accorda le temps de bien choisir ses mots.

— Thomas, j'ai eu tort.

Elle avait parlé très lentement afin de leur laisser le temps de résonner. Il fallait que Thomas s'en imprègne.

— J'ai rejeté la faute sur toi pour tous les problèmes que nous avions et je n'aurais pas dû. Tu sais, j'ai retrouvé de nombreux souvenirs... Je me rappelle maintenant combien j'étais dure et malheureuse parce que ma vie n'était pas celle que je souhaitais. Égoïstement, je t'en ai tenu pour responsable.

Thomas secoua la tête.

— Je n'y mettais pas beaucoup du mien. J'étais tout le temps absent !

— Non, c'est faux ! coupa vivement Rosalind.

Cette fois, il était hors de question de laisser encore Thomas endosser tous les reproches.

— J'aurais dû m'intéresser à ton travail, te parler davantage.

Comme Thomas faisait un geste de dénégation, elle l'arrêta.

— Je veux dire, réellement parler ! T'expliquer ce que je ressentais, ce que je pensais. Au lieu de ça, je passais mon temps à me plaindre et à attendre que tu résolves tous mes problèmes. Jamais je n'ai pris la peine de réfléchir à la pression que tu subissais.

— C'est parce que je ne te parlais pas beaucoup de moi non plus. J'avais peur de t'avouer à quel point Collier's Soap comptait pour moi. À quel point j'aimais mon travail...

— Je le savais. Je le lisais dans ton regard.

Cette évidence lui avait sauté aux yeux un soir où elle regardait les flammes monter dans la cheminée. Les bribes de souvenirs d'un dîner de gala lui étaient revenues à la mémoire. Thomas présidait le repas. Il rayonnait de fierté et de contentement. Elle avait alors compris que cette aura était celle d'un homme heureux de mener de main de maître une affaire difficile. Là, il était dans son élément.

— À ce moment-là, la jalousie s'est emparée de moi, je m'en souviens très bien. Au début de notre mariage, quand nous vivions à Cumbria, tu avais construit tout ton univers autour de moi. Ici, brusquement, je devais te partager avec ta vie professionnelle…

— Je t'avais promis que je ne deviendrais jamais comme mon père ou mon grand-père.

— Tu n'es pas comme eux !

Maintenant qu'elle avait avoué ce sentiment dont elle avait honte, Rosalind se sentait plus légère. Un peu comme si tous les mois au cours desquels elle avait retenu ses émotions avaient pesé sur ses épaules sans qu'elle s'en rende compte.

Et avec la légèreté arriva la hardiesse. Quelques centimètres seulement la séparaient de Thomas. Elle se rapprocha de lui, lui caressa la joue.

— Tant de fois tu as accordé la priorité à mes caprices depuis que nous sommes mariés !

Thomas lui prit la main.

— J'aurais dû faire plus d'efforts pour tenir mes promesses…

— Et moi, je n'aurais pas dû te persécuter comme si mon bonheur ne devait dépendre que de toi. Je t'aime, Thomas. Je t'aime vraiment.

Thomas ne répondit rien. Pourquoi l'aurait-il fait ? Plutôt que d'utiliser des mots, il se pencha vers elle et posa la bouche sur la sienne. Lentement, savamment. Tendrement. Il lui donna un baiser comme on n'en reçoit pas souvent dans sa vie. Le genre de baiser qui dit bien mieux que des mots ce que l'on ressent.

Les yeux clos, Rosalind passa les bras autour du cou de Thomas pour mieux s'abandonner à la magie de l'instant.

Quand leur baiser se termina, elle posa l'oreille contre la poitrine de Thomas pour écouter battre son cœur.

— Tu sais…, souffla-t-il, le visage enfoui dans la chevelure de sa femme, Linus m'a dit que nous devions apprendre à trouver des compromis.

— Linus est un homme intelligent, nous ferions bien de suivre son conseil. Tu crois que nous allons y arriver ?

— Je suis prêt à essayer si tu acceptes toi aussi.

Il se recula pour mieux la regarder.

— Rosie, je suis fou amoureux de toi !

Avec un sourire très doux, Rosalind ferma les yeux et se serra contre lui. Ce n'était certes pas la fin de leurs problèmes, mais tout au moins le début d'une solution. La vie leur offrait réellement une seconde chance. Elle était bien décidée à ne pas la laisser passer.

— Autrement dit, nous sommes logés à la même enseigne tous les deux…

Six mois plus tard.

— Allez, reconnais que nous sommes perdus ! déclarait Thomas en regardant sa femme qui, le front plissé et néanmoins adorable, tapotait son téléphone dans l'espoir d'y trouver des renseignements.

— Non, pas du tout ! C'est le GPS de mon téléphone qui ne fonctionne plus. Je suis pratiquement sûre que nous sommes sur la bonne route, parce que je reconnais ces formations rocheuses.

— Évidemment ! Pardonne-moi d'avoir oublié que j'ai épousé une distinguée géologue.

Rosalind se mit à rire et lui donna une petite tape sur le bras.

Ils étaient en train d'effectuer leur seconde lune de miel dans les Scottish Highlands et avaient décidé de rendre visite à Chris et Jessica. Ils n'avaient pas revu Chris depuis Noël et tenaient à leur donner de vive voix de leurs nouvelles.

Tout au long de l'hiver, ils s'étaient appliqués à se parler et à réellement communiquer. Même si Thomas répugnait à le reconnaître, Linus avait eu raison sur toute la ligne. Il fallait être deux pour résoudre les problèmes. À force d'exposer tour à tour leurs désirs et leurs craintes, ils étaient arrivés à un compromis. Thomas avait mis beaucoup de temps avant d'admettre qu'il pouvait déléguer certaines de ses responsabilités sans que Collier's Soap s'effondre. Juste avant leur escapade de nouveaux-anciens jeunes mariés, il avait engagé une personne capable de gérer les problèmes du quotidien, pendant que lui-même s'attacherait à guider l'entreprise vers le futur.

De son côté, Rosalind avait compris qu'une bonne partie de son insatisfaction provenait du fait que la stimulation apportée par sa recherche lui manquait. Deux des mots griffonnés dans le carnet qu'elle avait retrouvé à Cumbria lui avaient dessillé le regard : *érosion glaciaire*. C'était dans le but de rafraîchir ses connaissances sur quelques sites clés de la région qu'elle était partie dans l'ouest de l'Écosse. Actuellement, elle préparait un dossier de demande pour une nouvelle bourse de recherche sur l'érosion glaciaire dans les Highlands.

Le résultat de toutes ces réflexions et de ces remises en question les avait amenés à quitter Londres. Pas pour venir vivre à Cumbria, mais pour s'installer dans une petite ville, à distance raisonnable de la capitale, afin de leur permettre des trajets réguliers. Ils avaient eu soin de choisir un lieu totalement étranger à leurs familles respectives. De cette façon, ce serait celui de leur famille à eux.

Leur famille, qui était en train de s'agrandir. C'était d'ailleurs là la principale raison de leur visite chez Chris et Jessica.

Comme le regard de Thomas s'attardait sur le ventre rond de Rosalind, elle lui demanda :

— Tu as l'intention de me regarder comme ça jusqu'à Noël prochain ?

Il éclata de rire.

— Probablement !

Il amorça un virage en changeant de vitesse. Parfois, il se sentait si heureux qu'il lui semblait que son cœur allait exploser.

— Quand je pense à l'enfer dans lequel je me trouvais l'année dernière à la même époque… Et ce à quoi nous sommes arrivés !

Leur travail de reconstruction n'était pas terminé, certes. Mais aujourd'hui, alors qu'il roulait à travers la campagne écossaise, il était plus heureux qu'il avait jamais imaginé pouvoir l'être. Près de lui, il avait sa femme, sur la banquette arrière, son adorable petite fille et, en outre, ils attendaient un nouvel enfant pour le Noël suivant. C'était un miracle. Un vrai miracle.

— Tiens, regarde, voici la signalisation ! lança soudain Rosalind en montrant du doigt le panneau qui annonçait Lochmara. Le restaurant se trouve à un ou deux kilomètres d'ici, pas plus. Juste derrière cette courbe de la route.

— Sauf si tu t'es trompée sur la nature des formations rocheuses !

— Thomas ! J'ai oublié beaucoup de choses, c'est vrai, mais rien en ce qui concerne la géologie. Regarde, on aperçoit le restaurant…

Effectivement, ils reconnaissaient la porte rouge vif, même si elle était un tout petit peu moins brillante que l'année précédente. Ravis d'être enfin arrivés à bon port, ils se garèrent sur le grand parking. Ils s'avançaient vers le bâtiment lorsque Thomas remarqua le drapeau écossais accroché à la poignée de la porte. Il était identique à ceux qui décoraient la couronne de Noël apportée par Chris lors de sa visite à Londres.

Autour de la tige était agrafé un morceau de papier.

— Qu'est-ce que c'est que ça ? demanda Thomas en le déroulant.

Rosalind s'approcha.

— Lis-moi vite ce qui est écrit dessus !

Après y avoir jeté un coup d'œil, Thomas s'exclama :

— Tu ne vas pas le croire !

Un merveilleux sentiment de contentement l'avait envahi. Il se pencha vers Rosalind et l'embrassa

— Est-ce que je t'ai assez dit à quel point je t'aimais, Rosie ?

— Moi aussi, je t'aime, mais… que dit ce papier ?

Un grand sourire aux lèvres, Thomas lui montra le message.

— Je te le lis : « Joyeuses fêtes ! Nous sommes au marché aux poissons. Au cas où vous ne pourriez pas attendre notre retour, Jessica et moi voulons vous faire une suggestion : pourquoi ne pas donner le prénom "Noël" à votre futur bébé ? »

Retrouvez en janvier 2021, dans votre collection

Harmony

Un père en cadeau, de Laurel Greer - N°19

Il répond présent chaque fois qu'elle a besoin de lui. Depuis que Cadence a perdu son mari, Zach est un allié précieux, pour son fils et elle. Sa bienveillance, son sourire, tout chez lui l'aide à renouer avec la vie. Or, depuis quelque temps, Cadence éprouve pour son ami des sentiments intenses mais qu'elle préfère réfréner. Comment pourrait-elle mettre en péril la relation privilégiée qui s'est développée entre Zach et son petit Ben, pour une simple bouffée de désir ?

Ce bonheur à chérir, de Kandy Shepherd - N°20

Pour rencontrer Christos Theofanis, Hayley a fait un long voyage jusqu'à l'île grecque de Kosmimo. Son objectif est aussi simple que douloureux : lui faire signer les papiers qui officialiseront leur divorce. Malgré la rancœur, revoir son époux fait soudain battre son cœur très fort. A-t-elle eu tort de le quitter parce qu'il la délaissait au profit de son travail ? Alors que Hayley s'interroge, l'arrivée d'une tempête l'oblige à passer la nuit sous le même toit que Christos...

Le bébé du manoir, de Michelle Douglas - N°21

Une île paradisiaque au large des côtes brésiliennes, un somptueux manoir : Imogen est ravie de son nouveau cadre de travail. Seule ombre au tableau : son patron, Lord Jasper Coleman, est l'homme le plus austère qu'elle ait rencontré. Le plus séduisant, aussi. Pourtant, le jour où l'on dépose à leur porte un minuscule bébé, Imogen espère que le cœur de Jasper finira par fondre pour l'enfant... et à battre pour elle.

Composé et édité par HarperCollins France.

Achevé d'imprimer en novembre 2020.

CPI
BLACK PRINT

Barcelone

Dépôt légal : décembre 2020.

MIXTE
Papier issu de sources responsables
FSC® C108412
FSC
www.fsc.org

Pour limiter l'empreinte environnementale de ses livres, HarperCollins France s'engage à n'utiliser que du papier fabriqué à partir de bois provenant de forêts gérées durablement et de manière responsable.

Imprimé en Espagne.

OFFRE DÉCOUVERTE !

Vous souhaitez découvrir nos collections ? Recevez **votre 1er colis gratuit* avec 2 cadeaux surprises !** Une fois votre colis de bienvenue reçu, si vous souhaitez continuer à recevoir nos livres, cela se fera automatiquement. Vous recevrez alors vos livres inédits** en avant-première.

Vous n'avez aucune obligation d'achat et cette offre est sans engagement de durée !

*1 livre offert + 2 cadeaux / 2 livres offerts pour la collection Azur + 2 cadeaux. La collection Harmony démarre avec un premier colis payant à 20,16€ (frais d'envoi inclus). **Les livres Ispahan, Sagas, Gentlemen et Hors-Série sont des réédités.

☛ COCHEZ la collection choisie et renvoyez cette page au
Service Lectrices Harlequin – CS 20008 – 59718 Lille Cedex 9 – France

Collections	Références	Prix colis*
❑ **AZUR**	Z1ZFA6	6 livres par mois 29,39€
❑ **BLANCHE**	B1ZFA3	3 livres par mois 24,15€
❑ **LES HISTORIQUES**	H1ZFA2	2 livres par mois 16,89€
❑ **ISPAHAN**	Y1ZFA3	3 livres tous les 2 mois 23,85€
❑ **PASSIONS**	R1ZFA3	3 livres par mois 25,59€
❑ **SAGAS**	N1ZFA3	3 livres tous les 2 mois 28,26€
❑ **BLACK ROSE**	I1ZFA3	3 livres par mois 25,59€
❑ **VICTORIA**	V1ZFA3	3 livres tous les 2 mois 26,19€
❑ **GENTLEMEN**	G1ZFA2	2 livres tous les 2 mois 17,35€
❑ **HARMONY**	O1ZFA3	3 livres tous les mois 20,16€
❑ **ALIÉNOR**	A1ZFA2	2 livres tous les 2 mois 17,35€
❑ **HORS-SÉRIE**	C1ZFA2	2 livres tous les 2 mois 17,85€

N° d'abonnée Harlequin (si vous en avez un) ___________

Mme ❑ Mlle ❑ Nom : ___________

Prénom : ___________ Adresse : ___________

____

Code Postal : ___________ Ville : ___________

Pays : ___________ Tél. : ___________

E-mail : ___________

Date de naissance : ___________

❑ Oui, je souhaite recevoir par e-mail les offres promotionnelles des éditions Harlequin.
❑ Oui, je souhaite recevoir par e-mail les offres promotionnelles des partenaires des éditions Harlequin.

Date limite : 31 décembre 2021. Vous recevrez votre colis environ 20 jours après réception de ce bon. Offre soumise à acceptation et réservée aux personnes majeures, résidant en France métropolitaine, dans la limite des stocks disponibles. Prix susceptibles de modification en cours d'année. Vous pouvez demander à accéder à vos données personnelles, à les rectifier ou à les effacer. Il vous suffit de nous écrire en nous indiquant vos nom, prénom et adresse à : Service Lectrices Harlequin CS 20008 59718 LILLE Cedex 9. Service Lectrices disponible du lundi au vendredi de 8h à 18h : 01 45 82 47 47.